AtV

PETER LOVESEY wurde 1936 in Whitton, Middlesex, geboren. Er studierte von 1955 bis 1958 in Reading Anglistik, diente 1958–1961 bei der Royal Air Force als Bildungsoffizier, war 1961–1969 als Anglistikdozent am Thurrock Technical College, Essex, und von 1969–1975 als Institutsdirektor am College für Weiterbildung in Hammersmith (London) tätig. Peter Lovesey ist verheiratet und hat zwei Kinder. Er ist als der Meister des englischen „Historiokrimis" bekannt, der Verbrechen und Geschichte, spannende Handlungen und authentische Milieuschilderung verbindet, gewürzt mit echt englischem Humor. 1979 erhielt er den „Silbernen Dolch" und 1983 den „Goldenen Dolch" der Kriminalschriftstellervereinigung. Neben Krimis schrieb er auch Sportbücher.
Peter Lovesey veröffentlichte bisher folgende historische Kriminalromane: „Der Tod hat lange Beine" (1970), „Detektiv in Boxerhosen" (1971), „Abracadaver" (1972), „Der Urlaub eines Übergeschnappten" (1973), „Einladung zur Dynamitparty" (1974), „Ein geisterhafter Fall" (1975), „Flußpartie zum Galgen" (1976), „Wachsfiguren" (1979), „Spinnenmädchen" (1980), „Abschied auf englisch" (1982), „Sein letzter Slapstick" (1983).

Mr. Albert Moscrop aus London, der gerade seinen Urlaub in Brighton verbringt, wirkt tatsächlich leicht übergeschnappt mit seinem Fimmel, alles in seiner Umgebung mit dem Fernglas genau auszuspähen. Doch nicht ihm gilt (zunächst) der Ausflug von Sergeant Cribb und Konstabler Thackeray in das bekannte Seebad, sondern der einzelnen Hand, die man im Krokodilbecken des neuen Aquariums gesichtet hat. Die Dame, als deren Überrest man sie anfangs vermutet, greift zwar bald wieder höchst lebendig in das Geschehen ein, aber Mord bleibt Mord, und wenn Sergeant Cribb von Scotland Yard diesmal auch keine Verwendung für seine Handschellen findet, so ruht er doch nicht eher, bis er nicht nur weiß, wer der Mörder (und die Ermordete) war, sondern auch, welchen Todes der inzwischen gestorben ist.

Peter Lovesey

Der Urlaub eines Übergeschnappten

Kriminalroman

Deutsch von Ana Maria Brock

Aufbau Taschenbuch Verlag

Titel der englischen Originalausgabe
Mad Hatter's Holiday

ISBN 3-7466-0013-8

1. Auflage 1991
Aufbau Taschenbuch Verlag GmbH, Berlin

Die Originalausgabe erschien bei Macmillan London Limited
Reihengestaltung Sabine Müller, FAB Grafik-Design, Berlin
Einbandgestaltung Sabine Müller, FAB Grafik-Design, Berlin
unter Verwendung eines Fotos von
Richard Fischer und John K. Walton
„Die großen Piers, Englands Traumsteege ..."
Druck Elsnerdruck
Printed in Germany

1

Dies Jahr Brighton! Albert Moscrop schloß die Augen, neigte den Kopf zurück und schnupperte. Es war das tiefe, genüßliche Schnuppern eines ganz und gar dem Riechvorgang hingegebenen Menschen.

Ah! Da war es, unverkennbar. Ein Hauch Seeluft inmitten der widerstreitenden Dünste der London-, Brighton- und Südküsten-Eisenbahn. Er drückte einem Träger einen Sixpence in die Hand.

„Sehen Sie den grünen Koffer da im Gepäcknetz. Bringen Sie ihn bitte zur Montpelier Parade 50 und teilen Sie Miss Lyle mit, Mr. Moscrop habe die Absicht, den Tag auf der Promenade zu verbringen, und werde um vier zum Tee eintreffen. Nein, die nicht." Er legte die Hand schützend auf eine kleine Reisetasche. „Diese brauche ich im Lauf des Tages."

Ja, wahrhaftig! Falls Brighton im September seinem Ruf gerecht wurde, würde er die Tasche brauchen. Die Anzeichen waren durchaus vielversprechend. Als der Zug in den Bahnhof gedampft war, stand die Menge drei und vier Reihen tief auf dem Bahnsteig. Durchweg Passagiere der dritten Klasse; daran bestand kein Zweifel. Jedes Grüppchen trug sein Gepäck selbst, und alle Gesichter waren von der Sonne krebsrot. Buchhalter und Verkäufer mit ihren Familien, die nach einer Woche am „Salzwasser" zu den Nebeln der Hauptstadt zurückkehrten. Sie reisten zu Hunderten ab, verließen den Badeort wie eine Armee auf dem Rückzug, Holzspaten und Blecheimer in der Hand. Das Brighton von Ingwerbier und Kasperletheater wurde einer anderen Besucherklasse überlassen. Von nun an hieß es Polo im Preston Park und die Bernhardt im Königlichen Schauspielhaus. Wünschte man ein möbliertes Haus an der Royal Crescent, war der Preis über Nacht auf zehn Guineen im Monat heraufgeschnellt. Die Saison hatte begonnen.

„Brighton Herald?"

„Tasche tragen, der Herr?"

„Droschke gewünscht, Sir?"

Kleine Jungen stürmten am Bahnhofsausgang auf ihn ein. Im September lohnte es, sich Neuankömmlingen auf die Fährte zu setzen. Er schüttelte nachdrücklich den Kopf. Was konnte philisterhafter sein, als die erste Lunge voll Ozon in einer Mietdroschke einzuatmen? Mit energischem Schritt machte er sich auf den Weg, die Queen's Road hinab.

Und bereute es sofort. Die Straße war mit Lokalen höchst zweifelhafter Art gesäumt, erste Station der Ausflügler, wenn sie an langen Wochenenden den Londoner Zügen entströmten. Kein Gentleman ließe sich an einem solchen Ort sehen. Karten mit fehlerhaft geschriebenem Text, die zwischen toten Fliegen am Fuß der Fenster lehnten, verhießen recht zweideutig, auf Wunsch stünden Zimmer mit privater Bedienung zur Verfügung. Zwinkernde Frauenspersonen unterstrichen das Angebot aus den offenen Fenstern der oberen Stockwerke.

So widerwärtig das Viertel war, Moscrop hatte seinen Entschluß gefaßt. Umkehren kam nicht in Frage. Er marschierte im Sturmschritt den Hügel hinab, die Augen fest auf den Punkt geheftet, wo die zwei Straßenseiten zusammenliefen. Bald wurde die Standhaftigkeit belohnt. Ein Keil wohltuendes, glitzerndes Blau kam in Sicht. Inzwischen war er fast bis zur West Street hinabgelangt. Das erquickliche, das Brighton in Höhe des Meeresspiegels lag vor ihm.

Er machte erst halt, als die See die volle Breite seines Blickfelds ausfüllte und eine frische Brise ihm Haar und Schnurrbart zauste. Er stand am Geländer der Esplanade, lauschte dem Mahlen des Kieses in der Brandung und dem Geschrei der Kinder und entdeckte aufs neue den Tanggeruch. Das Blut pulste ihm schneller durch die Adern. Er faßte seine Reisetasche fester.

Der Strand unter ihm war, für einen Sonnabend, nicht überfüllt. Die Kundschaft reichte aus, die Bootsverleiher und die Badekarrenwärter voll zu beschäftigen, aber die eigentliche Belagerung des steinigen Strandes Schulter an Schulter war für 1882 vorüber. Bei den Zurückbleibenden handelte es sich größtenteils um Familien des Mittelstandes, die friedlich und in schicklichem Abstand voneinander dasaßen, die Luft genossen und sich mit großen Hüten und Schirmen vor der Sonne schützten. Einzelne Badegäste ließen am Ufer Steine über das Wasser hüpfen. Das sommerliche Schauspiel des gewöhnlichen Londoner Volks, das scharenweise mit um den Hals gehängten Stiefeln durchs Wasser plantschte, war vorüber. Jeder, der sich jetzt ins Wasser wagte, kam aus einem Karren der Bädergesellschaft und war geziemend mit einem gestreiften Badekostüm angetan.

Moscrop schloß sich dem allgemeinen Strom an, der sich in Richtung auf den West Pier bewegte. In seinem karierten Anzug und steifen Hut fiel er bald in keiner Weise mehr auf, einer inmitten einer langen Parade neu eingetroffener Besucher, die ihren ersten erfrischenden Spaziergang entlang der Promenade unternahmen. Das Tempo war gemächlich, von Rollstühlen bestimmt; die Unterhaltung laut und gänzlich von einem Aufruf der Namen der guten Gesellschaft in Anspruch genommen. Jedermann wurde in dieser Woche oder der nächsten aus Trouville oder Baden-Baden zurückerwartet. Das Büro der „Liste vornehmer Gäste" in der East Street hatte nie so viele Besucher gesehen.

Er sah sich zwischen den wippenden Sonnenschirmen um. In Wirklichkeit täuschten diese wohllautenden Stimmen. Drei Viertel der mit ihm zusammen Promenierenden waren gesellschaftlich nicht arriviert. Sie schlenderten zielbewußt zwischen der Elite dahin und musterten die ihnen aus Richtung Hove entgegenkommenden Gesichter, in der Hoffnung, von jemandem erkannt zu werden. Moscrop unterzog lieber die Gesichter seiner nächsten Umgebung einer eingehenden Betrachtung. Eigenartig, wie befriedigend es war, ein leicht ausgeblichenes Sportjackett oder einen durchgescheuerten Kleidsaum zu entdecken. Nun, er war selbst kein Stutzer, doch gab er auch nicht vor, einer zu sein. Er hatte einen originelleren Grund für einen Spaziergang.

In den letzten Jahren hatte er einen bescheidenen Zeitvertreib daraus entwickelt, sich unter Menschenansammlungen zu mischen. Oft verließ er seinen Laden in der Londoner Oxford Street und schlenderte inmitten der Menge bis hin zum Marble Arch, nur weil es ihm Spaß machte. An Wochenenden besuchte er gern den Kristallpalast, nicht wegen des Feuerwerks, sondern um inmitten Tausender zu stehen. Er betrachtete den Waterloobahnhof als seinen Klub, es war unbedingt die Stätte, die ihm in London am meisten zusagte. Morgens und abends, wenn der Trubel dort seinen Höhepunkt erreichte, saß er regelmäßig unter der Uhr und las die „Times".

Seine Erscheinung paßte ideal zu seinem Steckenpferd. Seine Züge waren in jeder Hinsicht unauffällig. Aus einer Menge sprang er keineswegs ins Auge. Doch sein Gesicht ließ sich jeder Laune der Mode anpassen. Als halb London sich üppige Backenbärte zulegte, stimmte Albert Moscrops Bartwuchs genau mit dem Idealbild überein Und als in den siebziger Jahren das glattrasierte Gesicht unter einem Mittelscheitel hochmodern wurde, wár seine Physiognomie dem gewachsen. Er war zwei volle Tage im Geschäft, bevor jemand die Veränderung bemerkte.

Jetzt, mit dem blonden Schnurrbart und peinlich genau in Höhe der Ohrläppchen gestutzten Koteletten, stellte er genau das dar, was ein Mann in den Vierzigern darzustellen hatte. Vielleicht neigte er dazu, wenn er sich entspannte, sich ein wenig krumm zu halten, doch das geschah zu selten, um bedrohlich zu sein. Vor Eigenheiten war er stets auf der Hut.

Weiter vorn gab es Aufregung. Sogar ein paar lieblich modulierte Angstschreie. Informierte Spaziergänger erklärten ihren Begleiterinnen, die Gewehrschüsse, die sie vernahmen, kämen aus einem Schießsalon unter dem West Pier. Schreckensschauer ohne Zahl! Die Bretter eines Piers zu beschreiten war schon haarsträubend genug, auch ohne daß darunter Gewehre knallten. Moscrop genoß die wohlerzogene Hysterie um ihn her wie prickelndes Mineralwasser. Er bemerkte ironisch, daß niemand wirklich umkehrte. Selbst die furchtsamsten Gemüter rafften die Kleider und traten an das Drehkreuz.

Beim Passieren hielt er seine Reisetasche behutsam in Brusthöhe. Als er hindurch war, ging er mit elastischem Schritt den hölzernen Fußweg entlang. Gab es einen besseren Gegenwert für zwei Pennies als diese dreihundertsiebzig Yard, die sich kühn über Strand und Schaum und Sandbänke hinweg bis ins tiefere Wasser hinausreckten, gleichgültig gegenüber den Kräften von Brandung und Sog da unten?

Die geniale Konstruktion war eine Offenbarung. Oh, auf der Herfahrt im Zug hatte er sein Reisehandbuch durchaus gewissenhaft studiert, die Beschreibung des von Eusebius Birch erbauten Piers gelesen, aber auf das hier war er dennoch nicht gefaßt. Es war ein Triumph der modernen Architektur, Scotts St. Pancras-Bahnhof ebenbürtig. Solche massive Festigkeit, veredelt durch denkbar verwickelte Details! Er trat nach links, um freie Sicht zu bekommen. Die Seitenfront erstreckte sich so sauber gezeichnet bis zur Spitze des Piers wie eine perspektivische Übungsskizze. Über die volle Länge hin bot sich Sitzgelegenheit, wobei das Schutzgeländer einen zweiten Verwendungszweck als Rükkenlehne erfüllte. Und hier trat Birchs Genie voll ans Licht. Das für den Seebrückenbau so wesentliche Prinzip, alles lotrecht zu konstruieren, war verlassen. Das Geländer war ausgebaucht. Warum? Damit sich eine Dame bequem dagegenzulehnen und das Spiel der Wellen zu verfolgen vermochte und sich zugleich darauf verlassen konnte, daß sich ihre Haltung in eleganter, schwingender Linie präsentiere.

Es war ohne Frage der kultivierteste Pier, auf dem er bisher spazierengegangen war.

Er schritt weiter auf den Kopf des Piers zu und freute sich dabei an dem Getrappel Hunderter Paare Schuhleder auf den Holzplanken, für ihn ein größeres musikalisches Erlebnis als die Klänge des Orchesters vor ihm. Am vergangenen langen Wochenende im August hatten, den Zeitungen nach, siebzehntausend Besucher die Drehkreuze passiert. Er hatte den Tag am Bahnhof London Bridge verbracht und war geneigt, diesen Angaben Glauben zu schenken.

Natürlich befanden sich nicht siebzehntausend gleichzeitig auf dem Pier, so großartig das auch gewesen wäre. Doch die Fähigkeit des Bauwerks, große Menschenmengen zu tragen, stand außer Frage. Von seinem Standpunkt aus genoß er einen vertraueneinflößenden Ausblick auf massive Eisenpfeiler und -träger, welche die seitlich vorspringenden Teile der Pierspitze stützten. Sie waren schwarz wie die Hölle und mit Muscheln überkrustet, und aus ihren Betonfundamenten emporragend, starrten sie aus der See wie ein Stachelbett. Nachdem er sie eine Minute lang gemustert hatte, während das Wasser unstet ihren Fuß umspülte, wirkte der weiße Überbau des Piers, ganz Kuppeln und Flaggentuch, lächerlich leicht.

Der Kopf des Piers, das Ziel der Spaziergänger, belohnte sie mit einer Auswahl von Zerstreuungen. Als Handelsfachmann bewunderte Moscrop den Unternehmungsgeist, den die Vergnügungsstätten verrieten, auch wenn sie nicht ganz seinem Geschmack entsprachen. Jenseits des Orchesterpodiums standen vier reichgeschmückte Gebäude: Snellings Basar, Cheesmans Lesezimmer und Leihbücherei, eine Muschel- und Fossilienhandlung und Mr. Swayslands Naturgeschichtliches Museum. Letzteres war besonders beliebt; außer der Ausstellung ausgestopfter Vögel, die laut Anschlag einen Steinadler und „Tod und Bestattung des Rotkehlchens, ornithologisch illustriert" enthielt, befand sich unter dem Kopf des Piers ein Vogelhaus mit dreißig lebenden Eulen, zu dem man über eine eiserne Treppe hinabstieg. Moscrop war einer der wenigen, die auf dieses Erlebnis verzichteten.

Statt dessen machte er rasch eine Runde, erfuhr aus Anschlägen, daß die Sonnenstrahlen sich zur Mittagsstunde auf das Zündloch der Kanone auf dem Pier konzentrierten und daß der Taucher um 3.30 Uhr nachmittags ins Wasser steige, dann ging er auf der Ostseite, auf der er auch gekommen war, zurück. Das Deck war durch einen Windschutz aus Holz und Glas geteilt, eine vorzügliche Abschirmung gegen unerwartete Böen, doch ein Hindernis für das Hinüberwechseln auf die andere Seite. Die Aussicht auf Hove und Cliftonville von der Pierspitze aus interessierte ihn weniger als Brighton und Kemp Town, deshalb war es folgerichtig, auf derselben Seite zurückzukehren.

Diesmal blieb er nach wenigen Schritten stehen, als wollte er die Verzierung betrachten, die sich um einen Laternenpfahl schlängelte. Dann stellte er seine Tasche auf die Bank und setzte sich daneben in die Sonne, nach innen, dem Windschutz zu, gewendet. In dessen Schatten ruhten in Liegestühlen zwei ältliche Männer. Er beobachtete sie unverwandt mehrere Minuten lang, ohne sich durch die Spaziergänger ablenken zu lassen, die sein Blickfeld kreuzten. Nachdem er sich überzeugt hatte, daß sie tief schliefen, drehte er sich zur See um.

Sie blendete nach der schattigen Szene gegenüber so stark, daß seine Augen sich sofort zusammenkniffen. Er wandte den Blick von den Myriaden glitzernder Fleckchen nahe dem Horizont ab und betrachtete das braunere Wasser in Ufernähe und die träge brandenden Wellen unter dem Pier, die ein marmorähnliches Muster hervorzauberten, wenn der Schaum zerfloß. Es gab noch mehr zu sehen, was einen Besucher des Piers interessieren konnte: Vergnügungsjachten, Fischerboote, den Ausflugsdampfer, der zwanzig Minuten zuvor vom Kopf des Piers abgelegt hatte und gerade den alten Chain Pier passierte. Moscrop überflog alles mit einer Wendung des Kopfes und richtete den Blick aufs Ufer.

Nicht die Architektur fesselte jetzt seine Aufmerksamkeit, nicht die endlose Front der Hotels mit ihren weißen Fassaden und der Häuser im georgianischen Stil, auch nicht der vornehme Schwung der King's Road und der Marine Parade. Es war der Strand. Genauer gesagt, es waren die Leute am Strand.

Sein Standort bot einen hervorragenden Blick auf das steinige Ufer und die Menschen darauf bis hinüber zum fast eine Meile entfernten Chain Pier. Hier gab es keine Behinderungen, auf die man von anderen Blickpunkten aus stieß. Aus dieser Höhe verdeckten die Steinbuhnen nichts, und die Badekarren glichen Reihen von Streichholzschachteln. Der Sonnenschein und die nahe Mittagsstunde hatten Scharen von Besuchern an den Strand gelockt. Die Kiesel, insgesamt gesehen braun wie die Wüste Gobi, waren von den leuchtenden Farben der Schals und Sonnenschirme übersät. Es mußten vier- bis fünfhundert Menschen in Sichtweite sein. Er lief vor freudiger Aufregung rot an.

Er drehte sich um und fuhr sich dabei mit der Zunge über die Oberlippe. Seine zwei Nachbarn schliefen immer noch, und die Parade das Deck entlang setzte sich fort und ließ ihn unbeachtet. Er griff nach der Reisetasche.

Es würde so viel einfacher sein als je zuvor. Die Bedingungen waren einwandfrei: Blickfeld, Beleuchtung, Höhe. Er zögerte nur, um das geeignetste Instrument für sein Vorhaben auszuwählen. Das Sportmodell von Burrows aus

Malvern war das unauffälligste und das neue Carl Zeiss das leistungsfähigste, doch er entschloß sich zu seinem preußischen Offiziersfeldstecher mit achtfacher Vergrößerung. Er konnte nicht sicher sein, daß seine Hand an diesem Vormittag für die stärksten Linsen fest genug war. Was nutzte eine zehnfache Vergrößerung, wenn jedes Zittern sich zehnmal stärker auswirkte?

Er zog ein kleines Stück Samt aus der Tasche. Es bestand kein Grund zur Eile. Nun, da er saß, beachtete ihn kein Mensch. Man betrachtete ihn einfach als einen Müßiggänger, und wie die Mitglieder des Orchesters und die Angler an der Pierspitze war er ein Teil des Gesamtbildes geworden. Er hauchte jedes Okular an und rieb es sorgfältig mit dem Samt blank.

Als die Reinigung beendet war, faltete er den Samt zusammen und steckte ihn wieder ein. Dann drehte er sich um, stützte die Ellbogen auf das Geländer, richtete das Glas auf den Ausflugsdampfer in der mittleren Distanz und rückte das Bild fachmännisch in die schärfste Einstellung. Er sah eine Möwe über die Aufschrift „S. S. Brighton" am Bug fliegen. Beim Zeus! Diese Preußen verstanden eine Linse zu schleifen. Kein Wunder, daß die Franzosen den Krieg verloren hatten.

Doch er hatte den Feldstecher nicht herausgeholt, um Schiffe zu beobachten. Er ließ sein Blickfeld über die bogenförmig durchhängenden Ketten des Chain Pier hinwegstreifen und weiter bis zum Strand unter der Marine Parade. Ohne die Brennweite zu regulieren, setzte er die Bewegung langsam nach links fort und musterte die steilen Kiesbänke. Seine Augen nahmen nur einen verwischten Eindruck von Formen und Farben auf, nur ein- oder zweimal stahl sich eine Gestalt in das Bild, wenn ihre Bewegung vorübergehend mit dem Vorbeistreichen des Fernglases zusammenfiel.

Das geschah zufällig. Noch befaßte er sich nicht mit Einzelpersonen. Er ließ sein Glas über alles hinwegschweifen, was auf der ganzen Länge des Strandes innerhalb seines Blickfelds enthalten war: umgedrehte Fischerboote, geschwärzte Wellenbrecher, zum Trocknen ausgebreitete Netze, grellbunte Badekarren, Tanghaufen, flatternde Wimpel und Hunderte liegender Menschen, alles in einen optischen Effekt verschmelzend, so augenverwirrend und formlos wie Turners letzte Landschaften.

Der Feldstecher erreichte die Grenze seines Bereichs, den Pier selbst, ganz nahe und unscharf. Das Bild wurde blind, und Moscrop setzte das Instrument von den Augen ab und stützte zufrieden das Kinn darauf. Er hatte nichts beobachten können – dazu war die Bewegung entlang der Küstenlinie viel zu schnell gewesen –, doch er hatte eine andere Absicht verfolgt. Es war die Geste, auf die es angekommen war, ein kleines Ritual von ganz persönlicher Bedeutung. Er hatte das Gebiet in seinem Blickfeld abgemessen und sozusagen sein Revier abgesteckt. Rund eine Meile des Strandes von Brighton war dem Späherblick seiner Linse unterworfen. Das Glas war, wie flüchtig auch immer, über jeden einzelnen, Mann, Frau oder Kind, hinweggestrichen, der sich an diesem Vormittag zufällig dort befand. Dadurch beflügelt, holte er sein Stück Samt heraus und machte sich wieder an die Arbeit, eine Begleitung zu der Blaskapelle hinter ihm summend.

Aus keinem besonders klaren Grund dachte er an die junge Frau, die ihm bei der Herfahrt im Abteil gegenübergesessen hatte, ein hübsches blondes Geschöpf in einem weißen Musselinkleid und rotgarnierten Strohhut. Doch er dachte dabei mehr an sich selbst. Wie er verstohlene Blicke auf das Mädchen geworfen hatte, um nicht Anstoß zu erregen, und jedesmal, wenn der Zug einen Einschnitt durchfuhr, ins Fenster gestarrt hatte, um ihr Spiegelbild im Glas zu erhaschen. Er war nicht schüchtern – ein Ladenbesitzer konnte sich das nicht leisten –, doch das erzwungenermaßen enge Beisammensein in einem Abteil erster Klasse war etwas völlig anderes als die geschäftlichen Begegnungen in seinem Laden in der Oxford Street. Als der Zug sich dem Tunnel in Clayton näherte, war er aufgestanden, um das Fenster zu schließen, und sie hatte ihm ihren Dank für die Aufmerksamkeit zugenickt. Im Dunkeln hatte er den Blick fest in ihre Richtung geheftet, in der Hoffnung, ein flüchtiger Lichtstrahl werde ihre Züge kurz aufleuchten lassen. Er hatte sich sogar vorgebeugt, um den Duft einzufangen, der sie begleitete. Doch als es wieder hell wurde, saß er steif gegen die Kopfstütze zurückgelehnt und hielt die Augen auf die Prozession von Telegraphenmasten am Fenster gerichtet. Wie merkwürdig, wenn dieselbe junge Frau jetzt am Strand säße, könnte er sie ohne beiderseitige Peinlichkeit eingehend beobachten!

Für seine erste konzentrierte Beobachtung wählte er den Strandabschnitt unterhalb des Grand Hotels. Das Gebäude bot sich durch seine Höhe als Bezugspunkt an. Wenn man sich nicht an irgendein Richtzeichen hielt, verlor man sich auf dem Strand genau so gewiß, als bummelte man ziellos über den Kies. Er stellte das Glas scharf auf einen der im italienischen Stil angelegten Balkone ein und ließ das Blickfeld bedächtig an der Kante des Gebäudes entlang hinabgleiten, das neben „Hobdens Temperierten Schwimmbädern für Herren" stand. Ein Landauer fuhr durch das Bild; er hatte die Höhe der King's Road erreicht. Er senkte den Feldstecher weiter, die Mauer der Esplanade hinab bis zur obersten Reihe weißgestrichener Badekarren. Er setzte die Bewegung fort, ohne zu stocken. Was er auch sein mochte, ein Voyeur war er nicht. Der Anblick eines wohlgeformten Wadenansatzes oder des zum Trocknen in der Sonne ausgebreiteten Saumes eines schaumdurchnäßten Unterrocks war ein Nebengewinn seiner Forschungen, doch in Badekarren zu lugen kam nicht in Frage. Das war Mißbrauch der Wissenschaft.

Kieselsteine beherrschten jetzt die Szene, eher blau als braun, wenn er sie aus der Nähe sah, und so sauber, als wäre jeder einzelne erst heute abgeschrubbt worden. Weiter unten war ein kieloben gewendetes Fischerboot aufgebockt, und Kinder kletterten darauf herum. Sie waren die ersten lebendigen Gestalten, die die Linse erfaßt hatte, und er freute sich, wie scharf das Bild war. Ein geringer Farbverlust war unvermeidlich, doch die Züge waren klar und zeigten keinen Spektralsaum. Das Zeissglas selbst hätte kein schärferes Bild liefern können.

Er entdeckte ein Liebespaar, das an ein Ruderboot gelehnt saß, das Mädchen in einem weiß-und-marineblauen Segelkostüm mit Ankern auf den Silberknöpfen (konnte er wirklich so gut sehen, oder lieferte seine Phantasie die Einzelheiten?) und einem kleinen runden Hut und der Mann in weißen Hosen mit ihr gemeinsam unter einem Sonnenschirm. Die Anstandsdame, dicht verschleiert und emsig strickend, saß gegen das Bootsheck gelehnt. Rechts von ihnen lagerte eine ärmere Familie, die den allgemeinen Auszug versäumt zu haben schien. Sie verspeisten Garnelen oder Muscheln und ließen einen Steinkrug, vermutlich mit Bier, kreisen. Ein Obstverkäufer nahte und ging ebenso schnell weiter.

Das Orchester hinter Moscrop hörte zu spielen auf. Jetzt war nur noch das dumpfe Getrappel auf den Planken und das Klatschen der Brandungswellen zu vernehmen. Es war eine wunderliche Begleitung zu dem lebendigen Schauspiel, das er beobachtete. Indem einer seiner Sinne sich immer intensiver mit dem Leben unter ihm beschäftigte, hatten sich die übrigen von dem losgelöst, was sich auf dem Pier abspielte. Die Musik war angenehm mit den Bildern verschmolzen, doch nun, da sie aufgehört hatte, bemühte er sich angestrengt, das Knirschen der Kieselsteine zu hören, wenn jemand vorüberging, und das schrille Geschrei der auf dem Boot spielenden Kinder. Ihm war, als wäre er plötzlich mit Taubheit geschlagen. Seine Konzentration ließ nach.

Da griff das Glas mit der spielerischen Leichtigkeit, mit der optische Instrumente auf Unerwartetes zu treffen vermögen, eine junge Frau von fesselndem Reiz heraus. Sie war zu drei Vierteln von der Linse abgewandt und trug einen Hut aus feinem weißem Stroh mit überbreitem Rand, der bei jedem ihrer Schritte wippte und ihr Gesicht verdeckte. Sie erklomm gerade die steile Kieselbank zu den Badekarren. So mühsam das gewiß war, ihre Bewegungen entzückten das Auge, mit ruhig schwingenden Armen und spannkräftig über den unsicheren Grund triumphierenden Hüften. Moscrop konnte nicht behaupten, häufig gesehen zu haben, wie das schöne Geschlecht Geröllbänke bewältigte, doch das Besteigen einer Droschke war eine nicht unähnliche Übung, die er ganz regelmäßig beobachtet hatte. Nie in seinem ganzen Leben hatte er die weibliche Gestalt in so anmutiger Bewegung gesehen. Sie war um eine Idee unscharf – oder war es sein Atemhauch auf dem Objektiv? –, aber er war völlig außerstande, die Einstellung zu regulieren.

Sie trug einen der in Mode gekommenen weißen Musselinschals über einem fliederfarbenen Kleid. Und sie hielt etwas Weißes mit rosa Streifen in der Hand. Ein Badetuch. Wollte sie etwa baden gehen? Er hoffte nicht. Es wäre zuviel auf einmal. Nein, sie ging auf die Männerkarren zu, beim Himmel, und trat an den Wärter in der blauen Uniform heran! Der Mensch sprach ein Weilchen mit ihr, und sie gab ihm etwas in die Hand. Er legte die Hand an die Mütze und nahm ihr das Badetuch ab. Nun ging sie fort, den Strand hinab, und Moscrop mußte sie im Blickfeld behalten und konnte nicht verfolgen, was der Wärter mit dem Tuch machte.

Der Hut wippte immer noch störend, doch von dieser Seite her war mehr von ihrem Gesicht sichtbar, von schwarzem Haar eingerahmt, das über der Stirn gerade abgeschnitten und hinten zu einem losen Knoten zusammengerafft war. Sie war nicht im herkömmlichen Sinne hübsch. Zu breiter Mund und zu hohe Wangenknochen. Und sie war kein Kind mehr. Dreißig, schätzte er. Vielleicht war er schon bezaubert, denn ihm schien in diesem Moment, ein breiter Mund und hohe Wangenknochen seien genau das, was jede junge Frau haben sollte, und dreißig sei das vollkommene Alter.

Und dann zerbrach der Bann. Es gab einen ganz entsetzlichen Krach, als wäre der Pier selbst zusammengebrochen. Der Schock riß Moscrop das Glas aus den Händen. Es wurde nur durch den Halteriemen um seinen Hals gerettet. Er fuhr in rasender Empörung herum. Einer der zwei Schläfer gegenüber auf dem Deck rief ihm etwas zu.

„Das war die Kanone. Die Pierkanone. Die Sonnenstrahlen feuern sie am Mittag ab. Es ist zwölf, Sie können sich darauf verlassen. Ich will meine Uhr danach stellen."

Moscrop hatte sich schon wieder umgedreht und den Feldstecher an die Augen gepreßt, nunmehr alle Vorsicht in den Wind schlagend. Die Tragödie war, daß er seine Peilung gänzlich außer acht gelassen hatte, als er der jungen Frau den Strand hinab gefolgt war. Während er noch in qualvoller Enttäuschung sein Glas umherschwenkte, wußte er schon, daß er sie so gewiß verloren hatte, als hätte er nie die Linse auf sie gerichtet.

2

Endlich verstaute er sein Glas in der Tasche und schloß sich wieder der Promenade entlang des Decks an. Er mußte seine Fassung zurückgewinnen. Ein Spaziergang in der Öffentlichkeit war das beste ihm bekannte Mittel für ein aufgewühltes Gemüt. Er reihte sich hinter einem größeren, auffälligeren Mann mit Zylinder ein und konzentrierte sich ganz darauf, eine ähnliche Schrittlänge zu erreichen und zugleich die schickliche, gerade aufgerichtete Haltung beizubehalten. Er ging unverzüglich in dem allgemeinen Strom unter, der sich auf die Spitze des Piers zu bewegte.

Zum Teufel, ein Mann seines Alters und seiner Erfahrung verfiel doch nicht der ersten hübschen Frau, die das Blickfeld seiner Linse kreuzte. Undenkbar. Konnte seinen Urlaub gleich von Anfang an verderben. Konnte unbeschadet dazu dienen, die Ausrichtung seiner Gläser zu prüfen, aber damit sollte es genug sein, und nur kein Bedauern, wenn das Bild wechselte. Wenn er ehrlich mit sich war, taugte sie nicht einmal zum Gebrauch als Entfernungsmesser. Zum Kuckuck, mit einem beweglichen Einstellungsobjekt ließ sich nichts anfangen. Er war unglaublich laienhaft vorgegangen. Er rieb sich den Bart mit dem vollen Nachdruck eines Zerknirschten.

Es ließ sich nicht einmal behaupten, daß sie schön war. Ihre Züge entsprachen nicht dem Typ, den man auf den Kupferstichen im „Tatler“ sah. Sie würde nicht viele Köpfe verdrehen, mit so dunklem Teint und so aufgeworfenen Lippen, daß er den Rest ihres Gesichts bereits zu vergessen begann. Außerdem war sie für eine Frau zweifellos um etliche Zoll zu kurz. Es wäre für einen Mann seiner Statur ganz unangebracht, sich für untersetzte Frauen zu interessieren. In dieser Hinsicht ließen einen Ferngläser im Stich, wenn man nicht darauf achtete, die Proportionen zu überprüfen. Man konnte gar nicht vorsichtig genug sein. Nunmehr getröstet, strich er sich mit den Fingerspitzen den Schnurrbart glatt. Es war eine heilsame Erfahrung gewesen.

Der Pulvergeruch hing noch um die Kanone, als er dort vorüberkam, die Gedanken ganz von optischen Problemen gefesselt.

Sie war nahezu sicher verheiratet. Ledige Dreißigerinnen trieben sich nicht unbegleitet auf öffentlichem Strand herum.

Das nächste Mal würde er das Zeissglas benutzen. Bei aller Trennschärfe hatte das preußische Instrument eine kleinere Objektivlinse. Ein weiteres Blickfeld hatte unzweifelhaft seine Vorteile.

Für eine kleine Frau war sie den Geröllhang recht rasch hinaufgekommen. Der Steinwall war für ein Paar kurze Beine ziemlich steil, und doch hatte sie es ganz mühelos geschafft, und mit solcher Anmut! Hatte er ihre Größe womöglich unterschätzt?

Ein interessantes technisches Problem. Falls die Ausrichtung in dem preußischen Offiziersglas auch nur um Bruchteile falsch wäre, könnte eine Verzerrung eingetreten sein. Auf diese Entfernung, und wenn man die Bewegung des Objekts berücksichtigte... Was gäbe er für eine Beobachtung durch das Zeissglas! Doch selbst wenn er den Rest des Nachmittags dafür opferte, den Strand genau zu mustern, war die Aussicht gering, sie noch einmal herauszupicken. Man hatte ja nicht einmal das rosagestreifte Badetuch als Richtpunkt.

Moscrop blieb stehen. Das Badetuch! Warum, zum Teufel, hatte er nicht daran gedacht? Er hatte doch das Badetuch als Richtpunkt! Es befand sich irgendwo da unten bei den Badekarren. Sie hatte es dem Wärter übergeben. Es hieß das Tuch zu finden, und er besaß ein sicheres Bindeglied zu der Frau.

Sekunden später stand er wieder am Rand des Piers und huschte mit dem Glas über die Fassade des Grand Hotels, um die richtigen Badekarren zu orten. Ein Wärter hatte gewöhnlich ein Dutzend zu betreuen, nicht mehr. Wenn er den Mann identifizieren könnte... Aha! Ausgezeichnet! Da stand der Mensch, seiner blauen Uniform sei Dank, neben seiner kreidebeschriebenen Preistafel. Wenn sechs Pence der Mietpreis für eine halbe Stunde war, bestand gute Aussicht, daß der Badende nicht weit war, der das rosagestreifte Badetuch benötigte. Und wirklich blitzte es zu Moscrops tiefer Genugtuung in seinem Blickfeld rosa und weiß auf, als er mit dem Glas den vierten Karren erreichte. Das Tuch hing über der offenen Tür wie eine

Standarte. Der Badegast war offenbar noch nicht vom Schwimmen zurück.

Moscrop musterte den Streifen Strand zwischen den Karren und dem Ufersaum. Die Linse löste eine Anzahl sitzender Gruppen heraus, doch die einzigen stehenden Personen waren kleine Kinder und eine Gruppe Wandermusikanten. Die erwartete Gestalt im Badeanzug, die über die Steine heranstolpern mußte, war nirgends zu sehen. Immerhin tanzten mehrere Köpfe im Wasser auf und ab. Zweifellos genoß der Besitzer des Tuches sein Bad so sehr, daß er bereit war, noch einmal sechs Pence zu entrichten.

Er setzte das Glas ab und rechnete nach. Grob geschätzt betrug die Entfernung von seinem Standort bis zu der Stelle der Esplanade, die dem Badekarren am nächsten lag, höchstens eine Viertelmeile. Wenn er flott ausschritte, könnte er dort an einem idealen Beobachtungspunkt sein, bevor der Schwimmer zu seinem Karren zurückkehrte. Selbst wenn seine Berechnung falsch wäre, könnte der Betreffende sich wohl kaum abgetrocknet, umgezogen und davongemacht haben, bevor er hinkäme.

Er machte sich energischen Schritts auf den Weg den Pier entlang und bewegte sich im Zickzackkurs, um schneller voranzukommen, wobei seine Tasche den unglücklichen Passanten beim Vorübereilen entgegenschlenkerte. Am Ausgang machte sich ein Photograph an ihn heran, und er rannte den Mann beinahe über den Haufen. Photographien! „Ein bleibendes Andenken an Ihren Besuch in Brighton." Lieber Himmel! Er war nicht gesonnen, sich jemals der Linse eines Photographen auszusetzen, am allerwenigsten jetzt! Auf der King's Road steuerte er durch die Menge, die sich um eine französische Streichkapelle angesammelt hatte, und eilte fast im Laufschritt die Esplanade entlang bis zur Front des Grand Hotels.

Er hatte natürlich unterwegs häufig nach rechts geblickt, um sich zu vergewissern, ob ein Schwimmer das Wasser verließ. Er hatte keinen gesehen, aber unterwegs war ihm stellenweise die Sicht versperrt gewesen. In einer solchen Lage, sagte er sich, war ein gewisses Risiko unvermeidlich. Es war eine Erlösung, den Abschnitt der Esplanade zu erreichen, der den bewußten Karren überblickte, und es kam einem persönlichen Triumph nahe, als er durch eine Lücke hindurch feststellte, daß das Tuch immer noch unbenutzt an der offenen Tür hing.

Den Fuß lässig auf die unterste Querstange des Geländers der Esplanade gestemmt, holte er sein Zeissglas heraus und stellte es auf das Meer ein. Jetzt brauchte er sich nicht mehr zu genieren, daß er einen Feldstecher benutzte. Er reihte sich einfach der Kette von Besuchern ein, die, mit Ferngläsern bewaffnet, von Cliftonville bis Kemp Town in Abständen längs der Ufermauer standen und alles beobachteten, was die Wasseroberfläche kräuselte. Auf das Meer hinauszuspähen kam allmählich genauso in Mode wie das Radfahren am Ufer entlang. Jetzt wurde ihm klar, weshalb sein Umsatz an optischen Instrumenten in diesem Sommer der höchste seit Jahren gewesen war.

Die Qualität des Bildes, das das Zeissglas lieferte, entlockte ihm ein freudiges Gemurmel. Jede Einzelheit einer entfernten Vergnügungsjacht zeichnete sich mit diamantklarer Schärfe ab. Leider jedoch war das Wasser näher am Ufer, wo die Wellen sich brachen, durch die steile Kiesbank dem Blick entzogen. Die Badenden waren unsichtbar, sofern sie sich nicht über die seichten Stellen hinauswagten. Er ließ das Glas sinken und vertraute seiner natürlichen Sehkraft, ihm zuerst den Anblick desjenigen zu bescheren, der Anspruch auf das Badetuch erheben würde. Am Strand aalten sich Dutzende kleiner Grüppchen in der Mittagssonne, lasen Romane oder musterten den Horizont, ohne zu ahnen, daß hinter ihnen jemand auf Wache stand.

Minuten später tauchte ein Kopf mit Schultern über der Geröllkuppe auf und bewegte sich aufwärts und vorwärts. Nach und nach erschien die Gestalt im Ganzen, schlank, mit schmalen Schultern und in einen bis zu den Waden reichenden Bademantel gehüllt. Hätte Moscrop nicht beobachtet, daß die Badekarren für Frauen weit rechts davon standen, hätte er bezweifelt, ob er überhaupt einen Mann vor sich hatte. Er setzte das Zeissglas wieder an die Augen.

Der von den Wellen zurückgeworfene Glanz der Mittagssonne gestattete nur eine ungenaue Beobachtung, bis der Kies gänzlich den Hintergrund ausfüllte. Dann war es nicht mehr schwierig, den Badenden als einen Jungen von vierzehn oder fünfzehn einzuordnen. Er setzte das Glas ab. Er hielt nicht nach einem Knaben Ausschau. Zwischen einem Jungen dieses Alters und einer verheirateten Frau von dreißig war keine Verbindung denkbar. Seine Augen streiften über die Steine zu der Linie zurück, die Land und Wasser trennte.

Und doch war da etwas, das seine Konzentration störte. Was zum Teufel war es? Er blickte wieder hinab. Der Junge näherte sich den Karren und suchte sich seinen Weg zwischen den Sonnenschirmen, die in Gruppen auf dem Strand herumstanden wie monströse, von der Morgensonne ausgebrütete Pilze. Was für Farben! Die grellsten Kombinationen schienen in diesem Licht und dieser Umgebung annehmbar. Leute, die sich sonst ausschließlich in dunklen Anzügen und weißen Hemden sehen ließen, konnten am Strand die ausgefallensten Streifenmuster tragen und sich anscheinend völlig behaglich dabei fühlen. Man brauchte sich ja bloß den Bademantel anzusehen, den der Junge da trug...

Moscrop sah ihn sich an. Der Mantel war rosa und weiß gestreift. Er war aus demselben Stoff wie das Badetuch.

Er packte das Fernglas fester, hob es halb an die Augen und ließ es wieder sinken. Dazu war er zu nahe dran. Betäubt und fassungslos sah er zu, wie der Junge zu dem Badekarren ging, das Tuch von der Tür herunterschwang und sich das Haar trockenzureiben begann. Verteufelt merkwürdig: der Junge war zu alt, um der Sohn jener Frau zu sein, und ganz gewiß zu jung... Moscrop schloß die Augen und schüttelte den Kopf mit bebendem Nachdruck, womit er einen unannehmbaren Gedanken aus seinem Sinn verscheuchte.

Er beschäftigte sich damit, den Riemen um das Glas zu wickeln, dieses in das Etui zu legen und die Verschlüsse zu befestigen, dabei tat er jeden Handgriff so zügig, als geschehe es auf Befehl. Manchmal gaben einfache Handlungen den Ansporn zur Entscheidung. Wenn er die Willenskraft dazu aufbrächte, wäre dies der Augenblick, seine Tasche aufzuheben und die Promenade entlang davonzugehen. Keine Frau war die Erniedrigung wert, zu warten, bis ein fünfzehnjähriger Junge sich angekleidet hatte, und ihm über einen öffentlichen Strand zu folgen.

Sein Lebtag hatte er so etwas noch nicht gemacht.

Das Bild, wie sie die Geröllhalde hinauf ihren Weg suchte, blitzte wieder vor seinem geistigen Auge auf. Vielleicht würde er doch noch ein paar Minuten lang hier stehenbleiben. Er hatte eine unvergleichliche Aussicht auf den Pier. Ob es wohl möglich war, sämtliche Fahnen zwischen den Einlaßtürmen und der Pierspitze zu identifizieren? Nun wollte es der Zufall, daß die Flagge Indiens in seiner Blickrichtung direkt über jenem Badekarren hing, und als seine Augen sie erreichten, wurde seine Aufmerksamkeit durch den Jungen abgelenkt, der auf den Stufen stehengeblieben war, um die Sonnenwärme auf seinen Gliedern zu genießen, ehe er sich hineinbegab. Er schien sich irgendeiner jugendlichen Phantasie hinzugeben, da er die Pose eines Athleten oder Faustkämpfers einnahm, das Tuch lose um den Hals gelegt, den Bademantel von der Brust zurückgeschlagen. Sein Gesicht war im Profil zu sehen, mit vorspringendem Kinn. Moscrop dachte bei sich, dies Gesicht könne ihm nicht gefallen. Es war nicht die Selbstzufriedenheit im Ausdruck des Jungen; die gehörte zur Pose und war verzeihlich. Nein, was ihn abstieß, war der Gesichtsschnitt. Er war zwar ganz gefällig. Sogar hübsch. Breite, hohe Stirn, wohlgezeichnete Augenbrauen, feine, spitz zulaufende Nase, männliches Kinn. Das Haar glatt und auffallend blond. Auch der Mund harmonierte mit den übrigen Zügen, aber Moscrop entdeckte eine Spur Roheit in der Unterlippe, die eine Idee zu fleischig war (für einen geübten Beobachter), was eine gewisse Sinnlichkeit andeutete. Wo hatte er schon einmal einen Mund dieser Art gesehen? – In irgendeinem unangenehmen Zusammenhang, dessen war er sich sicher. Während er noch darüber nachdachte, drehte der Junge, dem Flug eines Seevogels folgend, ein wenig den Kopf. Die Bewegung ermöglichte es Moscrop, die Augen des Jungen zu sehen. Sie waren groß und vorstehend unter fleischigen Lidern und verliehen dem Gesicht einen unziemlichen, beinahe wollüstigen Ausdruck. Er ordnete sie sofort ein: es waren die Augen des jungen Mannes im „Erwachenden Gewissen“, einem Gemälde Holman Hunts, auf dem ein Mädchen dargestellt ist, das der Aufforderung ihres Liebhabers widersteht, sich auf seinen Schoß zu setzen. Ließ man in Gedanken den Bakkenbart des jungen Mannes fort, war die Ähnlichkeit zu dem Jungen im Bademantel bestürzend deutlich. War er auch noch ein Kind, so drückten doch Augen und Mund, diese zweifachen Verräter der finstersten Instinkte, die gleiche Gefühlsroheit aus, die der Künstler in seinem Porträt des Verführers dargestellt hatte.

Der Junge drehte sich um und verschwand im Badekarren. Moscrop zog ein seidenes Taschentuch hervor und wischte sich die Stirn. Guter Gott! In welche Hitze steigerte er sich hinein! Es war absolut lächerlich. Was ging es ihn an, wem der Junge ähnlich sah? Er war nicht mehr als ein Glied in der gegenwärtigen Kette von Umständen. Er konnte jedem beliebigen Menschen ähneln, von Charles Peace bis zu Mr. Gladstone selbst, und es würde nicht das geringste ausmachen. Sobald er die Verbindung mit der schönen Überbringerin des Badetuchs geschaffen hatte, verlor er jegliche Bedeutung.

Aber als der Junge zehn Minuten später, sein Badezeug als Bündel unter dem Arm, den Karren verließ, den Wärter bezahlte und knirschend über die Steine davonstapfte, geschah das nicht, um sich mit jemandem am Strand zu treffen. Statt dessen stieg er die nächstliegenden Stufen zur Esplanade hinauf und schlug die Richtung zum West Pier ein. Es blieb nichts weiter übrig, als sich an die Verfolgung zu machen. Moscrop, schwer beladen mit seiner Tasche voll optischer Instrumente und kaum von der Anstrengung erholt, dieselbe Strecke aus entgegengesetzter Richtung zurückzulegen, fand das Tempo verflixt schnell. Der Junge war von kleiner Statur – wenn auch wahrscheinlich nicht für sein Alter – und wäre im Gedränge der Spaziergänger bald nicht mehr zu unterscheiden gewesen, hätte er nicht ein rotes Sportjackett getragen, im selben Ton wie das leuchtende Seidenband am Strohhut.

Am Zugang zum Pier, wo die Menge am dichtesten war, verlor er ihn. Zu einem anderen Zeitpunkt hätte es ihm grenzenloses Vergnügen bereitet, sich in das Gedränge zu schlängeln, gleichgültig, ob er sich einer Gruppe anschloß, die Rumkugeln kaufte, oder anderen, die dem Orchester zuzuhören versuchten. Heute drückte er sich am Rand der Menge entlang und suchte besorgt seine Beute. Dann – welche Erleichterung! – erkannte er auf der anderen Straßenseite den roten Fleck. Aber – welche unangenehme Überraschung! – der Junge bezahlte gerade die Miete für ein Fahrrad. Moscrop hatte in seinem ganzen Leben noch nicht von dieser zweirädrigen Art der Fortbewegung Gebrauch gemacht.

Er tat das einzig mögliche: überquerte die King's Road und rannte zum Droschkenstand. Schon saß der Junge oben und war bereits dabei, mit Hilfe des Vermieters genügend Schwung zu gewinnen, um allein das Gleichgewicht halten zu können. Das Badezeug befand sich in einem am Sattel angebrachten praktischen Korb. Schwankend, aber aus eigener Kraft fuhr er am Droschkenstand vorbei. Moscrop riß sich den steifen Hut vom Kopf und schlug sich aufgebracht damit ans Bein. Keine Droschke in Rufweite.

Es vergingen mindestens fünf Minuten, bis ein vierrädriger Wagen vorfuhr und seinen Fahrgast ausspie. Fünf Minuten! Ein Radler konnte in dieser Zeit schon halb in Kemp Town sein. Er stand schon auf dem Trittbrett, bevor er merkte, daß noch ein zweiter Passagier, ein Pekinese, aussteigen mußte. Fast warf er den Hund seinem Besitzer in die Arme und rief dem Kutscher zu, loszufahren.

Auf der King's Road war ein verzweifelt langsames Vorwärtskommen. Niemand war in Eile; die Fahrt auf der Küstenstraße war ein Anlaß, sich sehen zu lassen, und nicht, Staub aufzuwirbeln. So fuhr die Droschke nur wenig schneller als die von Ziegen gezogenen Wägelchen, die Gruppen kleiner Kinder zwischen den Piers hin- und herfuhren. Es brachte nichts ein, den Kutscher zu drängen, schneller zu fahren; die Fülle des Verkehrs machte das unmöglich, sofern man nicht über ein eigenes Pferd oder Fahrrad verfügte.

Der überaus reizvolle Ausblick nach rechts und links, die eleganten Fassaden aus der Periode der Regentschaft und das herrlich grüne Meer waren an Moscrop verschwendet. Er reckte sich den Hals aus, um am Kutscher vorbei jedes Fleckchen Rot, das in Sicht kam, eingehend zu mustern, und wurde auf der ganzen Strecke bis zum Chain Pier von Sonnenschirmen und Luftballons genarrt. Dort ließ er den Wagen halten. Er hatte an der Mauer eines Hauses neben dem Piereingang einen Ständer mit rund einem halben Dutzend Fahrrädern gesehen. Soeben stellte ein Junge, nicht größer als das Vorderrad, eine Maschine ein. Am Sattel war ein Korb angebracht. Moscrop gab dem Kutscher seinen Shilling und eilte über die Straße.

„Dieses Fahrrad", fragte er den Jungen, „wer hat es dir zurückgebracht?"

„Das is vom West Pier, Chef. Bis hier kommt man für 'n Zehner. So'n Herrchen hat's da oben gemietet und hergefahrn. Ich sammle sie bloß und stell sie ein. 'ne ganze Menge beßre Herrn kommt regelmäßig zum Mittagessen bei Mutton oder im Aquarium angefahrn. Manche versuchen hinterher auch zurückzufahrn. Is'n seltner Anblick, wenn sie ein, zwei Krüge Starkbier intus haben."

„Die Person, die es gemietet hat", beharrte Moscrop. „Kannst du dich erinnern, ob das ein junger Mann war, nicht viel älter als du, und in einem roten Sportjackett?"

Der Junge kratzte sich am Kinn. „Kann mich eigentlich an gar nix erinnern."

Moscrop steckte die Hand in die Tasche.

„Jetzt, wo ich drüber nachdenke", sagte der Junge pfiffig, „hatte der wirklich 'n Sportjackett an. Und rot war's auch."

Moscrop hielt ihm einen Sixpence vors Gesicht. Der blinkte im Sonnenlicht. „In welche Richtung ist dieser junge Mann gegangen?"

„Da rauf, Chef. Ins Aquarium, nehm ich an. Ah, sehr verbunden, der Herr."

Das Aquarium! Er war es mehr gewöhnt, das Leben *am* Meer zu studieren als das darin, doch er zögerte nicht. Er war über der Straße, am Terrassengarten vorbei und stand am Drehkreuz unter dem Uhrturm des Aquariums, bevor noch der Fahrradjunge den Sixpence eingesteckt hatte.

3

Der Eintritt in das Aquarium kostete einen Shilling. Binnen zwei Minuten eine halbe Krone ausgegeben! Seiner Neugier zu frönen war ein kostspieliger Zeitvertreib. Er hoffte, die Auskunft, die er am Fahrradstand gekauft hatte, sei zuverlässig. Selbst dann wäre es nicht leicht, den Jungen zu finden. Der Vorhof am Fuß der Granitstufen, die er jetzt hinabstieg, glich einem Hotelfoyer, gedrängt voller Besucher, die lautstark erörterten, ob sie zuerst das Mittagessen einnehmen, die Ausstellung besichtigen oder dem Orchester im Gewächshaus zuhören wollten. Er blieb auf halbem Wege stehen und durchforschte mit dem Blick die schattigen Bezirke unter den Rundbögen aus rotem Backstein und hinter den Terrakottasäulen. Die einzigen roten Röcke in Sicht gehörten Angehörigen der Miliz. Er stieg vollends hinab und überquerte den Vorhof zur Eingangshalle.

Auch diese war voll, wenn auch weniger laut. Sie war mit langen Tischen als Lesezimmer eingerichtet. Besucher waren zu Dutzenden herbeigeströmt und hatten sich auf die Londoner Zeitungen gestürzt wie ein Mann über Bord auf den Rettungsring. Wie gut eine Vermieterin das Frühstück auch immer anrichtete, ohne die „Morning Post" war es eben nicht dasselbe.

Die neuesten Ausgaben der siebzehn Brightoner Tages- und Wochenzeitungen, großzügig über die achtzig Fuß lange Halle verteilt, waren nicht sehr gefragt. Die einzige Ausnahme war die „Liste vornehmer Gäste". Auf jeden, der dieses Journal studierte, warteten drei oder vier als Ablösung. Zweckmäßigerweise lag es auf einem länglichen Lesepult unter Glas. An einem anderen Tisch zergliederte eine kleine Kolonie Urlauber von der Londoner Börse die neuesten Telegramme.

Moscrop blieb unschlüssig stehen und rang mit derselben Entscheidung, die draußen solche Erörterungen auslöste. Sollte er sich nach links wenden und ins Restaurant gehen oder geradeaus in das eigentliche Aquarium? Er hatte sich bereits überzeugt, daß der Junge sich nicht im Lesezimmer aufhielt. Man durfte wohl annehmen, falls er sich überhaupt im Gebäude befinde, sei er gekommen, um jemanden zu treffen. Vielleicht hatte er die Leute bereits draußen getroffen und war ins Restaurant gegangen. Wenn das zuträfe, dürfte er ziemlich lange dort bleiben; lange genug, um zu gestatten, ohne Risiko die Gänge mit den Schaubekken abzusuchen. Er schritt entschlossen voran.

Auf das nächste Erlebnis war er nicht vorbereitet. Nach dem Stimmengewirr draußen hatte die im Lesesaal herrschende Atmosphäre der Konzentration, ähnlich wie in einem Klub, einen Gegensatz dargestellt, doch immerhin hatte man in ihr eine andersartige Erscheinungsform des modernen Lebens erkennen können. Im Aquarium nicht. Es war aus einer anderen Welt. Matt beleuchtete Gänge dehnten sich vor ihm wie Kreuzgänge in einem Fresko von Fra Angelico. Pfeiler aus dunkelgetöntem Serpentinmarmor, Muschelkalkstein und rotem Edinburgh-Granit stützten ein Kreuzgewölbe, das sich mehr als zweihundert Fuß weit hinstreckte. Es war zusammengesetzt aus mehrfarbigen Ziegeln und überkreuzt mit wohlgeformten gotischen Bögen. Moscrop war tief beeindruckt; er hätte nicht mit der Wimper gezuckt, wenn eine Orgel zu spielen begonnen hätte und eine geistliche Prozession vorbeigezogen wäre. Er hätte gern geglaubt, daß der Lichtfleck auf dem Boden links von ihm durch ein Buntglasfenster gefiltert worden wäre. Es war wie eine Entheiligung, zu entdecken, daß er von einem gasbeleuchteten Becken mit Hummern herrührte.

Er schritt unruhig den Gang entlang und spähte nach vorn, ob er den Jungen ausmachen könne, fühlte sich aber gleichzeitig verpflichtet, ein gewisses Interesse an den Becken zu heucheln, ähnlich wie man bei der Besichtigung eines Doms die Grabsteine eines Blickes würdigt. Ein Glattroche näherte sich dicht der Scheibe eines der Behälter und verharrte dort in der Schwebe, groteske Parodie auf ein menschliches Antlitz, mit verschlagen blinzelnden Augen und höhnischem Maul. Makrelen und Heringe spielten zwischen den aufsteigenden Luftblasen. Barsche tauchten wiederholt in den feinen Kies auf dem Grund ihres Beckens und wälzten sich mit sichtlichem Behagen darin. Im größten Bassin, über hundert Fuß lang, flitzten Tümmler spielerisch von einem Ende zum anderen. Eine Reihe Besucher beobachtete mit stummem Staunen, welch quecksilbrige Behendigkeit sich einen Fuß vor ihrem Gesicht entfaltete.

Halbwegs den Gang entlang war inmitten der langsam vorwärts drängenden Besucherschar noch immer kein Rot zu sehen. Er hielt sich mehr zur Mitte, in der Nähe der kleinen, auf Sockeln ruhenden Becken mit tropischen Fischen. Mit einem schiefen Lächeln bedachte er eines, das mit „Shanghai-Teleskopfisch“ beschildert war. Nach

Newton oder nach Cassegrain? Welcher Methode sie sich auch bedienten, es dürfte ihnen schwerfallen, in dieser trüben Unterwelt überhaupt ein Bild hervorzubringen. Kein ihm bekanntes Teleskop könnte genügend Licht sammeln, um hier vom geringsten Nutzen zu sein.

Rechts bemerkte er einen Durchgang, der zu einer gesonderten Ausstellung führte. „Die neue Alligator- und Krokodilhöhle ist nunmehr fertiggestellt und für das Publikum geöffnet", verkündete ein Schild daneben. Er zögerte. Würde eine solche Kuriosität einen fünfzehnjährigen Jungen interessieren? Es war anzunehmen. Als Treffpunkt jedoch wäre es eine einmalig unwahrscheinliche Wahl. Es war kaum vorstellbar, daß die Dame mit dem flatternden weißen Hut ein Rendezvous in einem Reptilienhaus verabredet haben könnte.

Er musterte die Reihe der Besucher, die an den Becken entlangzogen. Mehrere Strohhüte fielen auf. Kein einziges rotes Sportjackett. Es blieb nichts weiter übrig, als die Krokodilhöhle näher zu untersuchen.

Das Innere war dunkler als das eigentliche Aquarium. Fauchende Gasbrenner in Fußbodenhöhe warfen ein gelbliches Licht über unbestimmbare Flächen von Schlamm und Pflanzenwuchs. Er wartete am Eingang, bis sich seine Augen der Umgebung angepaßt hatten. Als er sich vergewissert hatte, daß wirklich eine vier Fuß hohe Schutzwehr aus Eisen und Glas die menschlichen und die reptilischen Bewohner der Höhle trennte, ging er weiter hinein. Es herrschte ein Gewimmel wie in der Bar eines Varietétheaters. Statt nach Getränken zu rufen, unterhielten sich die Gäste damit, nach unten zu starren und die Krokodile von den Baumstämmen zu unterscheiden. Samstagnachmittags-Zoologen. Er empfand nicht den Wunsch, es ihnen gleichzutun, doch um überhaupt etwas zu sehen, mußte er einen Platz an der Scheibe ergattern. Und dort hinzugelangen war gewiß schwieriger, als im Alhambra Erfrischungen zu bestellen. Die Vornstehenden waren nicht geneigt, weiterzugehen, ehe sie im Becken ein Lebenszeichen wahrgenommen hatten, und die Reptilien waren nicht eben entgegenkommend.

Schließlich drängelte er sich zwischen einen Geistlichen und eine stämmige Frau mit einem Plüschhut. Um sein

Interessen an den Krokodilen zu bekunden, warf er über das Glas hinweg einem starräugigen Zwölf-Fuß-Exemplar einen Penny auf den Rücken. Dann musterte er die Reihe menschlicher Gesichter längs des Geländers rechts von sich. Das vom Becken aufwärts gerichtete Licht traf ihre Züge von unten her. Kinne, Lippen, Nasen und Brauen waren in der Art der Mörderfiguren bei Madame Tussaud beleuchtet. Er seufzte. Unter diesen Umständen würde es einem schwerfallen, die eigene Mutter zu erkennen.

Am hinteren Ende der Barriere entstand eine gewisse Unruhe. Ein Kind wurde emporgehoben, um besser sehen zu können, ein Knabe von zwei oder drei Jahren in einem weißen baumwollenen Matrosenanzug. Winzige, fette Finger umklammerten den Rand der Scheibe über den Köpfen der Zuschauer. Hinter ihnen tauchte ein Schopf flachsblonder Locken auf und wurde über das Glas hinausgehoben, wodurch das Kind die Krokodile aus der Vogelperspektive zu sehen bekam. Es wurde an den Beinen festgehalten. Von Moscrops Standort aus wirkte dieser Vorzugsplatz recht unbehaglich. Und so schien es auch jemand anderem, denn eine junge Frau erhob heftig Einspruch und versuchte, das Kind in eine sichere Höhe herabzuziehen. „Nein, Master Guy, das gefällt ihm nicht. Es gefällt ihm überhaupt nicht. Sehen Sie denn nicht, daß es ihm nicht gefällt? Nehmen Sie ihn um Gottes willen runter!" Ihrer Kleidung und ihrem Benehmen nach war sie das Kindermädchen des Knaben und legte eine durchaus geziemende Sorge um seine Sicherheit an den Tag. Master Guy ließ sich jedoch nicht beeindrucken. Er schob die Beine höher, jenseits ihrer Reichweite. Das Gewicht des Kopfes begann das Kind hinabzuziehen. Eines der Reptile im Becken regte sich. Das Mädchen schrie auf. Im Nu griffen mehrere Paar Hände zugleich zu, um das Kind zurückzuziehen und es in Sicherheit zu bringen. Es schien keinerlei Schaden davongetragen zu haben. Wahrscheinlich war es überhaupt nicht in Gefahr gewesen. Nichts führt die Menschen so zu voreiligen Schlüssen wie ein Aufschrei in einem Reptilienhaus. Jedenfalls nahm der Guy genannte junge Mann die Sache leicht und zauste lachend die Locken, die jetzt unerbittlich an den Busen des Kindermädchens gepreßt wurden.

Moscrop beobachtete ihn mit wachsendem Interesse, nicht, weil der Zwischenfall von irgendwelcher Bedeutung gewesen wäre, sondern weil er jetzt, da das Kind wieder bei seinem Kindermädchen war, zum ersten Mal sehen konnte, was Master Guy trug: ein Sportjackett, das der unversehens zunehmende Druck der Menge gegen das Glas preßte, so daß es im Gaslicht rot wie eine Signalflagge aufleuchtete. Welches Glück! Er zog sich sofort von der Barriere in die hinteren Reihen zurück und schob sich so nahe wie möglich heran.

„Sei doch vernünftig, Bridget, verflixt nochmal", hörte er von vorn. „So wie du dich aufführst, würde jeder glauben, ich wollte das Kind beseitigen, wie jemand in den Polizeiberichten." Seine hohe Stimme war weithin vernehmlich. Was immer Bridget glaubte, die Menge wurde über die guten Absichten des jungen Mannes nicht im unklaren gelassen. „Der Junge wollte die Biester selbst sehen. Gehört zu seiner Bildung. Du mußt dich mehr zusammennehmen, mein Kind, sonst bringst du uns noch mächtig in Schwierigkeiten, stimmt's, kleiner Jason?" Falls es sich wirklich um den jungen Mann handelte, den Moscrop von der Badestelle her verfolgt hatte, sprach er mit einer Selbstsicherheit, die seinen Jahren weit voraus war.

Eine Verschiebung innerhalb der Menge beantwortete die Frage. Der Träger des Sportjacketts tauchte ein Yard von Moscrop entfernt auf, Mädchen und Kind im Schlepptau. Seine Hand spielte noch immer mechanisch in den Locken des kleinen Jason, doch seine Augen, soweit sie inmitten all der Schatten sichtbar waren, glänzten äußerst unbußfertig. „Das erwachende Gewissen!" Ohne jeden Zweifel war es der Junge vom Strand. Moscrop reihte sich hinter ihnen ein, entschlossen, ihn nicht noch einmal zu verlieren.

Im eigentlichen Aquarium war jetzt das Licht, das vorher so trübe schien, so gut wie Tageslicht. Sie durchquerten eine Mittelhalle und betraten die zweite Hälfte des Hauptganges, wobei sich Moscrop immer zwanzig Yard hinter ihnen hielt. Ihr Schritt war zielbewußt. An Becken auf Becken ging es vorbei, ohne daß den Insassen auch nur ein flüchtiger Blick zuteil wurde.

Allmählich nahm er vom Ende des Gebäudes her ein

Geräusch wahr, ein beständiges Pochen, das sich bald als der Beitrag des Schlagzeugers zu einer Walzermelodie entpuppte. Sie klang in dieser Umgebung eigenartig fehl am Platze, auch als das volle Orchester vernehmbar war. Die Geschäftsleitung des Aquariums hatte anerkennenswerterweise in Kübeln einen kleinen Palmenhain aufgestellt, um zwischen den Musikern und den Meeresbewohnern eine Trennung herbeizuführen. Teile des Publikums wandten sich mit dem entschlossenen Schritt sonntäglicher Kirchgänger in diese Richtung. Sie verschwanden in einem dahinterliegenden Raum, dem auch Guy zustrebte, das Mädchen mit dem nunmehr schlafenden Kind in den Armen ein, zwei Schritte hinter sich.

Er folgte ihnen in ein geräumiges Gewächshaus, mit aufs Geratewohl zwischen hohem, subtropischem Gebüsch verstreut stehenden Wiener Stühlen und Bambussesseln reich versehen. Die meisten standen auf das Aquariumorchester gerichtet, ein Dutzend Instrumentalisten auf einer kleinen Plattform hinter einer Farnkrautgruppe, doch ein Teil des Publikums zog es vor, an den Seiten entlangzuwandeln. Viel wurde geboten, das Auge zu entzücken: Kaskaden und Springbrunnen und Miniatur-Alpenlandschaften.

In welche Richtung waren sie gegangen? Lieber Himmel, hier herrschten ja geradezu Verhältnisse wie im Dschungel, weil in jeglicher Richtung Palmen- und Farnwedel es ganz unmöglich machten, mehr als ein Dutzend Yard weit zu sehen. „Auf der anderen Seite sind noch reichlich Sitzplätze, Sir“, empfahl ihm eine gelangweilte Stimme.

„Ich gehöre – hm – zu der Gruppe vor mir. Junger Mensch in einem roten Sportjackett.“

Eine schlaffe Hand winkte ihn vorwärts. „Dr. Protheros Begleitung? Links vom Podium, Sir, hinter der chinesischen Magnolie.“

Ein *Doktor.* Wer in aller Welt kam nun noch? Bei diesem Tempo würde er bald die halbe Bevölkerung von Brighton verfolgen. Er holte tief Luft. Es war Zeit, innezuhalten und zu überlegen, welche Verwicklungen sich aus dem ergeben könnten, was er hier tat. Die Gegend durch die Röhre eines Teleskops auszuforschen war eines; einer fremden Frau nachzusetzen etwas ganz anderes. Bestimmt keine gesunde Art, einen Urlaub zu beginnen.

Er mühte sich mannhaft, sich zu besinnen, wie er in Brighton auf würdigere Art seine Zeit verbringen könne: Mittagessen bei Mutton, bei Brill baden, Konzerte in der Festhalle. Nichts davon vermochte die Erinnerung an einen breiten weißen Hut zu verdrängen, der im Rhythmus unsichtbarer Gliedmaßen über das Geröll wippte. Er zuckte die Achseln, stieß den Atem aus, aufwärts durch die Borsten seines Schnurrbarts, und überantwortete sich den Palmen und dem Aquariumorchester.

Und da war er, als er die Magnolie umrundet hatte – der Hut in all seiner Pracht, jetzt ganz still, solange das Orchester spielte, ohne das leiseste Beben.

Sie saß in einem Rohrsessel in der Pose einer Atelierphotographie, das Gesicht im Profil, klar gegen das dunkle Grün der Farne abgesetzt. Guy und das Kindermädchen mit dem Kind hatten sich dahinter aufgestellt, und jemand anders saß neben ihr. Moscrop konzentrierte sich allein auf sie. Guter Gott, was waren Ferngläser doch für unvollkommene Instrumente! Das Bild, das seine Linse vom Pier aus vermittelte, hatte nichts von der feineren Beschaffenheit dieses Teints wiedergegeben.

Er entschloß sich zum Promenieren. Wenn er seinen Weg mit Bedacht wählte, sollte er in der Lage sein, sie aus verschiedenen Blickwinkeln zu beobachten. Er war nicht ein Mann der Art, die bei der erstbesten Gelegenheit eine plumpe Annäherung einfädelt. Lässig schlenderte er einen schmalen Pfad entlang, der ihn hinter sie führte. Im Vorübergehen gab er sich den Anschein, die Pflanzen zu betrachten, aber die Mühe hätte er sich sparen können; sie war völlig in die Musik versunken.

Weiter vorn befand sich ein kleiner Teich mit einem Springbrunnen in der Mitte. Es war das Natürlichste von der Welt, dort stehenzubleiben und die unter den Lilienbüscheln versteckten Goldfische zu bewundern. Durch eine Lücke im Laubwerk links vom Wasserstrahl beobachtete er, wie der Knabe Guy sich hinabbeugte, um etwas unter den Hutrand zu flüstern. Es war ihr bestimmt nicht recht, in ihrer Versunkenheit gestört zu werden, dessen war Moscrop sich sicher. Verteufelt ungehörig, während eines Konzerts zu sprechen: es bestätigte seinen früheren Eindruck von dem Jungen. Wie erfreulich, zu sehen, daß sie den jungen Dachs mit einer einzigen sachten Bewegung der rechten Hand zum Schweigen brachte. Der Hut erbebte von dem Nachdruck ihrer Rüge, falls er sich nicht irrte.

Er schritt zur nächsten Lücke im Laubwerk weiter, einem vielversprechenden Standpunkt, beinahe entgegengesetzt der Stelle, von der aus er sie zuerst gesehen hatte. Unglücklicherweise wurde die Aussicht völlig von ihrem Begleiter verdeckt, der sich nun zum erstenmal Moscrops Aufmerksamkeit aufdrängte. Er war ein schmächtiger Mann in den Fünfzigern, beinahe kahl. Er saß elegant in einem Sessel wie dem ihren, die Ellbogen auf die Armlehnen gestützt und die Spitze des Kinns auf einer Brücke ruhend, die seine Zeigefinger bildeten. Eine wohlausgewogene Figur; Haltung entspannt, doch völlig beherrscht, bis hinunter zu den gekreuzten Füßen und gestreckten Zehen. Es bestand kein Zweifel an seiner Identität. Dies war Dr. Prothero: das Kennzeichen seines Berufs, sein seidener Zylinderhut, lag für alle Notfälle bereit auf seinem Schoß.

Moscrop rümpfte die Nase, umrundete einen Oleander, schlenderte zum Teich zurück und beobachtete wieder die zwei sitzenden Gestalten. Es widerstrebte ihm, darüber nachzudenken, in welcher Beziehung sie zueinander standen. Er stellte lediglich fest, daß ein Altersunterschied von zwanzig Jahren zwischen ihnen bestand – ach, sogar fünfundzwanzig. Ja, der Doktor war bestimmt fast doppelt so alt wie sie.

Der Knabe Guy zog nach seinem vereitelten Versuch, während des Konzerts zu sprechen, einen Beutel aus der Tasche. Tabak, in seinem Alter? Nein, bei Gott, Schnupftabak nahm er zu sich, hielt ihn so offen an die Nase, als atmete er Kampfer ein! Jungen waren Jungen, und es wäre unrealistisch gewesen, sich einzubilden, sie frönten nicht hin und wieder heimlich den Bräuchen des Rauchsalons, aber das hier geschah in der *Öffentlichkeit,* in Gesellschaft einer Dame. Dem Doktor jedenfalls schien es ganz gleichgültig zu sein, was hinter ihm vorging. In der Tat, von diesem Blickwinkel aus wurde deutlich, daß er ein mehr als flüchtiges Interesse für ein Mitglied des Orchesters offenbarte, eine Harfenistin in einem schwarzen, dekolletierten Kleid. Sie konnte natürlich eine auffallend begabte Musikerin sein, doch das erklärte Dr. Protheros augenblickliche Aufmerksamkeit nicht, denn das Stück, das das Orchester gerade spielte, besaß überhaupt keinen Harfenpart.

Der Walzer endete mit Bravour. Die Spieler dankten mit Nicken und Lächeln für einen müde plätschernden Applaus und begannen ihre Notenblätter auszuwechseln. Das gab denjenigen unter dem sitzenden Teil des Publikums, die allmählich ruhelos wurden, die Gelegenheit, sich diskret zu entfernen. Dr. Prothero hatte bereits den Hut auf und strebte zur Tür, augenscheinlich unbekümmert darum, ob der Rest seiner Gesellschaft folgte. Als er flüchtig zurückblickte, geschah das lediglich in der Richtung des Orchesters. Seine Begleiterin dagegen wandte sich um, richtete ein paar Worte an Guy und erhob sich dann, zupfte die Falten ihres Rockes zurecht und folgte ihm, mit ihr die anderen.

Moscrop ging auf einem weniger direkten Weg hinaus. Auch so erreichte er die Tür fast gleichzeitig mit Guy, da er durch das Laubwerk des Treibhauses brach wie Stanley in Sichtweite von Udschidschi. Im Hauptwandelgang draußen war es schwieriger, seine Verfolgung zu tarnen, denn mit Ausnahme der Mittelsäulen gab es keine Deckung, und jemand, der von einer Säule zur anderen huschte, müßte genau so merkwürdig und ungewöhnlich wirken wie die Fische selbst. Ihm blieb nichts weiter übrig, als den gleichen raschen Schritt wie Dr. Prothero und seine Gruppe anzuschlagen, und er mußte es darauf ankommen lassen, daß sie nichts Sonderbares dabei finden würden, falls sie sich zufällig umdrehen und entdecken sollten, daß ihnen ein Besucher so dicht auf den Fersen folgte.

Nicht etwa, daß er sich in irgendeinem Sinne schuldbewußt zu fühlen brauchte; was er tat, war nichts Ungesetzliches. Seit Jahren folgte er seinen Mitmenschen mit der lebendigen Anteilnahme des Beobachters; war das schließlich nicht sein Hobby? Wem schadete es, wenn man sich in der Anonymität verbarg, zu einem Gesicht in der Menge oder einem Punkt in der Landschaft wurde, aber dabei die Macht besaß, andere herauszupicken, eine Linse auf sie einzustellen und sie nach Belieben zu beobachten, ohne daß sie dessen jemals gewahr wurden? Der einzige Unterschied war jetzt, daß er seine Anonymität aufs Spiel setzte. Er gab sich nicht damit zufrieden, sich der Menge einzugliedern, die sich langsam an den Becken rechts und links vorbeischob. Und wenn er noch eine Bestätigung brauchte, daß es sich lohnte, das Risiko auf sich zu nehmen, so hatte er sie vor sich: im Dahinschreiten war sie ebenso hinreißend wie beim Emporklettern am Strand. Der Hutrand und die Fransen ihres Sonnenschirms wippten im Einklang mit ihren raschen Schritten.

Der Doktor blieb erst stehen, als er den Lesesaal durchschritten hatte und vor der Tür zum Restaurant angelangt war. Dort folgte eine kurze Erörterung. Offensichtlich konnte man das Kindermädchen mit dem Kind zum Essen nicht mit hineinnehmen; Bridget bekam ihre Anweisungen. Und wirklich, Guy wurde ausgesandt, hinter einem Farnkübel einen leichten Kinderwagen hervorzuholen, ein sesselähnliches Gestell mit drei Holzrädern, und das Kind wurde hineingesetzt.

Was sollte er nun tun – ihnen zum Mittagessen folgen, in der Hoffnung, einen benachbarten Tisch zu ergattern, oder draußen mit dem Dienstmädchen und dem Kind warten? War es übrigens wahrscheinlich, daß sie dort warten würden? Nein, das Kind müßte auch etwas zu essen bekommen. Bridget schob den Kinderwagen bereits durch den Lesesaal.

Auf einen Impuls hin tat er das scheinbar am wenigsten Folgerichtige: er verließ den Gegenstand seiner Verzauberung und folgte der Bediensteten. Dieser Entschluß kam so spontan, daß er sich mit aller Natürlichkeit zur Tür bewegte. Er holte Bridget am Fuß der Granitstufen ein.

„Gestatten Sie, junge Dame."

Sie hatte keine Wahl. Er hielt bereits den Kinderwagen in den Händen.

„Oh, danke schön." Sie schenkte ihm ein kokettes Lächeln. „Dann lassen Sie mich wenigstens Ihre Tasche nehmen."

„Sie ist schwer."

„Nicht so schwer wie Jason und sein Wagen. Ich bin Ihnen zu Dank verpflichtet, Sir."

„Keineswegs. Ein reizendes Kind. Das war seine Mutter

an der Tür des Restaurants, nicht wahr?" Mit dem oberflächlichen Ton hingesprochen, wie man höflichkeitshalber plaudert. Das Mädchen würde nicht ahnen, welche Bedeutung er der Antwort beimaß.

„Mrs. Prothero? Ja, sie ist Jasons Mama."

„Und der ältere Junge? Er ist doch gewiß nicht Jasons Bruder?"

„O doch. Jedenfalls sein Halbbruder. Das ist Master Guy. Er ist jetzt fünfzehn, und ein kritisches Alter ist das, wenn er typisch dafür ist."

„Dann ist er wohl Dr. Protheros Sohn von einer früheren Gattin?"

„Ja. Fragen Sie mich nicht, von welcher. Die jetzige Mrs. Prothero ist die dritte. Der Doktor behält seine Frauen nicht lange, nicht? So, das hätten wir. Sie sind ein Gentleman, Sir, und ich bin Ihnen sehr dankbar."

„Es war nicht der Rede wert", sagte Moscrop. „Überhaupt nicht der Rede wert." Doch als er seine Tasche zurückbekam und zum Geländer der Promenade hinüberschritt, war sein Ausdruck mehr als beunruhigt. Er sah aus wie ein Mann, dessen schlimmste Ahnungen sich bestätigt haben.

4

Der Sonnabend war so ausgefüllt gewesen, daß Moscrop sich am Sonntagmorgen um halb elf in der sonderbaren Verlegenheit fand, zum Vormittagsgottesdienst aufzubrechen, ohne zu wissen, welche der Kirchen von Brighton eine angemessene Stätte der Andacht für ihn sei. Sankt Stephan am Montpelier Place schien ihm passend; in der Tat hatte Miss Lyle, seine Wirtin, sie empfohlen. Aber war es eine Kirche der eleganten Welt? Darüber hatte sie sich nicht besonders klar ausgedrückt. Sankt Peter, die Pfarrkirche oben an der Großen Parade, sei besser bekannt, glaube sie, und Sankt Bartholomäus in der Ann Street sei zweifellos die größte, auch wenn der Bau nicht jedermanns Geschmack sei, aber zu diesen sei es zu Fuß sehr weit, und es gehe meistens bergauf. Sankt Stephan liege schließlich gleich um die Ecke.

Die Anschlagtafel draußen bestätigte, daß Sankt Stephan nicht die elegante Welt betreute. Die Liste der Gemeindeveranstaltungen schloß einen Wolldeckenausleihdienst und einen Kohlebeschaffungsverein ein. Er verzog das Gesicht und ging vorbei, dann machte er einen Zylinderhut aus, der die Dyke Road hinabbog. Dieser führte ihn zur West Street und damit zu Sankt Paul. Eigentlich lag es auf der Hand; dies war unbedingt der geeignetste Treffpunkt für Leute mit einem Hang zur großen Gesellschaft. Die King's Road, wo jedermann von Rang zwischen dem Ende des Gottesdienstes und dem Mittagessen eine Ausfahrt machte, war knapp hundert Yard entfernt. Die Reihe offener Zweispänner draußen machte es ganz überflüssig, hier die Kirchenaushänge durchzusehen.

Noch bevor die Geistlichkeit erschien, mußte er sich eingestehen, daß er sich nicht in der besten Verfassung für einen Kirchgang befand. Die Töne der Orgel weckten unbehagliche Schwingungen in einem Bezirk seines Schädels, der schon in der Frühe seine Empfindlichkeit kundgetan hatte, doch war es ihm gelungen, ihn zu beschwichtigen, bis hinter ihm der erste Ton von „Jeden Morgen neu" aufbrauste. Der Samstagabend im „Canterbury" würde nunmehr seinen Zoll fordern.

Er hatte den Abend voll Gin und Gesang nicht geplant. Ein Besuch im „Canterbury" war nicht unauslöschlich im gesellschaftlichen Tagebuch eingezeichnet wie die Abende in der Konzerthalle und dem Königlichen Schauspielhaus. Im Gegenteil, es war ein Ereignis, das aufzuzeichnen man sich hütete, denn es handelte sich um ein drittklassiges Varieté in der Church Street, am Rande von Brightons Armenviertel, wo die Polizisten zu zweit patrouillierten. Gegen acht Uhr am Samstagabend hatte es seiner Stimmung besser entsprochen als die Bernhardt in der „Kameliendame". Er hatte sich mit seinem Opernglas zwischen den Soldaten und Handlungsgehilfen niedergelassen, in den jenseits des Rampenlichts ausgetauschten Banalitäten geschwelgt und stetig getrunken, bis der Alkohol den Schmerz auch der letzten Wunden seiner Selbstachtung betäubt hatte.

Seinen Entschluß, sich nicht mehr um die Protheros zu kümmern, hatte er sofort nach dem Gespräch mit Bridget am Nachmittag zuvor gefaßt, doch es bedurfte eines langen, nachdenklichen Essens bei Booty und eines läuternden Marsches über die Ufersteine zum Black Rock, um sich zu überzeugen, daß es überhaupt einen Sinn hatte, den Urlaub fortzusetzen. Das Erlebnis hätte ihn nicht so packen dürfen; seine Liebhaberei war ihrem innersten Wesen nach der flüchtigen Erscheinung gewidmet, den wenigen, vergänglichen Sekunden klarer Sicht, bevor ein Objekt die Reichweite der Linse wieder verließ. Sich jedesmal beraubt zu fühlen, wenn ihm weitere Beobachtungen versagt blieben, wäre widernatürlich. Hätte er sich nur an die Regeln gehalten und nicht mehr gesucht, als das preußische Offiziersglas enthüllt hatte, wäre sie noch immer eine bezaubernde Erinnerung, eine Miniatur mit einem bleibenden Platz unter den Kostbarkeiten vor seinem geistigen Auge. Jetzt, da sie unstreitig als verheiratete Frau und Mutter eines kleinen Kindes identifiziert war, fühlte er sich moralisch verpflichtet, sie aus seinen Gedanken zu verbannen. Er würde seinen Urlaub nicht damit verbringen, anderer Leute Ehefrauen durch die ganze Stadt nachzulaufen. Ein solches Betragen wäre absolut widerwärtig; es würde ihn in dieselbe Kategorie mit der traurigblickenden Sippschaft verweisen, die gegenüber den Badekarren für Frauen auf den Steinen saßen und so taten, als läsen sie die „Times“. Nein, hol's der Teufel! Er war ein achtbarer Mann, der sich für optische Instrumente begeisterte. Ein Mann der Wissenschaft.

Er drehte den Kopf ein wenig, um einen Blick auf die Insassen des Kirchenstuhls hinter sich zu werfen, nicht die weiblichen Andächtigen, sondern auf die Männer: zwei hatte er im Blickfeld, anständige, gottesfürchtige Personen im Sonntagsanzug, mit dem Gebetbuch in der Hand. Man hätte glauben können, ihre Aufmerksamkeit gelte ausschließlich dem zweiten Bibeltext, bis man die fast unmerklichen Bewegungen ihrer Augen gewahrte. Darin bestand der Unterschied zwischen dem Laien und dem Mann der Wissenschaft; er hatte bis dahin kaum wahrgenommen, daß er neben einer Vertreterin des schönen Geschlechts saß. Seine gestrigen Beobachtungen an Mrs. Prothero gehörten einer völlig anderen Kategorie an, sie waren ein Beitrag zu wissenschaftlicher Forschung. Er hatte die

Genauigkeit eines optischen Instruments dadurch überprüfen müssen, daß er das Objekt einem näheren Studium unterwarf. Mehr war sie nicht: ein legitimer Gegenstand seiner Forschungen. Tief getröstet stand er mit der Gemeinde auf und stimmte inbrünstig in den Gesang ein: „Schönes Traumbild, das entzückte".

Sein Kopf fühlte sich entschieden besser. Ach ja, es tat gut, den Morgengottesdienst zu besuchen, besonders, wenn er einem die Gedanken ordnen half. Es konnte einem Wissenschaftler nur zu leicht widerfahren, sich durch untergeordnete Entdeckungen vom Hauptstrom der Forschung ablenken zu lassen. Sollte sein Glas durch eine sonderbare Fügung von Zufällen noch einmal auf den weißen Hut treffen, so brauchte er keine Gewissensbisse zu fühlen. Er würde nicht zur Sache gehörige Gedankenverbindungen aus seinem Sinn verbannen; sie bedeutete ihm nicht mehr als ein Schmetterling unter dem Mikroskop.

Als der Gottesdienst zu Ende war und die Gemeinde in den blendenden Sonnenschein hinausströmte, donnerte die Kanone auf dem West Pier. Er erreichte die Promenade gerade rechtzeitig, um zu sehen, wie sich eine kleine weiße Wolke an einem sonst makellosen Himmel auflöste. Die Möwen kehrten im Steilflug zu den von der Ebbe bloßgelegten Sandbänken zurück.

Der Morgengottesdienst in Sankt Peter mußte kurz gewesen sein, denn schon bog eine lange Reihe glänzender Kutschen von Old Steine her schwungvoll in die Junction Parade ein, und ihre Geschwindigkeit ließ erkennen, daß sie den ganzen Weg die Große Parade herab im kurzen Galopp zurückgelegt hatten. Vielleicht brachte der Vikar, wenn er seine Predigt schrieb, die halbe Meile in Anschlag, die seine Schäflein gegenüber der Gemeinde von Sankt Paul aufzuholen hatten.

Er begann die King's Road in Richtung auf Hove entlangzuschlendern, nicht zu schnell, weil er bald die Preston Street erreichen würde, die westliche Grenze der eleganten Spazierfahrstrecke am Ufer entlang. Er befand sich in viel besserer Stimmung. Brighton war an diesem Sonntagvormittag der denkbar anregendste Aufenthalt. Wo sonst bekam man eine so breite Uferstraße zu sehen, daß die

Kutschen in Viererreihen fahren konnten? Und was für Kutschen! Die gute Gesellschaft erschien in voller Stärke zur Parade, in Landauer auf Landauer, gezogen von untadelig gepflegten Zweigespannen in Prunkgeschirren tat sie ihre Gegenwart kund. Livrierte Kutscher in Zylinderhüten (unter denen er mindestens zwei aus dem Publikum im „Canterbury" erkannte) saßen mit kerzengeradem Rücken und ausdruckslosem Gesicht oben auf dem Bock, während sich ihre Fahrgäste hinter ihnen lebhaftem Geplauder überließen. Bei den glanzvollsten Equipagen saßen noch Pagen in gleicher Livree neben dem Kutscher.

Es war auch für die Reitschulen ein großer Tag. Für den Vormittag hatte man Pferde jeder Größe und Rasse gemietet. Wie stark man die Bestände der Ställe ausgeschöpft hatte, war daraus ersichtlich, welche Zahl von gutgekleideten Reitern auf eindeutigen Kleppern saßen, doch tat das dem Glanz der Parade kaum Abbruch.

Durchaus zu Recht fielen die Damen besonders ins Auge, hochaufgerichtet wie Gardesoldaten, ob sie nun im Sattel oder auf Wagenpolstern saßen; eine strenge Haltung, der der Stil ihrer Kleidung angemessen war – gestärkte, hoch den Hals umschließende Kragen, zweireihig geknöpfte Jacketts, lange Glacéhandschuhe – und bei den Reiterinnen schwarze Reitkleider, flache, glänzende Hüte, behandschuhte Hände, die Zügel und Peitsche regierten, und flüchtig sichtbar ein Stiefelabsatz. Der Eindruck wurde in höchst anregender Weise durch winzige Ausbrüche der Leichtfertigkeit gemildert – weiße Spitze, Schwandaunen, Straußenfedern, der rosige Hauch von Pivers Puder und das Blitzen schwarzummalter Augen.

Er musterte gerade ein Gespann prächtiger schwarzer Wallache, die einen geräumigen Familienphaeton zogen, als sich ein bekanntes Profil dazwischenschob. Prothero – auf einem Braunen reitend. Und in schmucker Reitkleidung, zweifellos Maßarbeit, dazu einen grauen Zylinder.

Das Auftauchen des Doktors in der King's Road war keine Überraschung – wohin sonst ginge ein Akademiker am Sonntagvormittag nach der Kirche? –, und bei näherer Überlegung war es verständlich, daß er im Sattel saß und nicht mit seiner Familie in einer Kutsche. Vermutlich kümmerte sich ein Vertreter um seine Praxis und benötigte sein privates Beförderungsmittel, welcher Art es auch sein mochte. Nein, was Moscrop auf dem Gehweg verblüfft stehenbleiben ließ, war Dr. Protheros augenfälliger Flirt mit einer neben ihm reitenden jungen Frau, die zweifellos nicht seine Gattin war. Sie war so jung wie Mrs. Prothero, vielleicht noch in den Zwanzigern, doch ihr Haar, unter einem kleinen schwarzen Reithut zu einem großen Knoten zusammengefaßt, offenbarte eine ganz ungewöhnliche Schattierung von Rot, fast von derselben Farbe – war das ein abwegiger Einfall? – wie der Sturmwarnungskegel an der Spitze des West Piers. Ihre Züge waren regelmäßig, nicht schön, doch in diesem Augenblick überstrahlt von einem Leuchten, das man nicht ausschließlich Brightons erfrischender Luft zuschreiben konnte.

In Sekunden waren sie vorbei. Das Rasseln der Wagenräder machte es ganz unmöglich, ihr Gespräch zu erlauschen. Moscrop setzte seinen Weg zum Pier fort. Das elegante Brighton trabte unbeachtet an ihm vorbei.

Am Montag regnete es. Er verbrachte den Vormittag damit, sich die Antiquitätengeschäfte in der West Street und der East Street anzusehen; er nährte seit langem die Hoffnung, eines Tages werde er zwischen dem üblichen wissenschaftlichen Sammelsurium ein frühes venezianisches Holzteleskop finden. Er hatte diesmal kein Glück, doch bot es ihm eine interessante Abwechslung zu den Lesesälen in den öffentlichen und privaten Bibliotheken oder den feuchten Gängen im Aquarium, die gewiß sehr gut besucht waren. Er konnte sich an diesem Morgen nicht für Fische begeistern, trotz der Anziehungskraft einer dichtgedrängten Besucherschar.

Am Nachmittag besuchte er die Rollschuhbahn in der West Street – ein Konzertsaal, der erst kürzlich umgebaut worden war, um Raum für den neuesten Modefimmel zu schaffen. Nicht, daß er Rollschuhlaufen zu lernen wünschte – es sah genauso gefährlich wie das Radfahren aus und ebenso schwierig zu meistern –, doch er löste ein Zuschauerbillett und hatte seinen Spaß daran, zuzusehen, wie weniger vorsichtige Gemüter ihre Erfahrungen machten. Am Abend besuchte er ein Konzert in der Festhalle und fand es viel weniger unterhaltend. Sein Wohlgefallen an der

Musik verebbte in beunruhigendem Maße, als ihm der Gedanke kam, er habe den ganzen Tag über seine wissenschaftlichen Kenntnisse nicht erweitert.

Der Dienstag war auch nicht ersprießlicher, obwohl die Sonne wiederkam und er vom West Pier aus das Zeissglas benutzen konnte. Wiederholte optische Streifzüge über den Strand brachten nicht ein Bild, das es wert gewesen wäre, die Einstellschraube zu betätigen. Nach dem ersten Überblick vom Sonnabend schien die Anzahl der Objekte, die seinen Kriterien entsprachen, dramatisch zusammengeschrumpft zu sein.

Es war Mittwochvormittag, als ein Routineblick durch das Zeissglas auf die Strandabschnitte auf der nach Hove blickenden Seite des Piers jäh bei einer Gruppe Badekarren ein wenig westlich des Hotels Bedford stockte. Zum Glück war er für genau solch einen Vorfall gerüstet. Er nahm das Negretti und Zambra heraus, sein leistungsfähigstes tragbares Teleskop, und montierte es auf ein Stativ, der müßigen Neugier Vorüberkommender gegenüber so gleichgültig wie ein konzentriert arbeitender Feldmesser. Es lieferte ihm ein diamantscharfes Bild, erlaubte ihm eine zweifelsfreie Identifizierung, die sein Herz vor Aufregung schneller klopfen ließ. Denn dies war ein Treffer, der in seiner Erfahrung nicht seinesgleichen hatte: er hatte Dr. Protheros zweiten Sohn, den kleinen Jason, entdeckt, der in seinem Wägelchen vor den Badekarren saß und mit einer kleinen britischen Fahne spielte. Wer sonst unter den Tausenden, die an Ihrer Majestät Küsten ein Teleskop ans Auge hielten, hätte den Scharfblick besessen, dieses winzige Menschlein im Matrosenanzug zu erkennen – noch dazu unter einem breiten weißen Sonnenhut, der seine blonden Locken fast verdeckte?

Merkwürdigerweise schien der kleine Jason ganz ohne Begleitung zu sein, obwohl er sich vergnügt mit der Fahne beschäftigte. Der Strand westlich des Piers lockte wenig Besucher an. Fast alle zweihundertachtundfünfzig Badekarren der Gesellschaft (Moscrop hatte am vorigen Nachmittag nichts Besseres zu tun gefunden, als sie zu zählen) drängten sich in dem Abschnitt zwischen den beiden Piers. Ein paar hatte man vor dem Hotel Bedford zusammengezogen, doch nur die hinfälligsten Gäste dieses

Hotels machten von ihnen Gebrauch, während alle anderen die weiter entfernten Gelegenheiten bevorzugten. Ein flüchtiger Überblick ohne Hilfe des Teleskops zeigte, daß Jason der einzige Gast war, mit Ausnahme zweier Pärchen, die am Wellenbrecher schäkerten, und der Badewärterin. Letztere war eine riesenhafte Frau mit bloßen Armen und dem Anflug eines Schnurrbarts, eine würdige Nachfahrin Martha Gunns, Mrs. Fitzherberts Badewärterin zur Zeit der Regentschaft. Während Moscrop sie noch beobachtete, watschelte sie zu dem Kind hinüber, kniff es mit zwei Fingern der Rechten in die Wange und beutelte zärtlich seinen Kopf. Jason sah überrascht drein und hörte auf, seine Fahne zu schwenken.

Welcher Grund war dafür auch nur denkbar, daß das Kind so offensichtlich verlassen auf diesem menschenleeren Abschnitt des Strandes stand? Wo in aller Welt steckte Bridget, sein Kindermädchen? Moscrops Empfindungen stürzten vom höchsten Triumph bis zur heftigsten Besorgnis ab. Könnte Jason etwa seiner Wärterin und seinen Eltern entführt und da unten abgesetzt worden sein? Nachdem er das Kind gesichtet hatte, fühlte er sich zunehmend für sein Wohlergehen verantwortlich. Er zupfte verstört an seinen Schnurrbartspitzen und trommelte mit der linken Ferse auf das Deck des Piers. Mit entschlossener Miene nahm er das Stativ auseinander, verstaute die Teile in seiner Reisetasche und verließ schnellen Schritts den Pier.

Die Badewärterin war ein ungeheures Weib, durchaus befähigt, sich in einer Raritätenschau in den Gewölben unter der Promenade einen zweiten Lebensunterhalt zu verdienen. Als Moscrop sie erreichte, hatte sie Jason aus dem Wagen genommen und in ein Badetuch der Gesellschaft gelegt, das sie an beiden Enden festhielt und wie eine Schaukel hin- und herschwang. Das Kind nahm diese Übung mannhaft hin.

Moscrop hustete. „Verzeihen Sie die Frage: ich glaube, ich erkenne den kleinen Kerl. Ist es Dr. Protheros Kind?“

Sie unterbrach das Schaukeln, und Jason kam mit einem elastischen Stoß gegen ihre Magenwölbung zur Ruhe. „Was?“

„Das Kind, gute Frau. Ich fragte, ob es der kleine Jason Prothero ist.“

„Kann ich Ihnen nicht sagen." Sie hatte winzige braune Augen, die jeder Intelligenz zu ermangeln schienen. „Kann ich Ihnen wirklich nicht sagen."

„Das ist zweifellos sein Kinderwagen."

Sie zuckte in unverbindlicher Weise mit den Schultern, und ihre Kinne bebten. Jason prallte erneut gegen ihren Magen. „Wenn Sie meinen."

„Ich bin ganz sicher."

Eine Zeitlang herrschte Schweigen zwischen ihnen, in dem nur das Rollen der Wellen vernehmlich war.

„Wie ich sehe, kümmern Sie sich um den Jungen", begann er wieder. „Da ist er in guten Händen."

Er bekam keine Antwort.

„Ich kenne die Familie nämlich ein wenig. Es ist ungewöhnlich, daß sie sich so weit auf dieser Seite des Strandes aufhalten. Höchst außergewöhnlich. Ich wüßte gern, haben Sie – hm – zufällig bemerkt, wer ihn hiergelassen hat?"

Sie nahm die beiden Enden des Badetuchs in die Rechte, so daß Jason wie Baby Bunting eingerollt darinhing, und wies mit der Linken aufs Meer hinaus. „Die da."

„Bitte?"

„Die da. Hat ihn hiergelassen. Ich sollte ihn bei Laune halten."

Der besseren Übersicht halber bestieg er die erste Stufe des nächstgelegenen Badekarrens und folgte der Richtung ihres Fingers. Da war zweifellos jemand im Wasser. Zwei Personen. Ein Mann und eine Frau, die zusammen badeten. Verdammt anstößig. Man hörte zwar, daß solche Dinge vorkamen, erwartete aber kaum, so etwas während der Saison in Brighton sehen zu müssen. Wenigstens hatten sie sich einen der menschenleeren Abschnitte des Strandes ausgesucht.

Er wühlte in der Reisetasche nach dem Fernglas. Nicht aus einem ungehörigen Beweggrund; er wollte nur einen kleinen Gedanken überprüfen, der in seinem Gehirn aufgekeimt war. Die See war an diesem Morgen aufgewühlt, und viel Gischt wehte umher. Er benötigte mit dem Fernglas fast eine Minute Arbeit, um die Badenden zu orten. Sie hielten sich an den Händen, man stelle sich das bloß vor, und hüpften bei jeder Welle so unbekümmert in die Höhe, als wären sie voll bekleidet und tanzten im Ballsaal des Pavillons einen Schottischen.

Der Mann trug ein Studententrikot aus dunkelblauer Wolle, das vom Wasser hauteng geworden war. Die Träger waren bestimmt nicht breiter als zwei Zoll. Das Badekostüm seiner Partnerin mit senkrechten roten und weißen Streifen war nur flüchtig zu sehen, denn sie trachtete sittsam (falls ein solches Wort am Platze war), die Schultern unter der Wasseroberfläche zu halten. Ihr Haar war mit einer pluderigen Wachstuchhaube geschützt.

Dann beobachtete er, wie sie vom Kamm einer höheren Welle erfaßt, aus dem Gleichgewicht geworfen und mehrere Meter weit ans Ufer gerissen wurde, wobei sie in verzückter Panik aufkreischte und im flachen Wasser wenig elegant auf Händen und Knien landete. Aus dieser Haltung ließ sie sich lachend zum Sitzen nieder und zerrte den Matrosenkragen herab, der sich emporgeschlagen und ihr um den Kopf gewickelt hatte. Wie es kam, daß die Gewalt des Wassers ihren Gefährten daraufhin in gleicher Weise von den Füßen riß und unwiderstehlich an dieselbe Stelle schwemmte, muß eines der Geheimnisse des Ozeans bleiben. Es genüge zu sagen, daß Moscrop das Rot, Weiß und Blau im nächsten Augenblick in einer Zusammenstellung erlebte, die nichts mit Patriotismus zu tun hatte. Überdies brauchten die Farben unglaublich viel Zeit, sich zu entwirren. Als es ihnen endlich gelang, vermochte er seinen ersten Verdacht zu bestätigen, bevor sich die Badenden mit immer noch verschlungenen Händen wieder ins tiefere Wasser stürzten. Die junge Frau in den roten und weißen Streifen war Bridget, Jasons Kindermädchen.

Wie unglaublich man sich im schönen Geschlecht irren kann! Als er ihr mit dem Kinderwagen die Stufen des Aquariums hinaufhalf, hatte er sie für ein anständiges und verantwortungsbewußtes junges Weib gehalten. Doch hier überlieferte sie das Kind in schändlicher Weise der Gnade dieser beschränkten Badefrau, um sich mit irgendeinem Verehrer aus den Hotelküchen entlang des Ufers im Wasser zu verlustieren.

Er setzte das Fernglas ab. „Sagen Sie, ist dieses Stelldichein in den Wellen ein regelmäßiges Ereignis?"

„Wie meinen?" fragte die dicke Frau.

„Haben Sie schon früher auf das Kind aufpassen müssen?"

„O ja. Fast jeden Tag. Bei mir passiert ihm schon nichts. Ich hab nicht so sehr viel zu tun, verstehen Sie.“ Als wollte sie ihre Fähigkeit beweisen, packte sie Jason unter den Achseln und ließ ihn auf Armeslänge über ihrem Kopf schaukeln. „Er ist ein prächtiges Kerlchen, finden Sie nicht?“

„Ganz gewiß. Vielleicht kennen Sie auch seine Eltern?“ In der modernen Welt konnte man nichts als gegeben hinnehmen. Es war immerhin möglich, daß Dr. Prothero von diesem Treiben hier wußte.

„Nein. Ich seh bloß das Mädchen und ihren Bruder. Wenn sie mit dem Kleinen herspazieren, kann ich ohne weiteres ein Auge auf ihn halten, während sie sich im Wasser vergnügen.“

„Ihr Bruder, sagen Sie? Sind Sie sich dessen sicher?“

„Sicher? Na, es springt doch in die Augen, oder? Der da draußen ist nur ein Junge. Können Sie durch die Dinger nicht sehen? Sie wollen hoffentlich nicht andeuten, ich würde was Ungehöriges unterstützen.“

„Keineswegs. Keineswegs.“ Doch er hatte schon das Glas an die Augen gehoben, um die Wahrheit ihrer Worte zu überprüfen.

Nun, da er Bridgets Begleiter genauer musterte, gewahrte er an dessen Körperbau eine gewisse knabenhafte Magerkeit. Doch hatten die neckischen Spiele im Gischt äußerst wenig Ähnlichkeit mit dem Benehmen von Bruder und Schwester. Noch während er hinsah, stahl sich ein Arm um Bridgets Taille, und ein zweiter hob sie an den Knien hoch. Sie tat, als sträube sie sich, ließ sich aber unter einigen Schwierigkeiten ins flachere Wasser tragen.

„Ich weiß nicht, was Sie da unterstützen, gute Frau“, erklärte Moscrop der Badewärterin, „aber ich sehe dem jedenfalls nicht länger zu.“

Keine Frage: der junge Mann mit Bridget in den Armen war Guy Prothero.

5

Am Nachmittag lag Moscrop lang ausgestreckt auf dem steinigen Strand vor dem Grand Hotel und plante eine verbrecherische Tat. Es fing ganz harmlos an, als müßiges

Gedankenspiel, wie jeder ihm nachhängt, wenn er sich am Strand in der Sonne aalt. So war es allgemein üblich; man traf an der See ein, schritt die Promenade entlang und suchte nach der am wenigsten belebten Stelle, die es am Strand noch gab. Hatte man sie gefunden und ein paar Minuten lang das Gefühl von Sonne und See genossen, begann man nach rechts und links zu blicken und ein sachtes Interesse für die Nachbarn zu entdecken, die man sich so sorgsam vom Leibe zu halten bemüht gewesen war: den Mann, der Schuhe und Socken ausgezogen hatte; die junge Frau mit dem unleidlichen Hund; das Ehepaar, das sich laut über sein Hotel beschwerte. Im weiteren Verlauf des Tages war es ganz natürlich, sich auszumalen, welch ein Leben solche Leute führen mochten. Wie benahm sich ein solcher Mann in seinem eigenen Heim; welche ungeheuerlichen Verstöße gegen die guten Sitten hatte seine Familie zu erdulden? Was zog wohl eine so hübsche Frau zu einem solchen Hund; besaß sie denn gar keine Freunde? Welche Hotelkategorie würde diese Leute zufriedenstellen; lebten sie wirklich in so großem Stil? Von dieser Stufe zur nächsten war es ein kurzer Schritt: dem Anlaß zur Kontaktaufnahme. Er ergab sich aus irgendeinem unbedeutenden Vorkommnis: der von einer unerwarteten Bö erfaßte und über den Strand gewehte Hut oder Sonnenschirm; der davongelaufene Terrier; der Wespenstich, der die sofortige Versorgung aus dem vorausblickend mitgebrachten Sanitätsbeutel verlangte. Von da ab gedieh oder verkümmerte die Verbindung, je nach Geschmack. Aber es ließ sich nicht leugnen, daß ein öffentlicher Strand breiteren Spielraum bot, die Mitmenschen zu studieren, und mehr Gelegenheiten, den Bekanntenkreis zu erweitern, als sonst ein Ort, ein Krankenhaussaal ausgenommen.

Um die Tatsachen richtig darzustellen: Moscrops Nachbarn am Strand von Brighton waren ihm nicht völlig unbekannt. In seinem Fall hatte er es nicht nötig, sich hinsichtlich ihrer Identität etwas zurechtzulegen: es waren Mrs. Prothero, Guy, der kleine Jason und Bridget. Er war mit der Zähigkeit eines Pfadfinders ihrer Fährte bis hierher gefolgt und hatte es sogar auf sich genommen, zu Mittag lediglich an einem Stand unter dem Pier Muscheln zu essen, während Guy, Bridget und das Kind ihr Mittagessen einem

Korb entnahmen. Bald nach zwei war Mrs. Prothero zu ihnen gestoßen; der Doktor war nicht bei ihr. Und nun lag Moscrop etwa dreißig Yard hinter ihnen und schlug alle Grundsätze in den Wind, auf denen er seine gesamte Forschungstätigkeit aufgebaut hatte.

Er verachtete sich deswegen. Schon daß er hier lag und sich jedesmal bemühen mußte, nicht wie ein Grashüpfer aufzuspringen, sobald sich einer von ihnen bewegte, war eine Niederlage. Das Beobachten barg keine Freude mehr; es war ein verstohlenes, heimliches Geschäft, das keine Verknüpfung mit wissenschaftlichem Vorgehen mehr adelte. Ihm blieb jedoch keine Wahl. Er hatte in dem Augenblick aufgehört, Wissenschaftler zu sein, als der weiße Hut über seine Linse wippte. Die letzten zwei Tage mit seinen Instrumenten hatten ihn davon überzeugt. Die Arbeit mit dem Feldstecher um ihrer selbst willen war eine fruchtlose, trockene Beschäftigung geworden.

Eigenartig, wie jede Entdeckung über die Mitglieder der Familie, wie widerwärtig sie auch ausfiel, seiner Neugier bezüglich Mrs. Prothero nur immer neue Nahrung zugeführt hatte. Sie saß jetzt halb von ihm abgewandt, von Guy und Bridget flankiert, und mit dem Rücken gegen ein umgedrehtes Fischerboot gelehnt. Unten am Wasser nahm gerade ein kleiner Ausflugsdampfer seine Passagiere auf, sie schaute zu und erheiterte sich an den Bemühungen der Damen, auf der schmalen Planke, die den Gischt überbrückte, nicht das Gleichgewicht zu verlieren. Der Hut, derselbe Hut, gab jedes Beben ihres Körpers wieder, wenn sie ein Kichern zu unterdrücken suchte. Ein unerwartetes Lüftchen, das ihr den Hut vom Kopfe wehen würde, war alles, was fehlte, damit er ihr die Kopfbedeckung zurückbringen könnte. Ein einziger kurzer Windstoß zwischen ihm und einer Einführung bei ihr.

Er war nicht bereit, darauf zu warten. Da verharrte er ja womöglich am Ende des Nachmittags immer noch in banger Erwartung, wenn sie sich zum Aufbruch anschickten. Es war zwecklos, auf diese Art das Eingreifen höherer Mächte abzuwarten; zweifellos wäre es besser, das selbst zu improvisieren.

Er sah sich um. Die äußeren Umstände waren günstig. Nur wenige hatten sich so weit oben ans Ufer gesetzt wie er. Ein Paar rechts von ihm war ganz voneinander in Anspruch genommen. Mehrere ältere Leute schlummerten im Sonnenschein. Die Badekarren im Hintergrund waren unbesetzt.

Der Ausflugsdampfer war voll und legte ab. Mrs. Prothero widmete sich wieder dem Roman, in dem sie gelesen hatte. Guy warf Kieselsteine in Jasons Blecheimer, der vor ihm auf einem Steinhaufen stand. Bridget strickte. Das Kind umkreiste stillzufrieden das Boot, eine kleine Hand auf dessen nach oben gedrehtem Rumpf, um besser das Gleichgewicht zu halten. Von rechts her kam eine Gruppe Negersänger mit Banjo, Klappern und Bandoneon den Strand entlang.

Mit dem beiläufigen Gebaren des zünftigen Verbrechers stand Moscrop auf, schlenderte bis auf fünfzehn Yard an das Boot heran und setzte sich wieder. In diesem einen Fall hätte er gern auf seine Reisetasche verzichtet, doch das hatte er vorher nicht wissen können. Er öffnete sie und sah hinein. Sie mochte ihm immerhin nützen. Er nahm das Negretti und Zambra heraus.

Der kleine Jason vollendete soeben seine vierte oder fünfte wacklige Umkreisung des Bootes. Als er um den Bug herumwatschelte, aus dem Blickfeld seiner Familie heraus, wurde seine Aufmerksamkeit durch ein plötzliches, schnappendes Geräusch abgelenkt. Moscrop hatte das Teleskop voll auseinandergezogen und dann zusammengeschoben. Das Kind blieb stehen. Moscrop lächelte und wiederholte den Vorgang. Weiter unten am Strand lenkten soeben die schwarzgesichtigen Sänger alle Blicke auf sich.

Er hielt das Teleskop vor sich hin. Es blitzte im Sonnenlicht auf. Jason ließ das stützende Boot hinter sich und wackelte darauf zu. Einer der schwarzen Sänger näherte sich Mrs. Prothero mit ausgestrecktem Hut und ließ die Münzen darin klimpern. Hinter ihr griff Jason nach dem Teleskop. Moscrop lächelte, zog es auseinander, ließ es zusammenschnappen, stand auf und begann langsam den Strand hinaufzugehen, wobei er das Instrument verführerisch in der rechten Hand baumeln ließ. Jason blieb stehen, blickte kurz zurück, dann strebte er dem neuen Spielzeug nach. Die Sänger hatten sich vor Mrs. Prothero aufgestellt und brachten ihr ein Ständchen.

Hinter den Badekarren steckte er das Teleskop wieder in die Reisetasche und hielt inne, als könnte er sich nicht entschließen, ob er den Strand verlassen solle. Eine Sekunde darauf bog ein kleines flachslockiges Kind um die Ecke. Moscrop beugte sich hinab. „Nanu, nanu, kleiner Mann, wo soll's denn hingehen? Sicher willst du dir Gerstenzucker kaufen. Gehen wir doch zusammen hin." Als Jason zu dem Vorschlag eine bedenkliche Miene machte, hatte er wie durch Zauberei das Teleskop in den Händen. Moscrop hielt das eine Ende und Jason das andere. Der Süßwarenladen war einer aus der Reihe der Geschäfte, die man unter den Stützbögen der Promenade ausgebaut hatte. Die übrigen Händler verkauften frischen Fisch, Obst und muschelverzierte Körbe. Gerade noch innerhalb des Bogens, außer Sichtweite des Strandes, stand eine Holzbank. Er half Jason hinauf und schenkte ihm eine Stange Gerstenzucker.

Die Entführung – oder eher Verführung – dauerte etwa fünfzehn Minuten. Bis dahin war der Gerstenzucker unter die Bank gerollt, das Teleskop, über und über mit klebrigen Fingerabdrücken bedeckt, wieder in der Tasche verstaut, und Jason schrie lauter als das Fischweib nebenan. Moscrop kaufte eine Stange Lakritze, die entfernte Ähnlichkeit mit einem Teleskop aufweisen mochte, bot sie ihm an, erlebte eine Abfuhr, stopfte sie sich in die Rocktasche, raffte Kind und Reisetasche an sich und trat über die Kieselsteine den Rückweg zu dem umgestülpten Boot an.

Bridget stand allein da und biß sich verzweifelt auf die Fingernägel. Als sie Moscrop näher kommen sah, stolperte sie ihm über das Geröll entgegen. „O Sir, Sie haben ihn mir heil zurückgebracht! Geben Sie ihn mir. Die gnädige Frau ist wahnsinnig vor Sorge. Sie ist da unten am Wasser und sucht ihn. Wir dachten wahrhaftig, er wäre ertrunken!"

„Ich habe Sie vom Sonnabendnachmittag her erkannt", erläuterte er, um sein plötzliches Erscheinen ganz klarzumachen.

„Aber ja, freilich! Der Herr, der mir die Stufen hinaufgeholfen hat! Oh, die gnädige Frau wird Ihnen ja so dankbar sein. Wir müssen nach ihr winken."

Sie winkten. Mrs. Prothero sah sie, preßte die Hand an die Stirn und winkte zurück. Es war einer der köstlichsten

Augenblicke in Moscrops Leben.

„Ich weiß nicht, wie wir es dem gnädigen Herrn beigebracht hätten“, sagte Bridget. „Guy – ich meine, Master Guy ist losgegangen, um zu sehen, ob die schwarzen Männer da ihn geraubt haben.“

Mrs. Prothero kam rasch den Strand herauf. Moscrop nahm die Lakritze aus der Tasche, schob sie Jason in die Hand und schloß die Fingerchen fest darum. „Wir sind an einem Süßwarenladen vorbeigekommen“, erklärte er Bridget mit zaghaftem Lächeln.

„Wie freundlich von Ihnen! O Mrs. Prothero, gnädige Frau, sehen Sie doch. Dieser Herr hat Jason heil zurückgebracht, kein Härchen hat man ihm gekrümmt, und er hat ihm auch noch Süßigkeiten gekauft!“

„Albert Moscrop, gnädige Frau. Es war doch gar nichts.“

„Nichts?“ Sie stand einen Schritt vor ihm und starrte ihm unter dem Hut hervor mit unerwartet finsterer Schmöllmiene entgegen. „Das ist doch wohl nicht Ihr Ernst. Jason Prothero spurlos verschwunden, seine Mama in einem Zustand hochgradiger Hysterie, der Strand sollte gerade Stein für Stein umgedreht werden, und Sie tauchen von nirgendwo mit dem Kind in den Armen auf und meinen, es sei ‚nichts‘! Er ist ein eigensinniges kleines Biest, zugegeben. Nennen Sie ihn, wie Sie wollen, mein Lieber, aber reichen Sie ihn seiner halb durchgedrehten Mutter nicht wie ein fallen gelassenes Taschentuch zurück.“

Ihre Stimme war leise, jedes Wort sorgfältig artikuliert und deswegen nur um so niederschmetternder.

Er suchte stockend nach einer Antwort. „Im Gegenteil, gnädige Frau. Ein bildschönes Kind. Ich ...“

„Gütiger Gott!“ rief sie. „Ich habe den Mann gekränkt. Ich bin die taktloseste Frau unter der Sonne, Mr. – Mr. ....“

„Moscrop, gnädige Frau.“

„Ein Name, den man sich merkt. Sie müssen verstehen, daß ich ganz furchtbar dankbar bin. Worte reichen nicht aus. Ich war am Rande der Verzweiflung. Eine verzweifelte Frau, Mr. – wie war doch der Name, Schatz?“

„Moscrop.“ Das hier glich so gar nicht der Szene, wie er sie sich ausgemalt hatte. Er tastete sich zu seiner vorbereiteten Rede zurück. „Es war eine glückliche Fügung, daß ich Ihr Mädchen erkannte, gnädige Frau. Neulich nachmittags griff ich helfend zu, als sie mit einem Kinderwagen die Stufen des Aquariums zu bewältigen versuchte. Hätte ich sie nicht soeben gesehen, hätte ich den kleinen Kerl zum Polizeirevier gebracht. Die Behörden brauchen ihre Zeit, glaube ich. Sie hätten mittlerweile womöglich das Schlimmste befürchtet."

„Schatz" (sie gebrauchte das Kosewort auf eine Art, die ihm das Gefühl gab, auf gleicher Stufe mit Jason zu stehen), „soweit es meine Vorstellungen anbetraf, war er bereits Fischfutter. Wo in aller Welt haben Sie das Balg gefunden?"

„Sehen Sie die Buhne da drüben zum Pier hin?"

„Mein Gott, so weit ist er doch wohl nicht gekommen?"

„Ich fand ihn, wie er oben entlangspazierte, gnädige Frau. Er muß da hinaufgeklettert sein, wo die Steine dagegengehäuft sind, nahe am Ufer."

„*Oben* entlang! Wenn er nun gefallen wäre!"

„Auf *dieser* Seite wäre er mit ein paar blauen Flecken davongekommen, aber wenn er nach der anderen Seite zu gefallen wäre, geht es zehn Fuß tief hinunter. Jedenfalls an der Stelle, wo ich ihn erwischt habe."

Sie drückte Jason an ihren Busen, ohne Rücksicht auf Lakritzeflecken. „Sie haben ihm das Leben gerettet, beim Himmel! Sie haben meinem Sohn das Leben gerettet. Der Herr ist ein Held, Bridget, ein Heiliger, und du, Mädchen, bist das Gegenteil. Wie kam es eigentlich dazu, daß du mein Kind hast fortlaufen und um ein Haar verunglücken lassen? Das soll Dr. Prothero erfahren. Auf der Stelle gehst du Guy suchen und sagst ihm, was geschehen ist. Dann kommst du sofort mit ihm zurück."

Bridget stiegen die Tränen in die Augen. Sie drehte sich um und stolperte über die Steine in die Richtung, die die Sänger eingeschlagen hatten. Moscrop spürte einen Stich des Mitleids mit dem Mädchen, aber er verflog sogleich, als ihm klar wurde, daß ihre Abwesenheit ihn mit Mrs. Prothero allein ließ. Bis auf Jason natürlich.

„Wollen wir uns einen Augenblick setzen, Mr. Moscrop?" Die Stimme besaß etwas von einem Wagenrad, eine volltönende, knarrende Resonanz, die den schlichtesten Vorschlag wie eine Aufforderung zu beispiellosen Vertraulichkeiten klingen ließ. „Sie müssen warten und meinen Stiefsohn kennenlernen. Aber ich habe Ihnen etwas voraus. Mein Name ist Prothero. Zena Prothero.“

Sie streckte die behandschuhte Hand aus. Oh, diese Berührung! Der Druck ihrer Handfläche durch den Spitzenstoff hindurch löschte seine lebenslang gehegte Hingabe an optische Untersuchungen aus. Von diesem Moment an war die Tasche voll Instrumenten zu seinen Füßen ein Ding der Vergangenheit.

Sie ließ sich selbstsicher auf den Steinen nieder und zupfte ihr Kleid zurecht. Moscrop stand unentschlossen dabei. So sehr er sich das wünschte, er konnte doch nicht vor aller Augen, den Rücken an das Boot gelehnt, neben ihr sitzen. Es handelte sich schließlich um einen öffentlichen Strand. Er fand einen Kompromiß, indem er sein Teleskop aus der Tasche nahm, sich niederkauerte, um es Jason zu geben, und dann in dieser Stellung verharrte.

Guter Gott, ja, durch eine Linse zu spähen war mit dem hier nicht zu vergleichen. Nun, da er sie aus der Nähe gesehen, sie sprechen gehört, sie tatsächlich berührt hatte, wurde ihm deutlich, wie sehr sie sich von allen anderen Frauen unterschied. Sich mit ihr zu unterhalten war nicht leicht; sie äußerte so unerwartete Dinge, so gar nicht die Dinge, die er von Frauen zu hören gewöhnt war, von all den Frauen, die er in den eleganten Seebädern an der Südküste stundenlang beobachtet hatte. Nun, um ganz genau zu sein, war er nicht nahe genug gewesen, um ihre Gespräche zu belauschen, doch er wußte, wie sie sprachen, kannte den Ton ihrer Stimmen, die albernen, banalen, reizenden Dinge, die sie äußerten. Es änderte sich nie, von Torquay bis Broadstairs. Vom schmalen Ende eines Feldstechers aus sprachen und verhielten sich alle ganz genau wie seine Schwester Maud; genauso Zena Prothero, bis zu dieser Begegnung.

„Sind Sie in Brighton ansässig, gnädige Frau?“

„Nein, mein Bester, leider nicht. Gregory hat eine Praxis in Dorking, und wir sind für drei Wochen entflohen. Wir wohnen im Albemarle. Komfortabel, aber scheußlich teuer. Ich nehme an, Sie sind für die ganze Saison da.“

„Nur drei Wochen, wie Sie", sagte Moscrop. „Ich gehöre zu den bedauernswerten Menschen, die es nicht aushalten können, länger als unbedingt notwendig ihrem Geschäft fernzubleiben. Ich fürchte, es verrät einen Mangel an Vertrauen."

„Oh, Unsinn, mein Schatz! Sie sind gewissenhaft, wie Prothero. Er ist Arzt – hatte ich das schon gesagt? Wissen Sie, daß er schon vier oder fünf Tage seines Urlaubs geopfert hat, um ehemalige Patienten zu besuchen, Pensionäre, die aus Gesundheitsgründen hergezogen sind?"

Er gab sich Mühe, beeindruckt zu erscheinen, konnte aber die rothaarige Reiterin nicht vergessen. *Sie* hatte ausgesehen, als läge ihre Pensionierung noch in weiter Ferne. „Bewunderungswürdig, gnädige Frau. Ich war schon immer der Meinung, der Arzt sei besonders zu preisen, der auch an ehemaligen Patienten noch Interesse nimmt. Ich bin überzeugt, er hat hier sehr viele zu besuchen. Wie ich hörte, ist es ein besonders beliebter Ort für Rekonvaleszenten, dank seines Ozons und seines eisenhaltigen Wassers."

„Gerade heute nachmittag besucht er eine arme alte Seele in Rottingdean, mein Bester. Sonst wäre er hier bei uns. Das nenne ich Hingabe an den Beruf! Aber unter uns, er macht sich nicht besonders viel aus der See. Er mißbilligt es eher, wenn ich die Kinder an den Strand bringe. In der Saison ist es ja auch nicht die feine Art, nicht wahr? Ich finde aber die See unwiderstehlich. So, damit hat sich meine Herkunft aus den unteren Klassen verraten! Aber aus der Art, wie *Sie* da hocken, erkenne ich, daß Sie sich nicht in Ihrem Element fühlen, mein Schatz."

„Oh, im Gegenteil, ich..."

„Setzen Sie sich auf die Steine, mein Bester. Gönnen Sie Ihren Beinen Ruhe. Der Kies ist sauberer als Sie glauben. Nun erzählen Sie mir alles über Jasons Mißgeschick. Wo befanden Sie sich, als Sie ihn entdeckten – auf der Promenade?"

„Oh. Das heißt – hm – ja." Das Gespräch trieb auf gefährliche Klippen zu. „Darf ich Sie etwas fragen, Mrs. Prothero?"

„Was Sie wollen, mein Bester – vorausgesetzt, Prothero würde es nicht mißbilligen."

Himmel! Was erwartete sie wohl? „Halten Sie sich immer an diesem Teil des Strandes auf?“

Sie lachte ohne ersichtlichen Grund. „Aber ja. Er liegt sehr günstig. Guy badet gern von den Karren aus, die dort am Pier stehen, Jason hat sein Kasperletheater, und ich beobachte leidenschaftlich gern die Ausflugsboote. Aha, Bridget hat Guy gefunden – die erste nützliche Tat, die diese Person heute vollbracht hat.“ Sie winkte ihrem Stiefsohn zu. Er war über den Ufersand herangekommen, wo es sich leichter ging. Bridget trabte überflüssig hinter ihm her.

„Ein gutaussehender Junge. Er hat so etwas Rechtschaffenes“, sagte Moscrop, als meinte er es wirklich.

„Finden Sie, mein Schatz?“ (Er hoffte glühend, sie werde das Kosewort fortlassen, wenn Guy zu ihnen stieße.) „Er ist kein besonders lenksamer Junge. Es muß scheußlich für ihn sein, mich als Stiefmutter hinnehmen zu müssen.“

Das Stichwort für ein Kompliment. „Ganz im Gegenteil, gnädige Frau. Er könnte unmöglich eine Frau finden, die er eher hinnehmen könnte. Ich würde sagen, seine Schwierigkeit besteht darin, daß Sie viel zu schick sind, um in mütterlicher Rolle betrachtet zu werden.“

Guy kam mit ausgestreckter Hand heran. Nicht, bevor Moscrop Zena Prothero hatte erröten sehen. Großartig abgepaßt! Er erwartete den Jungen mit der lässigen Art eines Irving auf der Bühne des Lyzeums nach dem glanzvollen Vortrag eines Verses.

„Guy Prothero. Wie ich höre, haben Sie meinem Stiefbruder das Leben gerettet, Sir.“

„So stark würde ich es nicht ausdrücken. Habe ihn einfach seiner Mutter zurückgebracht.“

„Auch dafür sind wir dankbar. Geben Sie mir Ihre Karte, und ich erstatte meinem Vater Bericht. Er wird sich erkenntlich zeigen wollen. Rauchen Sie Zigarren?“

Unglaubliche Unverschämtheit! „Das ist nicht nötig.“ Er wandte sich an Zena. „Nun, da Ihr Stiefsohn zurückgekehrt ist, ziehe ich mich zurück, gnädige Frau. Wenn ich nur dem kleinen Jason das Teleskop abnehmen dürfte...“

Sie hatte Guy einen finsteren Blick zugeworfen. „So können Sie nicht fortgehen. Ich erlaube es nicht. Sie müssen allermindestens mit uns zu Mittag essen. Wo wohnen Sie, Mr. Moscrop?"

Er griff mit einer so entschlossenen Abschiedsgeste an den Hut, wie sie nur eben in seiner Macht stand. „Sehr großzügig von Ihnen, Mrs. Prothero, aber ich kann Ihnen wirklich nicht so viele Umstände machen. Ihr Gatte ist ein vielbeschäftigter Mann..."

„Quatsch! Wenn er zu beschäftigt ist, um den Helden kennenzulernen, der seinem Sohn das Leben gerettet hat, möchte ich den Grund dafür wissen!"

Guy tuschelte Bridget etwas zu.

„Was war das?" verlangte Mrs. Prothero zu wissen.

„Wir sollten es Vater überlassen, etwas zu unternehmen. Verfügen Sie über Visitenkarten, Mr. – ? Aber vielleicht steht Ihr Name in der ‚Liste vornehmer Besucher'?" Der sarkastische Ton verriet nur zu deutlich die beleidigende Absicht.

„Guy! Überlasse das freundlichst mir! Bringe Jason mit Bridget ans Wasser und wascht ihm Gesicht und Hände!"

Der Junge zuckte die Achseln, musterte Moscrop mit einem langen Blick, tastete in der Jackentasche nach seiner Schnupftabaksdose, nahm ungeschickt eine Prise, immer noch mit dem starrenden Blick, steckte die Dose zurück, nickte Bridget zu (die Jason auf den Arm nahm), drehte sich um und schritt langsam und Steine vor sich herstoßend davon.

„Ihr Teleskop, Mr. Moscrop." Sie reichte es ihm hin und zog es ebenso schnell wieder zurück. „Oh, aber ich muß es putzen. Die Lakritze."

„Nicht mit Ihrem Taschentuch, gnädige Frau. Es ist viel zu fein, um es zu beschmutzen." Doch sie war bereits an der Arbeit und rieb eifrig die Verchromung blank. Es war fast, als schrubbte sie ihm den Rücken, so wohl war ihm dabei.

„Jetzt verstehen Sie mein Problem", sagte sie beim Putzen. „Ich muß mich für das Benehmen des Jungen entschuldigen."

„Durchaus nicht. Ein schwieriges Alter, gnädige Frau. Ein schwieriges Alter."

„Mein Schatz, wenn Sie nur wüßten, wie schwierig...

Das ist ein schönes Instrument, Mr. Moscrop. Sie hätten es nicht Jason zum Spielen geben dürfen. Mein Gott, ich hoffe, die Linsen sind nicht beschädigt! Darf ich mal durchsehen?"

„Aber gewiß." Er stand an das Boot gelehnt, bereit, helfend einzugreifen.

„Ich will versuchen, Jason zu finden. Ist er zu nahe, um ihn ins Bild zu bekommen? Mein Bester, ich kann überhaupt nichts sehen."

Wenn das keine Aufforderung war! Er kniete neben ihr, während sie durch das Okular spähte, und legte die rechte Hand sachte über die ihre, um die Schärfe zu regulieren. „Halten Sie also das Teleskop ruhig. Sowie ich das Rohr herausziehe, beginnt sich das Bild abzuzeichnen, und Sie können es durch geringe Verschiebungen schärfer einstellen. Sehen Sie schon etwas? Ich ziehe es langsam aus, damit Sie mir Bescheid sagen können." Und damit sie den sanften Druck seiner Finger auf den ihren spüren konnte.

„O ja! Verschieben Sie es nicht weiter, mein Schatz, tadellos!" rief sie. „Ich kann Bridget ganz deutlich sehen, das verwünschte Mädchen. Ach! Da ist Jason mit den Füßen im Wasser. Was für ein leistungsfähiges Instrument, Mr. Moscrop!" Sie gab es ihm zurück.

„Eigentlich ist es für größere Weiten gebaut. Wenn ein Dampfer in Sicht wäre... Ich will es jedoch lieber verstauen. Mein Steckenpferd, wissen Sie. Optische Instrumente. Sogar mein Beruf. Ich habe ein Geschäft in der Oxford Street."

„In London? Wie aufregend! Jetzt weiß ich, warum Sie es nicht aushalten können, für mehr als drei Wochen fortzubleiben. Schatz, Sie *müssen* meinen Mann kennenlernen. Gregory wäre von Ihrem Steckenpferd entzückt. Er besitzt selbst zwei Mikroskope, die ich ihm manchmal poliere. Sie und er hätten so vieles gemeinsam."

Moscrop stand auf und ergriff seine Tasche. „Ich hoffe, Sie werden mir meine Worte verzeihen, Mrs. Prothero. Es war mir eine außerordentliche Freude, mit Ihnen zu plaudern. Man weiß nie, was einem am Strand alles begegnet, nicht wahr? Es wäre mir eine Ehre, Dr. Prothero kennenzulernen, und ich bin sicher, er würde mich sehr freundlich aufnehmen, aber ich meine, dieser Nachmittag hat am

Strand begonnen – mit dem kleinen Jason – , und hier sollte er auch enden. Was ich tat, war eine Kleinigkeit, gnädige Frau. Ist es unter diesen Umständen nicht das beste, dem Doktor gar nichts davon zu sagen? Eine solche Geschichte bringt einen Mann bestimmt etwas aus der Fassung. Könnte zu einer gräßlichen Szene mit Ihrem Dienstmädchen führen. Es wäre mir nicht recht, wenn Ihnen das die Ferien verderben würde. Außerdem wäre er womöglich so um Jasons Sicherheit besorgt, daß er Sie davon abhielte, an den Strand zu kommen. Dann, verzeihen Sie mir, hätte ich nicht mehr die Möglichkeit, Sie zu grüßen, wenn ich am Ufer entlangspaziert käme."

Sie lächelte. Es war eine weitschweifige Erklärung gewesen. „Nun gut, mein Bester. Sie haben mich überzeugt. Ich werde Guy anweisen, nichts zu sagen. Er mag Bridget, wie mir scheint, und macht gewiß mit. Aber ich werde Ihre Güte nicht vergessen."

6

Die Oberfläche des Wassers in Brills Schwimmbad für Herren – der Abteilung Erster Klasse – in der East Street geriet in Bewegung. Ein Kopf mit angeklatschtem blondem Haar, der oben unverkennbare Zeichen von Kahlheit verriet, tauchte auf und tanzte auf dem Wasserspiegel auf und ab: Albert Moscrop. Er trat ein paar Sekunden lang Wasser und strich sich den Schnurrbart zurecht. Hinter ihm durchquerten zwei weitere Schwimmer in majestätischem Bruststil auf verschiedenen Bahnen das kreisrunde Bassin. Es maß fünfundsechzig Fuß im Durchmesser, das größte seiner Art in Europa. Besucher, die sich der gesundheitsfördernden Wirkung mannhafter Leibesübungen bewußt waren, besuchten Brills Schwimmbad Erster Klasse in der Saison so getreulich wie die philharmonischen Konzerte im Pavillon.

Er atmete tief ein, um seine Lungen zu füllen, neigte den Kopf zurück und ließ Körper und Beine von der Senkrechten in die Waagerechte schwingen, so daß zwei Satz weißer Zehen den Wasserspiegel vor ihm durchbrachen. Erstklassiges Wasser zum Treibenlassen: Meerwasser, das man aus

Cliftonville bezog, worauf die Direktion (in Anbetracht kürzlicher Enthüllungen in „The Lancet“) ausdrücklich in einem Anschlag in der Vorhalle hinwies. In dieser Rückenlage entspannte er sich und übte seinen Geist an der Enträtselung der lateinischen Inschrift rund um die Wände; gab es auf und musterte die Galerie, heute unbesetzt, aber mit Plätzen für vierhundert Zuschauer; legte schließlich den Kopf ins Wasser zurück und genoß die Schönheit der Kuppeldecke Sir Giles Gilbert Scotts. Alles behagte ihm so, daß er wünschte, er könnte sich selbst den Einfall zuschreiben, hier herzukommen.

Der wahre Grund seines Besuches saß auf dem gekachelten Rand des Bassins und ließ die Beine ins Wasser baumeln, um wie beiläufig dessen Temperatur zu prüfen – Dr. med. Gregory Prothero mit Streifen auf dem Badeanzug, die eines Eiswagens würdig gewesen wären.

Moscrops Gespräch mit Mrs. Prothero tags zuvor am Strand war eine Offenbarung gewesen. Seine erste Reaktion war einem Schock gleichgekommen, entsprach sie doch so gar nicht der Persönlichkeit, die er ihr bei der Betrachtung durch den Feldstecher verliehen hatte. Er hatte sie automatisch unter die zahlreichen lieblichen, schüchternen und unterwürfigen jungen Frauen eingestuft, deren Abbilder er bei stundenlangen Beobachtungen an Uferpromenaden und Stränden in seinem Gedächtnis gespeichert hatte. Doch da war sie, so erlesen wie nur eine von ihnen, und rief in ein und demselben Atemzug Gott an, putzte ein Dienstmädchen herunter und bedachte einen völlig Fremden mit vertraulichen Kosenamen. Hätten seine Beine nicht ihren Dienst versagt, wäre er gewiß umgekehrt und geflohen. Wie kam ein solches Bild der Eleganz und Kultiviertheit zu einer derartigen Ausdrucksweise?

Das Verflixte war dabei, daß er sich, nachdem der erste Schock nachließ, zunehmend von dieser knarrenden Stimme verzaubert fand, die seine feineren Sinne beleidigte. Die untadeligen Konsonanten und makellosen Vokale versetzten ihn unmerklich in einen Zustand, wo er alles bedingungslos hinnahm. Noch bevor das Gespräch zu Ende war, haschte er nach den Vertraulichkeiten wie nach fallen gelassenen Münzen. Das Charakterbild, das er ihr in seiner Phantasie zugeschrieben hatte, war völlig verdrängt, und wenn er ehrlich war, traf das auf die Wesenszüge all seiner anmutigen Forschungsobjekte zu. Wenn sie bei näherer Bekanntschaft so anders war, warum nicht auch die anderen? Es blieb nichts weiter übrig, als für immer auf die achromatische Linse zu verzichten.

Trotz der Ausdruckskraft ihrer Schimpfreden war sie beunruhigend verletzlich. Jasons Abenteuer hatte sie, wie sie selbst zugab, an den Rand der Verzweiflung getrieben. Guy schien für sie ausschließlich Verachtung zu hegen. Was ihren Ehemann betraf ... Man zog lieber keine überstürzten Schlüsse. Vielleicht durfte sie zu Recht Protheros Behauptung Glauben schenken, wenn er sie den ganzen Tag über allein lasse, so nur, weil er ehemalige Patienten besuche. Vielleicht war ihm die rothaarige junge Frau, die in der Parade auf der King's Road neben ihm geritten war, nur in ärztlicher Eigenschaft bekannt. Ungeachtet ihres Teerosenteints und ihrer strahlenden Augen erholte sie sich möglicherweise gerade von einem Leiden, das nur ein Mediziner erkennen konnte. Es war auch denkbar, daß es sich bei der Harfenistin im Aquariumorchester um eine Genesende handelte, deren Zustand Dr. Prothero beruflich am Herzen lag. In derart heiklen Angelegenheiten war man gut beraten, sich sein Urteil so lange wie angängig vorzubehalten. Dennoch bestand die Möglichkeit, daß hier eine arglose und gutgläubige Frau betrogen wurde. Ohne sich weiter festzulegen, hatte Moscrop beschlossen, Dr. Prothero sehr scharf im Auge zu behalten.

Trotz alledem durfte er sich selbst gratulieren, daß er ihn von seiner derzeitigen Lage aus beobachten konnte. Ein geringerer Mann wäre womöglich am Eingang zu Brill zurückgeschreckt, besonders, wenn er ohne Badeanzug dort eingetroffen wäre. Es erforderte unter diesen Umständen beträchtliche Weltgewandtheit, mit dem Wärter auszuhandeln, sich das erforderliche Kleidungsstück zu leihen. Er war Prothero von der Vorhalle des Hotels Albemarle hierher gefolgt, das er jetzt in seinen Morgenspaziergang einbezogen hatte – genauer gesagt, war es sein Hauptziel, denn er war schon eine dreiviertel Stunde davor auf- und abpatrouilliert, als der Doktor kurz nach elf erschien. Dann hatte er sein Wild vorsichtig die Uferstraße entlang verfolgt, mit einiger Hoffnung, Zeuge eines Stelldicheins zu werden.

Doch in der East Street war Prothero bei Brill eingeschwenkt. Und obwohl das Schild „Schwimmbäder Erster und Zweiter Klasse für Damen und Herren“ in Moscrop eine erwartungsvolle Unruhe geweckt hatte, wurde diese sogleich durch die Entdeckung gedämpft, daß die Eingänge nach Geschlechtern getrennt waren. Das gemeinsame Baden war streng auf die entlegeneren Abschnitte des Strandes beschränkt. Brills Herrenabteilung war, wie er bald herausfand, einem Klub nicht unähnlich, mit seinem uniformierten Personal, seinen Rauchsalons, Lese- und Billardzimmern. Außerdem gab es dort die zwei großen Bassins, ein Dampfbad, ein medizinisches Duschbad und einen Barbiersalon. Geschah hier etwas Ungehöriges, so jedenfalls nicht ein heimliches Treffen zwischen einem Herrn und einer Dame.

So hatte er denn seinen Shilling und Sixpence entrichtet, den geliehenen Badeanzug an sich genommen – „jeder wird sofort nach Gebrauch frisch gewaschen, Sir“, wurde ihm versichert – und war dem Zylinderhut des Doktors durch die Dampfschwaden zum Bassin Erster Klasse gefolgt. Dort war er, einem Geistesblitz gehorchend, unbemerkt in eine Kabine auf der gegenüberliegenden Seite geschlüpft, hatte sich entkleidet, als ginge es um sein Leben, den Badeanzug übergestreift und war ins Wasser gesprungen, noch bevor der Doktor seine Tür entriegelte. Sogar als er auftauchte, war in dem Spalt unter Protheros Tür noch immer ein Paar bestrumpfter Füße sichtbar. Wer würde wohl vermuten, wenn er in ein Bassin stieg, daß ein bereits darin befindlicher Schwimmer ihm dorthin gefolgt war?

Was er bei seinem beflügelten Sturmlauf zum Wasser nicht berücksichtigt hatte, war die geringe Zahl der Schwimmer. Er war erst der dritte, der hineintauchte. Zwischen dem Verlassen der terra firma und seiner ersten Berührung mit aqua marina überfiel ihn für den Bruchteil einer Sekunde die Befürchtung, der Grund dafür sei womöglich die Wassertemperatur, doch war er schnell beruhigt. Das Wasser war angenehm lau. Zweifellos war Brill, wie die meisten gesellschaftlichen Treffpunkte, zu gewissen Zeiten stark besucht und zu anderen verlassen, bis auf ein paar Fanatiker.

Prothero hatte es mit dem Schwimmen sichtlich nicht

eilig. Er war etwa drei Minuten nach Moscrops Eintauchen aus seiner Kabine erschienen und an der Tür stehengeblieben, wo er sich mit Rumpf- und Kniebeugen geschmeidig machte, ein aufreizender kleiner Mann von behender Beweglichkeit und drahtiger Gestalt. Ausgezogen wirkte er eher jünger als in Kleidung. Während er den Doktor vom Bassin aus beobachtete, überlegte Moscrop, ob es nicht angebracht wäre, sein Alter neu zu taxieren, ohne Rücksicht auf die Glatze. Es war leicht zu begreifen, daß ein Mann in so vorzüglicher körperlicher Verfassung eine gewisse Anziehungskraft auf das schöne Geschlecht ausübte. Gar nicht überraschend, daß er dreimal geheiratet hatte. Nein, das lag durchaus im Bereich der Möglichkeit... Gütiger Gott! Hieß das, sich sein Urteil vorbehalten? Um seine Gedanken in die rechte Bahn zurückzulenken, hielt sich Moscrop die Nase mit Daumen und Zeigefinger zu und tauchte den Kopf unter Wasser. Als er wieder hochkam, saß der Doktor mit korrekt übereinandergeschlagenen Beinen am Rand des Bassins.

„Wie ist das Wasser?"

Die Worte gingen dem gemächlich Dahintreibenden buchstäblich über den Kopf hinweg. Er war es nicht gewöhnt, bei seinem Wachdienst von Gesprächen unterbrochen zu werden. Das Beobachten war vom Wesen her eine stumme Beschäftigung. Er war noch dabei, im Geiste die Position der anderen Schwimmer abzuschätzen, um festzustellen, an welchen Prothero sich wandte, als die Frage wiederholt wurde.

„Ich sagte, wie ist das Wasser?"

Kein Zweifel. Der Doktor sprach zu ihm. Verteufelt peinlich. Das paßte überhaupt nicht in seine Strategie. Was konnte er tun – den Menschen ignorieren? Vorgeben, er hätte nichts gehört? Das hätte sich machen lassen, wenn das Bad von Schwimmern gewimmelt hätte, aber an diesem Vormittag ging das wirklich nicht. Er hob den Kopf, und seine Augen trafen Protheros Blick.

„Dachte erst, Sie tragen Ohrenstöpsel. Ist es kalt heute?"

Unverbindliches Geplauder. Das beste war, die Form zu wahren und dann bei erster Gelegenheit außer Hörweite zu schwimmen. „Nicht übermäßig."

„Ich halte viel davon, den Körper allmählich ans Wasser zu gewöhnen“, erklärte Prothero. „Plötzliche Schocks sind dem Organismus nicht bekömmlich.“

War dies seine Art, anzudeuten, daß er den Sprung ins Wasser vor ein paar Minuten beobachtet hatte?

„Wohlgemerkt“, fuhr der Doktor fort, „bin ich erst im Wasser, halte ich nichts vom Herumpaddeln. O nein, es ist wichtig, sich nicht zu erkälten. Auf die rechte Weise angewendet, ist Meerwasser der vorzüglichste Balsam, den ein Arzt verordnen kann, wußten Sie das? Hervorragend für skrofulöse Infektionen.“

„Wirklich?“

„O ja, gewiß. Lähmungen aller Art, Nervenleiden, Hysterie, Kopfschmerzen, Verdauungsstörungen. Meerwasser ist das allerbeste Heilmittel dafür. Ich würde freilich nicht empfehlen, von einem öffentlichen Strand aus zu baden.“

„Nicht?“

„Weiß Gott, nein! Verseuchtes Wasser. Das Zeug, in dem Sie da liegen, wird aus Cliftonville hergepumpt, sonst hätte ich nicht die Füße drin, das kann ich Ihnen versichern. Ich habe für das Baden im Freien sowieso nichts übrig. Habe als junger Mann meinen Teil davon gehabt, verstehen Sie, aber dazumal schämte man sich noch nicht, im Adamskostüm zu schwimmen.“

„Hm – ja.“

„Sie sind wohl zur Saison hier?“

„Hm – ja.“

„Ich auch. Versäume sie nie. In einem Jahr war ich von der Rennwoche bis Weihnachten hier, und ich glaube nicht, daß ich in der ganzen Saison mehr als ein Halbdutzend Bälle versäumt habe. Das ist aber schon lange her. Seither habe ich zwei Frauen begraben und mir eine dritte zugelegt.“

Moscrop war sich nicht sicher, ob er sein Beileid oder seine Glückwünsche aussprechen sollte. Der Doktor wartete ohnehin keine Antwort ab.

„Emily starb an den Pocken. Anwaltstochter mit guter Mitgift. Hat meine Praxis aufgebaut. Stella war meine zweite. Eine Pelham. Kennen Sie die Familie? Grundbesitz. Sie aß verdorbenen Fisch. Das hat sie über Nacht umgebracht. Sie verstehen, weshalb ich so viel gegen die Verschmutzung habe."

„Bei Gott, ja. Aber Sie haben noch einmal geheiratet?"

„Meine dritte?" Prothero schnaubte. „Ja. Ging diesmal nach der Schönheit. Habe ein bißchen unter meinem Stand geheiratet. Ladenbesitzerstochter. Hübsch anzusehen, aber bei gesellschaftlichen Anlässen eher ein Hemmnis." Er stand auf. „Ich glaube, es wird Zeit, daß ich meinen Badeanzug naß mache." Er glitt mit einem geschmeidigen Kopfsprung ins Wasser und hielt kraftvoll auf die entgegengesetzte Seite zu, wobei er den neuen Kraulstil mit Scherenschlag anwendete. Es wäre unklug, Dr. Prothero zu unterschätzen.

Moscrop verstand es, sich weitab von seinem neuen Bekannten zu halten, und gebrauchte das herkömmlichere Seitenschwimmen, um das Bassin in einem anderen Winkel zu überqueren. Es war nur gut, daß ihn die körperliche Übung in Anspruch nahm, denn er bebte vor Empörung, außer sich über Protheros verächtliche Beschreibung der Frau, die seine Gattin zu nennen er den Vorzug hatte. Zu sagen, Zena – von nun an weigerte er sich, im Zusammenhang mit ihr an Protheros Namen zu denken – sei „hübsch anzusehen", das war so, als nannte man den Kristallpalast ein Glashaus. Der Mann war roh und dickfellig, ihrer völlig unwert. Und, was Moscrop stärker beunruhigte, er hatte eingestanden, sie als „Hemmnis" zu betrachten; was in aller Welt sollte das heißen?

Nach viermaliger Durchquerung verließ Prothero das Bassin, indem er die Hände an den Rand legte und mit einer sauberen Hocke heraussprang. „Halte nichts davon, länger als nötig im Wasser zu bleiben, wissen Sie", rief er. „Erkältungsgefahr. Ich ziehe mir jetzt den Badeanzug aus und frottiere mich gründlich mit einem groben Handtuch ab. Den Körper ins Glühen bringen, nicht wahr?"

Moscrop wartete das Schnappen des Riegels an der Tür zu Protheros Kabine ab, bevor er an der Leiter hinausstieg und sich nach seiner Kleidung umsah. Für ihn war der Vorgang des Abtrocknens notwendigerweise kurz; er mußte bereit sein, die Verfolgung aufzunehmen, sobald der Doktor seine Kabine verließ. Von nun an würde er seinen

Verstand voll gebrauchen müssen, um eine Entdeckung zu vermeiden. Es hatte keinen Sinn, seine verlorene Anonymität zu beklagen. Er sollte sich glücklich schätzen, daß sich nur sein Gesicht verraten hatte; der Doktor hatte keine Ahnung, wie groß er war oder welche Kleidung er trug. Dem Himmel sei Dank für einen steifen Hut und einen Flanellanzug!

Indem er sich auf den Sitz in seiner Kabine stellte, vermochte er die geschlossene Tür jenseits des Bassins zu beobachten; er wartete auf das sichere Zeichen dafür, daß sie sogleich aufgeriegelt werden sollte – das Auftauchen eines Zylinderhutes über der Tür. Als dieser sichtbar wurde, duckte er sich, zählte bis zwanzig und folgte dem Doktor. In dem dampfgesättigten Gang draußen holte er ihn fast ein, fand jedoch den Ausweg, an einer Mangel stehenzubleiben und seinen nassen Badeanzug durchzudrehen. In der Vorhalle blieb er wieder stehen und gab das Stück an den Wärter zurück. Inzwischen war sein Wild draußen und überquerte die East Street. Er folgte ihm vorsichtig zur Uferstraße hinab und nach rechts in die King's Road hinein. Die Kanone auf dem West Pier dröhnte. Der Doktor tat dasselbe, was Dutzende Männer im gleichen Augenblick taten: kontrollierte seine Taschenuhr. Dann setzte er seinen Weg zur östlichen Ecke der West Street fort, trat durch eine dunkelgrün gestrichene Tür und war außer Sicht. Moscrop eilte hinüber und las die Schrift über der Tür: „Ständig echte Schildkrötensuppe". Dr. Prothero speiste bei Mutton zu Mittag.

Der Duft, der aus der doppelten Glastür herauswehte, verlockte Moscrop beinahe, hineinzugehen. Schildkrötensuppe besaß große Anziehungskraft für einen Magen, der sich von dem kalten Rindfleisch und den Brotpuddings einer Brightoner Vermieterin nährte. Überdies hatte er bereits vorgehabt, bei Mutton einzukehren; war es nicht eine der Institutionen Brightons, genau das richtige Lokal, das man nach einem Bad aufsuchte? Jedenfalls nicht, solange Dr. Prothero sich darin aufhielt, entschied er mit bewunderungswürdiger Selbstbeherrschung. Seine Terrine echter Schildkrötensuppe war das Opfer, das er zu bringen hatte, um den Rest seines Inkognitos zu wahren. Also tätigte er bei Streeter, der alten Bäckerei in Pool Valley, einen Kauf und aß verstohlen Korinthenbrötchen aus einer Papiertüte, bestrebt, den Eingang von Mutton von einem Standort auf der Promenade zu beobachten, wo es scheinen konnte, als füttere er die Möwen.

Prothero mußte wohl eine zweite und vielleicht eine dritte Terrine bestellt haben, denn es war fast zwei Uhr, als er wieder erschien. Er schlug auf der Ladenseite der Uferstraße den Rückweg in Richtung Brill ein, an dem Old Ship und den durchdringenden Hopfengerüchen der Black Lion Street vorbei. Bei der East Street, Brightons elegantester Ladenreihe, bog er links ein. Schaufensterauslagen mit Perücken, Porzellan und Antiquitäten, kunstvoll angeordnet, um das Auge des geneigten Saisongasts zu fesseln, ließen ihn ungerührt; er hatte den entschlossenen Schritt eines Mannes an sich, der einem Ziel zustrebt. Dieses erwies sich als das französische Schokoladengeschäft auf halber Höhe des Hügels. Er trat ungesäumt ein und kam bald darauf mit einer schleifengeschmückten Schachtel heraus.

Pralinen. Er hatte für seine Frau Pralinen gekauft.

Moscrop, der vorsichtig durch die Spitzengardinen im Schaufenster von Chillmaid und Tinkler spähte, spürte, wie sich in der Tiefe seines Gedächtnisses etwas Unheimliches regte. Eine makabre Gedankenverbindung. Pralinen – und Brighton. Was war es bloß? Irgend etwas im Zusammenhang mit „Punch" oder einer anderen humoristischen Zeitschrift. Es mußte drei, vier Jahre zurückliegen. Pralinen... Aha! Kremhütchen! Der Fall Christiana Edmunds, jene verrückte junge Frau, die Strychnin in Kremhütchen eingespritzt hatte. Sie hatte sie an einen Brightoner Laden zurückgehen lassen, in der vergeblichen Hoffnung, der von ihr heimlich geliebte Mann werde sie für seine Frau kaufen. Ein vierjähriges Kind hatte eins gegessen und war gestorben. Die Presse hatte nach der Überführung der Täterin gewitzelt – er erinnerte sich jetzt deutlich –, es sei derzeit leichter, an die Eskimos Eiskrem zu verkaufen als in Brighton Kremhütchen. Gräßlicher Fall. Lieber Himmel, wie die Gedanken schweiften.

Prothero ging an dem Laden vorbei und erneut der King's Road zu. Der wohlwollende Ausdruck seiner Augen traf Moscrop tief ins Gewissen. Hol's der Teufel, der Mann brachte seiner Frau Pralinen mit. Diese löbliche Handlung mit den widerwärtigen Umständen eines Mordfalls in Verbindung zu bringen war unverzeihlich. Empörend.

Als Prothero die Uferstraße erreicht hatte, überquerte er diese und näherte sich einem der Teleskopvermieter am Geländer der Promenade. Was wollte er denn mit einem Teleskop? Die „Brighton" würde erst in einer Stunde ablegen, und sonst war kein einigermaßen stattliches Schiff in Sicht. Er schien jedoch zu wissen, was er wollte; schwenkte das Ding voll herum und stellte es längs des Ufersaums westwärts ein. Beobachtete er nun das Wasser oder den Strand selbst? Ja, bei Gott, er hatte es auf einen Strandabschnitt etwa vor dem Grand Hotel ausgerichtet. Genau die Stelle, wo Zena gern saß. Aber natürlich! Er hatte vor, seine junge Frau mit den Pralinen zu überraschen. Er überzeugte sich nur, daß sie dort war.

Moscrop blickte fort, sein ganzer Eindruck von Dr. Prothero geriet ins Wanken. Gab es ein rührenderes Zeugnis ehelicher Liebe als den Anblick dieses Mannes in mittleren Jahren, der seinen Pralinenkasten umklammerte und seine Frau zu erspähen suchte?

Es war gut, daß er wieder hinsah, denn als Prothero so lange durch das Teleskop geschaut hatte, wie ein Penny es erlaubte, drehte er sich um und schlenderte davon, genau in entgegengesetzter Richtung zu Zenas Aufenthaltsort. Der Lump machte sich entlang der Junction Parade fort, als wäre er in keiner Weise gebunden. Am Uhrturm über dem Eingang zum Aquarium verglich er wieder seine Taschenuhr. Es war nicht die automatische Bewegung eines Spaziergängers; er blieb richtig stehen, nahm einen Kneifer aus der einen Tasche und die Uhr aus einer anderen, starrte die Turmuhr abwartend an, und als der große Zeiger seinen kleinen Ruck zur zwanzigsten Minute vollzog, hob er seinen eigenen Zeitmesser vor die Augen wie ein Chemiker, der die Vorgänge in einem Reagenzglas beobachtet. Dann steckte er, ohne die Zeiger verstellt zu haben, Uhr und Kneifer ein und ging weiter. Entweder besaß er eine unzuverlässige Taschenuhr, oder es gab eine Verabredung, die er höchst pünktlich einzuhalten wünschte.

Moscrop folgte in strategischem Abstand, die Hände auf

dem Rücken verschränkt, die Augen glaubwürdig nach links und rechts schweifend und lebhaftes Interesse an einem Ziegenwägelchen oder einem Vergnügungsboot heuchelnd, oder was immer ihm ins Blickfeld kam. Die Gefahr war noch gering, daß der Doktor ihn entdeckte, falls er sich umdrehte, aber er benutzte diesen belebteren Abschnitt, um einen überzeugenden Nachmittagsbummel zu üben. Die Spazierwege jenseits des Chain Piers waren bedenklich spärlicher bevölkert.

Vernünftigerweise dachte er gar nicht daran, angesichts der Dinge, die er tat, Schuldgefühle zu entwickeln. Er hatte Anspruch darauf, seinen Urlaub so zu verbringen, wie es ihm gefiel. Wenn andere Leute es vorzogen, ziellos die Promenaden entlangzuschlendern oder versunken am Strand zu sitzen, so war das ihr gutes Recht. Er hatte stets die Ansicht verfochten, seine optischen Experimente seien lediglich eine sinnvollere Art, die Schönheiten der Küste zu genießen, der Urlaubsstil eines intelligenten Menschen. Und die Neuerungen dieses Jahres waren lediglich eine logische Fortsetzung dieser Experimente. Die früheren Ferien, ob in Eastbourne oder Folkestone oder Worthing, hatten bei näherer Betrachtung alle eher die Merkmale der Seßhaftigkeit getragen. In diesem Jahr wurde ihm neben dem Ozon auch noch körperliche Bewegung zuteil.

Der Nachmittag war ideal zum Spazierengehen: ein heller, klarer Himmel; das Meer fesselnd, weißgesprenkelt; die Tamarisken an den Hängen unter dem Madeira Drive von einer sanften Seebrise bewegt. Dr. Prothero schritt mit dem Gebaren eines Mannes dahin, dem alles daran gelegen ist, die balsamische Luft in ihrer Fülle zu genießen, zog dabei vor den Damen, die auf den Balkonen der Hotels oder auf dem Rücksitz leichter Kutschen lehnten, verwegen den Hut, fuhr einem Kind, das ihm in Reichweite gelangte, mit der Hand durch die Haare und blieb stehen, um einen langen, besitzergreifenden Blick über die Royal Crescent zu werfen. Seinem Verfolger bereitete dieses ungleichmäßige Tempo nicht geringe Schwierigkeiten, besonders als das letzte Geschäft hinter ihm lag und so wenige Fußgänger unterwegs waren, daß jeder sich für jeden anderen interessierte. Er hielt sich etwa fünfzig Yard zurück, auf der Seeseite der Marine Parade, obwohl die niedrige Mauer weniger Deckung bot, einfach weil es aufgefallen wäre, wenn er die andere Seite gewählt hätte. Nach dem Brauch der Orte, wo man Zimmer vermietete, standen die Haustüren offen, sozusagen zur Besichtigung einladend, und daher benutzte man, sofern man keine Unterkunft suchte, die Seeseite. Obwohl ihn das vor den prüfenden Blicken der Vermieterinnen schützte, machte es ihn zum Blickfang der Erker- und Balkonbesatzung, deshalb war es wichtig, sich wie ein zufällig daherbummelnder Spaziergänger darzubieten.

Nach mehr als einer Meile lösten die breiten Rasenflächen vor den Villen am Lewes Crescent die Häuserreihen ab. Hier blieb Prothero stehen, wie schon am Royal Crescent und am Marine Square, und musterte die Architektur. Moscrop, wachsam auf alle Wechselfälle der Verfolgung reagierend, stieg ein paar günstig gelegene Stufen hinab und setzte sich auf den sanft abfallenden Rasen zwischen der Marine Parade und der tieferliegenden Esplanade. Dieses Manöver war eine glückliche Eingebung, denn Prothero, fünfzig Yard voraus, fand eine gleichartige Reihe Stufen und begann zielstrebig den Hang hinabzusteigen, auf eine unter mehreren in die steile Klippenwand eingelassenen Grotten zu. Sie war mit einem Tisch und Stühlen ausgestattet. Er stand neben dem Tisch und zog seine Uhr zu Rate. Moscrop tat dasselbe. Zwei Minuten vor drei.

Dann beobachtete er ein Schauspiel, das ihn, sogar in der strahlenden Nachmittagssonne, nahezu glauben ließ, einer übersinnlichen Erscheinung beizuwohnen. Links unter ihm, aber noch über der Grotte, standen zwei bescheidene Häuschen, vermutlich Gärtnerwohnungen. Zwischen diesen kam wie auf ein Zeichen hin eine Prozession von fünf Frauen in schwarzen Kleidern zum Vorschein. Sie waren mit Schürzen und weißen Hauben angetan und trugen Tabletts mit silbernen Teekannen und Tassen, Untertassen und Tellern herbei, mit denen sie alsbald den Tisch deckten. Dann zogen sie sich ohne ein Wort zurück und verschwanden so geisterhaft, wie sie erschienen waren, zwischen den Hütten.

Damit war der Erscheinungen noch kein Ende. An derselben Stelle glitt eine junge Frau hervor, in einem Kleid aus einem auserlesenen zarten Material, Perkal oder

Kamelott, pfauenblau mit einem dazu passenden Sonnenschirm. Prothero stand auf, um sie zu begrüßen, und küßte ihr die Hand. Dann überreichte er ihr das Konfekt. Als sie den Kopf senkte, um es zu betrachten, entwich flüchtig ein Teil ihres Haares dem Schatten ihres Schirms. Es glühte kupferfarben auf. Sie war Protheros Reitgefährtin von der Parade auf der King's Road.

Er beobachtete die beiden über eine Stunde lang. Unmöglich zu hören, was sie sprachen, aber ihr Gesichtsausdruck, ihre Bewegungen sagten alles. Als sie aufstanden und gingen, nahm sie seinen Arm, als wäre es das Selbstverständlichste der Welt. Sie schritten ganz unverfroren Arm in Arm den Hang hinauf.

Er war so sehr mit dieser ungeheuerlichen Treulosigkeit beschäftigt, daß er gar nicht wahrnahm, welchen Weg sie einschlugen. Erst als sie zwischen den Hütten durchgegangen und verschwunden waren, stieg er den Hang hinab, um die Stelle selbst zu untersuchen. Als er hingelangte, begegnete ihm die Reihe der Serviererinnen, die das Teegeschirr abräumen gingen, alle mit der undurchdringlichen Miene, die nur hervorragend geschultes Personal aufbringt. Doch wenn sie schon nichts verrieten, wurde wenigstens das Geheimnis ihrer wundersamen Erscheinung klar: der überwölbte Eingang eines unterirdischen Ganges, den Prothero und seine Begleiterin zweifellos benutzt hatten. Ein Gang unter der Marine Parade zu den Privatgärten am Lewes Crescent.

7

Den Donner der Mittagskanone hörte Moscrop am nächsten Tag von der North Street aus, wohin ihn seine Beobachtungen geführt hatten. Er verwehrte es sich standhaft, nach der Uhrkette zu greifen. Das Merkwürdige an einem jährlichen Sommerurlaub war, daß man sich das ganze übrige Jahr darauf freute, durch die Ferien dem täglichen Kreislauf von Frühstück, Droschke, Geschäft, Mittagessen, Geschäft, Droschke, Abendbrot und Bett einmal entfliehen zu können – und sich prompt einer genauso starren Routine unterwarf, die die Kanone am Pier und der

Gong einer Vermieterin nur noch unterstrichen. Mit dem Ende der ersten Woche konnte man die Tage nach dem Menü bestimmen. Ganz harmlose Vorkommnisse, der erste Akkord des Mittagskonzerts oder das Tuten des Dampfschiffs „Brighton", gewannen den Charakter einer furchtbaren, unerbittlichen Einförmigkeit. Es war unmöglich, darauf zu verzichten, die schon verstrichenen Tage zu zählen und, mit zunehmender Erregung, die paar noch verbliebenen. Während ihrer zweiten Woche konnte man die zunehmend gehetzten Besucher entschlossen in eine noch so unfreundliche See hinauswaten sehen. Die endgültige Niederlage war der Besuch beim Photographen auf der Promenade, um den Urlaub festzuhalten; mittlerweile war man in Gedanken schon wieder in London.

Sein eigener Fall lag nicht ganz so. Die Bedrückung, die er empfand, ließ sich nicht in irgendeinem schäbigen Photoatelier lösen. Er hatte den Eindruck, eine Entwicklung tragischen Ausmaßes enthülle sich vor seinen Augen. Er konnte nichts tun, ihr Einhalt zu gebieten. Er mußte sich ihrer Unausweichlichkeit fügen, mußte zusehen, wie sie nach eigenem Zeitmaß, wie die Gezeiten, voranschritt. Jede Berührung mit den Protheros legte eine neue Schicht des Betruges bloß, den an einer arglosen Frau ihre gesamte Umgebung verübte, der Gatte, der Sohn und das Dienstmädchen. Wenn man sich überhaupt auf etwas verlassen konnte, dann darauf, daß Zena Protheros erschütternd unangebrachtes Vertrauen sehr bald zerstört werden mußte. Diese Aussicht war scheußlich, unsäglich, zu fürchterlich, um es sich auszumalen, und er konnte nichts weiter tun als beobachten und abwarten.

In diesem Augenblick bewunderte sie mit ihren zwei Söhnen, Guy und Jason, und dem Mädchen Bridget zusammen die Auslagen der North Street; auf dem Gehweg entlang schlenderten die vier der East Street zu, blieben häufig stehen und wiesen sich gegenseitig auf Dinge hin, die ihre Aufmerksamkeit erregten, ein Musterbild familiärer Eintracht. In einem zitronenfarbenen Kleid, einer Jacke aus Seehundsfell und einem schwarzen Hütchen sah sie an diesem Vormittag besonders zart aus. O wäre ihm vergönnt, zur Belebung seiner Zuversicht ihren robusten Gesprächston zu hören!

Augenscheinlich würden sie in die East Street einbiegen und zur Uferstraße hinabgehen, also überholte er sie, einem Geistesblitz folgend, auf der anderen Straßenseite, bog um die Ecke, ging noch etwa fünfzig Yard weit und verschwand außer Sicht, in einen Ladeneingang hinein. Nicht zufällig hatte er den feinsten Spielzeugladen von Brighton zur Deckung gewählt. Er machte rasche Fortschritte in der Taktik der Verfolgung.

Sie näherten sich mit aufreibender Gemächlichkeit und blieben vor etlichen Auslagen stehen, bevor sie den Spielzeugladen erreichten. Dieser besaß zwei Schaufenster. Im ersten hatte man ein aktuelles Schaubild aufgebaut, Hunderte Spielzeugsoldaten in einer Schlachtenszene. „Das Vierte (Königlich Irische) Gardedragonerregiment auf dem Felde von Tel-el-Kebir“, verkündete ein Schild. „Wir grüßen unsere Helden anläßlich ihrer Rückkehr nach Brighton.“ Jason lief seiner Mutter davon und drückte Gesicht und Hände gegen das Glas.

„Das erklärt die Fahnen überall in der Stadt“, sagte gerade Guy in diesem unerträglich dünkelhaften Ton zu ihr, als sie in Hörweite kamen. „Die Vierten haben nämlich ihre Kaserne irgendwo da draußen an der Lewes Road. Jeder Grund ist für ein bißchen Fahnenschwenken gut genug. Ich nehme an, ab morgen werden wir uns vor lauter Miliz nicht mehr rühren können. Es ist wirklich zu dumm, wenn man für die ganze Saison gebucht hat.“

Sie antwortete nicht. Sie stand hinter Jason und ergab sich dem Zauber der Auslage des Spielzeugladens, blickte aber über das Schlachtfeld hinweg, das Soldaten Ihrer Majestät aus dem gesamten Empire säumten wie zweitklassige Gäste auf einem Ball. Die Puppen auf den Simsen im Hintergrund hatten sie gefesselt, hübsche Porzellandinger mit echtem Haar und eleganten Kleidern in Miniaturausgabe. Von seinem Posten im Ladeneingang aus beobachtete Moscrop sie durch die vorspringende gläserne Ecke des Schaufensters. Er stand nahe genug, um jedes Wort zu hören, das sie sprachen, und sie mußten ihn gleich erkennen, doch bis zur letzten Sekunde wollte er es ausdehnen, sie durch das Glas beobachten zu können.

Guy machte seiner Träumerei ein Ende. „Sieh mal, Stiefmutter, wer da ist. Jasons Schutzengel.“ Ohne jede

Spur von Freundlichkeit in der Stimme, brachte er nicht einmal die Höflichkeit auf, an die Mütze zu fassen.

„Mr. Moscrop! Mein Schatz, wie unglaublich reizend, Sie wiederzusehen!"

Welch eine Kluft lag zwischen diesen beiden!

„Das Vergnügen liegt ganz auf meiner Seite, gnädige Frau, ich versichere es Ihnen", sagte Moscrop. „Ich hoffe doch, daß Ihr kleiner Junge von seinem Abenteuer neulich keine unangenehmen Folgen davongetragen hat."

„Guter Gott, nein. Das Balg ist zäh wie eine Bergziege. Aber, mein Bester, ich schaudere jedesmal, wenn ich diese schreckliche Buhne sehe, wo Sie ihn gefunden haben. Sie sind ein Held, habe ich Ihnen das schon gesagt? Weiß der Himmel, weshalb Brighton sich über Schlachten in Ägypten aufregt, wenn schneidige kleine Ladenbesitzer an seinem eigenen Strand Heldentaten vollbringen."

„Ich danke Ihnen, gnädige Frau."

„Aber das ist ja gerade das Alberne, mein Goldstück – wir haben Ihnen gar nicht gedankt. Sie wollten ja nicht, daß ich es Prothero erzähle."

„Ganz recht, gnädige Frau."

„Aber es muß doch irgend etwas geben, was ich tun kann."

„Da Sie davon sprechen, gnädige Frau, da gäbe es eine Kleinigkeit, die Sie" – er hüstelte diskret – „mir gewähren könnten."

„Selbstverständlich! Was ist es denn?"

„Gestatten Sie mir, meine Bekanntschaft mit dem kleinen Jason aufzufrischen. Wir hatten uns schon recht gut angefreundet. Ich würde ihn so gern in den Laden hier mitnehmen und ihm ein kleines Andenken kaufen."

„Andenken? Schatz, das kann ich auf keinen Fall erlauben! Wir stehen in *Ihrer* Schuld."

Er lüftete höflich den Hut. „Dann bleibt Ihnen, gnädige Frau, mit Verlaub gesagt, keine andere Wahl, als mir meinen Willen zu lassen. Komm, Jason."

Das Kind nahm gehorsam seine Hand, und sie gingen hinein. Er hoffte, ein Teleskop aus Holz zu finden, doch dieser Plan scheiterte. Fast alles übrige war zu haben, Reifen, Kreisel, Spielzeuggewehre, Jachtmodelle, Kricketschläger. Sogar, bedrohlich über dem Ladentisch hängend, eine Kollektion Birkenruten. Er ließ Jason aus den verschiedenen Spielsachen, die der Verkäufer vorlegte, selbst etwas aussuchen.

Als sie in den Sonnenschein hinaustraten, warteten die anderen auf sie. „Himmel, Jason, hast du ein Glück!" sagte seine Mutter. „So ein schönes Ding! Was ist das, Mr. Moscrop?"

„Ein Krokodil aus Holz, gnädige Frau. Nachdem er es in die Hand bekommen hatte, wollte er es nicht mehr hergeben. Die Kiefer öffnen und schließen sich wie Nußknacker, sehen Sie. Ich glaube nicht, daß er sich damit verletzen kann."

„Er hat eine Vorliebe für Krokodile", sagte Guy und lächelte Bridget verstohlen zu. „Sehr aufmerksam von Ihnen, meinen Stiefbruder so zu beschenken, Sir. Jetzt müssen wir weiter. Ich wollte vor dem Mittagessen noch schwimmen. Guten Tag."

„Vielleicht hat Mr. Moscrop denselben Weg", sagte Zena mit Nachdruck.

„Zufällig hatte ich vor, einen Blick auf das Meer zu werfen, gnädige Frau."

„Großartig! Dann gehen wir alle miteinander."

Sie gingen die Straße hinunter, ohne viel zu reden. Guy, weil es ihm so paßte, stellte sich in seiner Beschützerrolle zur Schau und schritt mürrisch zwischen Moscrop und Zena dahin. Bridget folgte mit Jason, der im Kinderwagen saß und wiederholt die Kiefer des Krokodils schnappen ließ.

„Guy badet gern weiter drüben, dem West Pier zu", sagte Zena, als sie die Promenade erreichten.

„Eben diese Richtung hatte ich einschlagen wollen, gnädige Frau, das heißt, falls ich mich nicht aufdränge."

Es ging ein stürmischer Wind, wunderbar belebend, doch für eine Dame war es schwierig, dagegen anzukämpfen. Sie bändigte Kleid und Hut mit der ihr eigenen Eleganz, doch vermochte sie für Guy nicht schnell genug voranzukommen. „Herrje, reich mir meinen Badeanzug und das Tuch rüber", rief er schließlich Bridget über die Schulter zu. „Ich gehe voraus." Als er ging, nahm Moscrop seinen Platz an Zenas Seite ein, und das Meer schimmerte in einem Glanz, den er vorher nicht wahrgenommen hatte.

„Keiner von uns darf den Tag genießen, bevor Guy schwimmen war", sagte Zena. „Wenn sein Papa wüßte, daß er vom Strand aus badet, ich weiß nicht, was er täte. Prothero sagt, das Wasser ist verseucht. Cholera und Typhus. Aber Hunderte sind doch genauso gefährdet, nicht wahr? Ich kann den verflixten Jungen nicht daran hindern, hineinzugehen, also versuche ich es gar nicht erst."

„Er macht den Eindruck eines willensstarken jungen Mannes", wagte Moscrop zu bemerken.

„Er leidet zeitweilig an Asthma. Wir bemühen uns, ihn nicht zu verstimmen, aus Furcht, einen Anfall auszulösen. Prothero hat die Krankheit sehr eingehend studiert. Guys natürliche Mutter hat auch darunter gelitten. Mein Gott, Schatz, ist das eine Brise! Setzen wir uns fünf Minuten da in den Windschutz."

Bridget blieb, entsprechend ihrem Stand, neben dem Kinderwagen stehen. Sobald dieser hielt, warf Jason sein Krokodil auf das Pflaster und stieß Protestschreie aus.

„Fahr den kleinen Teufel ein Stückchen die Promenade entlang und dann zurück", befahl Zena und fügte an Moscrop gewandt hinzu: „Das Mädchen hat keine Ahnung, wie man ein Kind bei guter Laune hält. Prothero war nicht bei Trost, als er sie eingestellt hat. In seinen Augen kann sie keinen Fehler machen. Hat er einmal eine Meinung gefaßt, ist er nicht umzustimmen. Guy ist genauso."

„Das muß Ihnen das Leben schwer machen."

„Schwer? Mein Bester, wären meine Lippen nicht versiegelt, würde ich Ihnen eine Geschichte erzählen, entsetzlicher als jeder Schauerroman."

„Ein Problem in der Familie, gnädige Frau?"

„Es hat meine Ehe zu einer ständigen Nervenprobe werden lassen, Schatz, und ich darf kein Wort davon verraten, nicht einmal Jasons tapferem Retter. Dieses Kind ist mein einziger Trost, die reine Freude meines Daseins. Ein kleiner Krakeeler, zugegeben, aber wenn ich ihn verlöre, wäre alles zu Ende. Sie können sich vielleicht vorstellen, wie mir neulich zumute war."

„Unbedingt. Sagen Sie bitte, besucht Ihr Gatte heute wieder ehemalige Patienten?"

Ihre Antwort kam ohne das geringste Zögern. „Aber ja. Prothero ist der großmütigste Mensch auf Erden, Schatz, in der ganzen Grafschaft für seine umgängliche Art bekannt. Wenn wir in Dorking ausgehen, erkennt ihn jedermann. Er witzelt oft, wenn jemand eine Maschine zum Hutziehen erfinden würde, die wäre ihm nützlicher als sein Stethoskop. Er hat ein Buch mit den Namen und Adressen all seiner ehemaligen Patienten und besucht sie bei jeder Gelegenheit. Er ist ein ganz fauler Briefschreiber, deshalb geht er lieber selbst und überrascht sie. Eine Tasse Tee und manchmal etwas mehr ist ihm immer sicher."

Moscrop zuckte im Gedanken an Lewes Crescent mit den Lidern. „Das muß ihn außerordentlich viel Zeit kosten. Nicht leicht für Sie, allein zu bleiben, denke ich mir."

„Nicht ganz allein. Ich habe ja Jason, mein Bester. Und Guy und Bridget sind nie weit fort. Sie haben trotzdem recht. Ich vermisse Prothero mehr, als er weiß. Weshalb erzähle ich Ihnen das alles, Mr. Moscrop? Sie wollen sich doch nicht so ein Frauengeschwätz anhören."

Er blickte ihr ernst in die klaren Augen. „Durchaus kein Geschwätz, gnädige Frau. Ich betrachte es als eine Ehre, Ihnen zuhören zu dürfen. Ich wünschte nur, ich hätte eine Möglichkeit, bei der – hm – Krise zu helfen, von der Sie sprachen."

„Das? Vergessen Sie es, Schatz. Eine unsägliche Sache. Einzig in unserer Familie vorgefallen. Wir haben das Schlimmste überstanden und uns danach eingerichtet. Wir sind uns alle einig, in diesen Wochen nicht davon zu sprechen. Wollen wir jetzt weitergehen? Ich bin ein wenig zu Atem gekommen."

Er nahm seinen Platz zwischen ihr und dem Straßenrand ein, und sie kämpften wieder bis zum Grand Hotel gegen die Brise an. Ein Reitlehrer kam an der Spitze einer Kavalkade von Mädchen mit schwarzen Reitkleidern und rosigen Wangen vorbei, denen die Schleier um die Hüte flatterten. Heute waren sie ihm nicht interessanter als der übrige Verkehr auf der King's Road. Er war viel zu sehr mit dem beschäftigt, was er soeben gehört hatte. „Eine unsägliche Sache." Was konnte sie meinen? Einen Todesfall? Unwahrscheinlich – die Familie trug keine Trauer. Welchen anderen Ausdruck hatte sie gebraucht? „Eine Geschichte, entsetzlicher als jeder Schauerroman." Übertreibung? Selbst wenn man ihre überschwengliche Ausdrucksweise großzügig in Rechnung stellte, war es klar, daß in der Familie Prothero etwas ausgesprochen Unangenehmes vorgefallen war. Seinen ersten Gedanken – es betreffe die Unbesonnenheiten ihres Gatten – mußte er fallenlassen, als sie mit so unverhüllter Zuneigung von Prothero sprach. Entweder ahnte sie nichts, oder der großmütigste Mensch auf Erden hatte das Glück, mit der großmütigsten Frau verheiratet zu sein.

„Das ist mir weit genug, Schatz", sagte sie, als sie Hobdens Bäder erreicht hatten. „Ich sitze meistens am Strand, aber heute ist es zu böig. Ich sehe Guy von hier aus zu."

Er nickte. Keine Dame würde sich näher zur Badestelle für Herren niederlassen. „Dann muß ich mich verabschieden, gnädige Frau. Es war ein Vergnügen, mit Ihnen zu gehen. Vielleicht sehe ich Sie und Ihre Familie morgen in der Stadt wieder, wenn das Regiment heimkehrt. Sehen Sie sich den Empfang an?"

„Bestimmt. Jason wird von den Uniformen und der Blaskapelle hingerissen sein. Was meinen Sie, wo ist der günstigste Standort?"

„Ich kenne mich in Brighton nicht besonders gut aus, aber ich glaube, ich werde versuchen, mir einen Platz an der Old Steine zu sichern, auf der Seite des Pavillons. Besuchen Sie morgen abend die Empfangsfeier der Bürgerschaft in der Festhalle?"

„Herzchen, ich wußte gar nicht, daß eine stattfindet. Abends bin ich nicht auf der Höhe, was eine Schande ist, denn vom Frühstück abgesehen ist es die einzige Zeit, zu der ich Prothero zu sehen bekomme."

„Sie werden vermutlich müde. Die Seeluft zehrt sehr an den Kräften."

„Nicht direkt. Fast im Gegenteil, Schatz. Mein Gehirn ist überreizt, sagt Gregory. Er muß wohl recht haben, denn ohne die Medizin, die er mir gibt, kann ich nicht einschlafen. Ist es nicht praktisch, mit einem Arzt verheiratet zu sein?"

„Er gibt Ihnen einen Schlaftrunk?"

„Etwas in der Art. Oh, sehen Sie! Da geht Guy gerade zum Wasser hinab. Ob er sich umdreht und winkt? Er möchte beachtet sein. In diesem Alter ist das so üblich. Haben Sie ihn mit seiner Schnupftabaksdose gesehen? Wahrhaftig wie ein Vierzigjähriger."

„Nehmen Sie diese Arznei jeden Abend ein, gnädige Frau?"

„Regelmäßig, mein Schatz, schon seit dem Verdruß, den ich erwähnte. Wissen Sie, seither werde ich um nichts und wieder nichts nervös. Einfach mit Prothero und Guy in einem Zimmer zu sitzen genügt schon, daß mir die Hände zu zittern anfangen. Ist das nicht albern? Da geht er stracks hinein, ohne zu zögern. Dieser Junge liebt das Wasser. O Gott! Mir ist der Knopf von der Jacke abgerissen. Ist schon gut. Ich kann ihn ja wieder annähen. Kein Grund zur Aufregung."

„Sie nehmen also die Arznei, um Ihre nervösen Erscheinungen zu dämpfen?"

„Ganz recht, Schatz. Sie wirkt Wunder. Ich verliere im Nu das Bewußtsein. Prothero empfiehlt mir gewöhnlich, sie gleich nach dem Abendessen einzunehmen. Um acht bin ich schon hinüber. Ich schwöre Ihnen, manchmal schlafe ich noch vor Jason. Sie glauben doch nicht, daß es gefährlich ist, oder?"

Moscrop blickte zum Strand und wich der Frage aus. „Ihr Stiefsohn ist zweifellos ein kräftiger Schwimmer. Wie fühlen Sie sich, wenn Sie aufwachen?"

„Wie ein fünfmal gewaschenes Kattunkleid, Schatz. Ich muß ein halbes dutzendmal an meinem Riechsalz schnuppern, um zu glauben, daß ich noch lebe."

„Um was für einen Schlaftrunk handelt es sich?"

Ihre Augen öffneten sich weit, wie bei einem Kind. „Das beunruhigt mich ja gerade, mein Bester. Ich weiß es nicht. Prothero sagt es mir nicht, und ich möchte nicht fragen. Ich glaube, er bereitet ihn aus weißen Kristallen zu, die er in einem Glasgefäß aufbewahrt, aber ich habe mich nie näher danach erkundigt, was das ist. Ich möchte nicht, daß er denkt, ich vertraue ihm nicht."

„Vielleicht könnte jemand anders helfen."

„Schatz, ich hatte ja ganz vergessen, daß Sie Mediziner sind. Wie reizend! Das nimmt mir eine solche Last von der Seele."

Wozu hatte er sich erboten? „Die Medizin ist nicht ganz mein Fach, gnädige Frau. Die Optik, Sie verstehen."

„Aber Sie wissen natürlich in diesen Dingen Bescheid! Wie wunderbar von Ihnen, sich so viel Mühe zu machen."

„Ich möchte meinen, wenn Sie von der Lösung eine kleine Probe beschaffen könnten, wäre es mir möglich, sie irgendwo in der Stadt analysieren zu lassen", räumte er ein. „Obwohl ich davon überzeugt bin, daß auf Ihren Gatten Verlaß ist."

„Das bin ich auch, Mr. Moscrop, das bin ich auch. Aber wenn Ihr Apotheker feststellen würde, daß die Medizin ein bißchen stark ist, könnte ich vielleicht eine schwächere Lösung mischen, ohne Prothero zu kränken. Es ist nur ein klein wenig entnervend, dreizehn Stunden hintereinander ohne Besinnung zu sein, verstehen Sie."

„Durchaus, gnädige Frau. Wann wären Sie in der Lage, mir diese Probe zu besorgen? Es müßte unauffällig geschehen, nicht wahr?"

„Schatz, Sie sind so scharfsinnig! Wenn Sie heute nachmittag um zwei zum Krockettplatz am Hotel Albemarle kämen, könnte Bridget bei Jason bleiben, um ihn anzuziehen. Prothero hält sich um die Zeit mit Guy im Billardzimmer auf. Wie drollig – wir werden uns wie zwei Verschwörer fühlen!"

8

Die Helden von Tel-el-Kebir marschierten in Achterreihen zur Melodie „Ja-ha-ha, wir sind wieder da" die Große Parade entlang, und ganz Brighton säumte den Straßenrand, um sie willkommen zu heißen. Der Krieg in Ägypten war monatelang das tägliche Gesprächsthema gewesen, genauso fesselnd wie die Alarmnachrichten über das städtische Abwassersystem. Die Zeitungen druckten lange Depeschen aus Kairo ab, und in der Eingangshalle des Aquariums war zwischen den Personenwaagen auf Leinwand gezogen eine riesige Karte des Kriegsschauplatzes ausgehängt, auf der Fähnchen die neuesten Stellungen der englischen und ägyptischen Armeen markierten. Als die Rückkehr der Königlich Irischen angekündigt wurde, richtete man sogleich einen Festempfang durch die Bürgerschaft aus, doch die spontane Huldigung fast der gesamten Bevölkerung stellte die Bädergesellschaft regelrecht in den Schatten. Überall tauchten Fahnen auf, selbst an den bemoosten

Mauern der ärmlichsten Häuser hingen sie herab. Bescheidene Droschkenpferde trotteten rot, weiß und blau herausgeputzt durch die Stadt; Kinder erschienen in Miniaturtropenhelmen und schwangen Blechschwerter; die Musikantengruppen spielten fast nur noch „Seht den Siegesheld, er kommt" und „Wenn Johnny nach Haus marschiert".

Sobald Moscrop in der Old Steine eintraf, wurde ihm klar, daß wenig Aussicht bestand, die Protheros herauszufinden, selbst wenn Zena ihren Gatten überzeugt haben sollte, dies sei der günstigste Standplatz. Es glich der Mall am Krönungstag. Neun und zehn Reihen tief gestaffelt säumte die Menge die Strecke vom Pavillon bis zu Sankt Peter. Späterkommende improvisierten sich Periskope aus Taschenspiegeln oder stiegen in die Bäume. Die Polizei, erheblich verstärkt, bildete eine Absperrung, um dem Regiment den Weg freizuhalten.

„Wünschen Sie sich gerade, Sie hätten Ihren Ferngucker bei sich?"

Er drehte sich überrascht um, bestürzt, wie sehr die Frage ins Schwarze traf. Genau das hatte er sich gerade gewünscht. Da stand Bridget und lächelte geheimnisvoll. „Sie würden den Doktor und seine Frau in diesem Gewimmel doch nicht finden, Sir. Beide sind nicht übergroß, und sie sind spät losgegangen, lange, nachdem die Massen zusammengelaufen sind."

„Sie! Wie merkwürdig! Ich hatte keine Ahnung..."

„Nicht so merkwürdig, wie Sie glauben, Sir." Sie neigte den Hut so, daß zwei der künstlichen Kirschen kokett über den Rand hingen. „Ich folge Ihnen schon seit zehn Minuten oder mehr."

„Sie *folgen* mir?" Was redete das Mädchen da?

„Sie sind nicht der einzige, der hier Hasche spielt. Ich habe oben an der North Street auf Sie gewartet, in der Nähe der Besserungsanstalt. Ich wußte, daß Sie dort vorbeikommen werden, weil Sie Ihr Logis an der Montpelier Parade haben. Das gibt Ihnen was zum Nachdenken, wie?"

„Ich verstehe nicht." Zum erstenmal blickte er Bridget an, ohne an Stand und Würde zu denken. Ihr Benehmen grenzte schon an Frechheit, und er hätte das Mädchen gewiß zum Schweigen gebracht, wenn sie ihn nicht überrumpelt hätte. In unglaublich anmaßender Weise bestand sie auf einem Gespräch auf gleicher Ebene. Sie hatte geradezu einen schalkhaften Zug um den Mund, als hätte sie ihn auf Abwegen unten in den Dienstbotenräumen erwischt. Übrigens ein hübsches Gesichtchen, bei aller Keckheit. Bisher hatte er das nicht bemerkt. „Welchen Grund hätten Sie, mir zu folgen?"

Sie trat näher und schob die Hand unter seinen rechten Arm, als wäre es das Selbstverständlichste der Welt. „Wenn Sie mir ein Glas weiße Seide spendieren, kriegen Sie es vielleicht heraus."

Er erstarrte. In eine Kneipe gehen, um mit einer Dienstmagd Gin zu trinken? Allein der Gedanke!

Er beantwortete den Vorschlag mit verächtlichem Schweigen. Doch er entfernte nicht die anstößige Hand von seinem Arm.

„Sie kriegen von hier aus nicht viel von den Soldaten zu sehen", beharrte sie. „Bloß Helmspitzen. Wir könnten die halbe Stunde viel nützlicher miteinander zubringen. Die ‚Sieben Sterne' sind gleich um die Ecke."

Und dies hatte das Jahr sein sollen, in dem er seinen ersten Auftritt in der Brightoner Saison ins Werk setzen wollte.

„In der Bar ist jetzt keine Seele. Sie sind alle zum Vorbeimarsch auf die Straße gelaufen. Verlieren wir doch keine Zeit. Sie wollen doch etwas mehr über Mrs. P. erfahren, oder?"

So in Worte gefaßt, klang es entsetzlich kraß, aber er mußte zugeben, daß das Mädchen mit einem angeborenen Scharfsinn begabt war, wie man ihn bei Frauen der niederen Klassen gelegentlich fand. Sie hatte recht. Wenn es etwas über Zena zu erfahren gab, war er willenlos. Mit einem ähnlichen Gefühl wie damals, als er die Bernhardt für seinen Abend im „Canterbury" opferte, ließ er es zu, daß Bridget ihn durch die Bartholomews zur Ship Street führte. Die Parade sollte von den Stufen des Rathauses herab abgenommen werden, deshalb wimmelte die gegenüberliegende Straßenseite von Menschen, die sich um keinen Preis von ihrem harterkämpften Platz rühren wollten. Sie lotste ihn zielbewußt durch das Gedränge und überraschte ihn manchmal mit einer Fähigkeit, Druck auszuüben, wie er es nicht einmal von der Menschenmenge in der Oxford Street oder am Waterloobahnhof her in Erinnerung hatte.

Vor dem Rathaus hatte man eine rosarote Markise ausgespannt, und darunter saßen in Reihen die städtischen Honoratioren und mehrere hohe Offiziere des Regiments mit ihren Damen. Sie gaben ein prächtiges Bild ab, boten sich als gebührenden Brennpunkt der allgemeinen Aufmerksamkeit dar, Orden, bürgerliche Ehrenzeichen, Hermelin, Goldschnüre, leuchtendrote Etonjacken. Doch die Putzmacherinnen stellten alles in den Schatten; man konnte vor lauter Hüten kaum ein Gesicht erkennen, und vor lauter Garnierungen, Straußenfedern, Schwandaunen, künstlichen Früchten, Blumen und Kolibris konnte man kaum die Hüte erkennen.

„Prachtvoll, finden Sie nicht auch?" fragte Bridget und ließ ihre Kirschen angriffslustig wippen.

„Unvergleichlich."

„*Sie* ist natürlich dabei."

„Wirklich? Wo?"

„In der zweiten Reihe, die dritte von rechts, trägt weißen Flieder und Windenblüten. Sind aber künstlich."

Zwischen schwankenden Sonnenschirmen hindurch spähte er hinüber, in der Hoffnung, mit einem kurzen Blick auf Zenas berückendes Antlitz belohnt zu werden. „Die zweite Reihe, sagen Sie. Ich sehe sie nicht. Das ist nicht Ihre gnädige Frau, Bridget. Sie hat doch nicht kupferrotes Haar. Guter Gott!"

„*Meine* Gnädige ist das nicht", sagte Bridget mit Nachdruck. Beide blickten zu der jungen Frau von Lewes Crescent hinüber, Dr. Protheros Reitgefährtin.

„Was macht sie da oben?"

„Wissen Sie nicht, wer sie ist? Das ist Miss Samantha Floyd-Whittingham, die Tochter des Obersten. Sie ist in Brighton bestens bekannt. Ihr Vater hat ihr an der Uferstraße ein großes Haus eingerichtet. Angeblich, weil er ihr in den Offiziersquartieren nicht traut, wo so viele Männer herumschwirren. Statt dessen treibt sie sich in ganz Brighton herum, und der Oberst denkt, sie sitzt zu Hause am Fenster und zählt die Möwen."

Fünf Minuten später saßen sie in einem fast verlassenen Schankraum.

„Sie wissen, wer das war, nicht?" sagte Bridget.

„Sie meinen Miss Floyd-Whittingham? Eine Freundin Dr. Protheros, glaube ich."

„Freundin! Sie haben Sinn für Humor, Sir."

Sie nippten an ihren Gläsern und beobachteten einander.

„Wie hat der Doktor diese junge Frau kennengelernt?" fragte Moscrop.

„Kann ich Ihnen nicht sagen. Er ist ein Frauentyp, wie Sie sicher schon selbst gemerkt haben. Das ist jedem klar, nur nicht seiner Frau. Ich hab ihn selbst ein- oder zweimal sozusagen an seine Stellung erinnern müssen. Ich nehme an, er ist ihr voriges Jahr vorgestellt worden, bei einem von diesen Musikabenden. Wir kommen nämlich jedes Jahr nach Brighton. Er war schon immer sehr fürs Ausgehen, und die gnädige Frau denkt sich nichts dabei. Sie glaubt alles, was er ihr erzählt. Hat sie Ihnen von den Patienten erzählt, die er angeblich jeden Nachmittag besucht? Patienten! Ich bitte Sie!"

„So gar nicht die Frau, die sich so leicht betrügen läßt", bemerkte Moscrop mehr zu sich selbst. „Wer könnte das glauben? Man braucht sie nur reden zu hören – dieses lebenssprühende Geplauder. Eine emanzipierte Frau mit jeder Silbe, die sie spricht."

Bridget lächelte ironisch. „Das zeigt nur, wieviel Sie über das schöne Geschlecht wissen. Es sind nicht die Stillen, die ihre Männer verlieren, Mr. Moscrop, es sind Mrs. Prothero und ihresgleichen, die so leidenschaftlich übersprudeln, daß sie gar nicht merken, wie ihre Männer zur Hintertür rausschleichen. Oder es nicht wahrhaben wollen."

„Sie wissen also, was zwischen dem Doktor und dieser Person vorgeht?"

„Jeder weiß das – außer meiner Gnädigen. Ich glaube nicht, daß sie es merken würde, und wenn die beiden auf ihrem eigenen Sofa Händchen halten würden, die arme Frau. Sie mögen sie sehr, nicht?"

„Lassen wir das", sagte Moscrop. Es gab auch für die Offenheit Grenzen.

Bridget ließ sich nicht so leicht ablenken. „Ich hab Sie

mit Ihrem Glas an den Augen gesehen, Mr. Moscrop, und ich hab Sie am Strand beobachtet und vor dem Hotel, wenn die gnädige Frau gar nicht wußte, daß Sie da waren. Ich halte Sie für einen Mann, der eine Menge auf sich nimmt, um zu bekommen, was er will. Ich hab Sie neulich, als ich mit Guy im Wasser war, mit der Badefrau sprechen sehen. Oh, machen Sie sich nichts draus. Mich stört es nicht, was Sie gesehen haben oder was sie Ihnen erzählt hat. Ich wäre nicht die erste meines Standes, die der Herrschaft ein bißchen Privatunterricht gibt – nicht, daß Guy ihn besonders nötig hätte. Schlägt seinem Vater nach, kann ich Ihnen versichern, und deshalb hab ich von der Seite her nichts zu befürchten. Aber Sie sind anders, nicht wahr? Sie würden nicht mit mir anbändeln, auch wenn ich Sie dazu verleiten wollte. Redlich gesinnt, das sind Sie."

War das herausfordernd gemeint, oder versuchte das Mädchen etwas herauszubekommen? Jedenfalls hatte das Gespräch eine Wendung ins Persönliche genommen, die er zu korrigieren beschloß.

„Wenn Sie wissen, daß Mrs. Prothero von ihrem Gatten hintergangen wird, warum sagen Sie es ihr nicht?"

„Ich muß auf mein Zeugnis Rücksicht nehmen", sagte Bridget, die Stimme in Protest erhoben. „Ich kann es mir nicht leisten, den Doktor zu verärgern. Ich kriege nie eine andere Stellung, wenn er mir ein schlechtes Zeugnis ausstellt. Darauf wollte ich sowieso gerade kommen. Was nützt es, wenn sie ihm auf die Schliche kommt? Nichts. Sie wird verrückt, oder ihr bricht das Herz. Sie ist seinem Treiben gegenüber so blind, daß er sich nicht mal die Mühe macht, sich die roten Haare vom Jackenkragen abzubürsten."

„Aber wenn ihr Gatte treulos ist..."

„Denken Sie, die Entdeckung könnte sie einem anderen in die Arme treiben? Glauben Sie das ja nicht, Sir. Oh, ich weiß, daß Sie sie stundenlang beobachtet haben. Sie sind ein geduldiger Mensch, das leugne ich nicht, und Sie verdienen etwas für Ihre Hartnäckigkeit. Ich habe jede Etappe verfolgt, die Arbeit mit dem Feldstecher, den Tag, an dem Sie Jason zurückbrachten, die Begegnung am Spielzeugladen, und gestern habe ich vom Fenster aus beobachtet, wie sie Ihnen etwas von ihrem Schlaftrunk zum Krocketplatz gebracht hat. Erwarten Sie, daß Sie Arsenik darin finden, Mr. Moscrop? Glauben Sie, daß er sie langsam umbringt? Der doch nicht! Er ist mit den Verhältnissen ganz zufrieden, wie sie sind."

„Ich habe nichts dergleichen gedacht. Ich erwies einfach einer Dame einen Gefallen." Wirklich, Bridget war unbedingt zu dreist. Ein junges Ding, ein Dienstmädchen sagte ihm so etwas ins Gesicht! Er hätte sofort den Raum verlassen sollen. Wäre das Thema ihrer Unterhaltung nicht so fesselnd gewesen, hätte er es bestimmt getan.

„Glauben Sie mir", fuhr sie fort. „Sie ist zu allen gleich großzügig, warmherzig und geradeheraus. Es hat gar nichts zu bedeuten, Mr. Moscrop. Für sie gibt es nur einen Mann, und das ist mein gnädiger Herr, bei allen seinen Fehlern. Wenn Sie ihr davon erzählen, wird sie es Ihnen nicht danken. Gehen Sie so oft mit ihr spazieren, wie Sie wollen, setzen Sie Ihren ganzen Scharm auf sie an – es kommt mir nicht zu, Ihnen zu sagen, Sie hätten überhaupt keine Chance. Aber um eines bitte ich Sie – und deshalb mußte ich Sie heute vormittag finden –: sagen Sie ihr nicht die Wahrheit über ihren Gatten, Sir. Gott weiß, was passiert, wenn Sie das tun."

Er war froh, daß er sich an diesem Abend entschlossen hatte, lieber die Uferstraße entlangzugehen, als den Weg durch die Stadt zu nehmen. Das Geräusch der Wellen auf den Steinen war nachts unendlich deutlicher. Es wiederholte sich im selben Zeitmaß wie ein sachtes Pulsieren in seinem Gehirn, besänftigte seine Stimmung und brachte seine Gedanken ins Lot wie das Ticken der großen Standuhr unten, wenn er als Kind nachts allein war. Allmählich bekam er das Gefühl, sich wieder in der Gewalt zu haben. Es war ihm so ungewohnt, sich in anderer Leute Leben verstrickt zu finden, zuallerletzt in die Geheimnisse zwischen Mann und Frau. Oh, er hatte durch sein Glas genügend Treubrüche gesehen – jeder, der eine scharfe Beobachtungsgabe und ein gutes Gedächtnis für Gesichter besaß, konnte an der See binnen vierzehn Tagen drei oder vier herausfinden –, aber er war den darin verwickelten Personen stets ganz fremd geblieben. Im vorliegenden Fall hatte er bewußt auf das Fernglas verzichtet und – er gab es zu – seine Objektivität preisgegeben. Unter diesen Umständen waren Komplikationen unvermeidlich. Nun war es erforderlich, diese so gelassen und sachlich wie möglich zu lösen. Er hatte das einmal angefangen und würde es auch zu Ende führen.

Vor ihm schnitt ein Mondstrahl das Meer in zwei Teile und setzte sich in ununterbrochener Linie in den Spiegelungen der Lampen unterhalb des Chain Piers fort. Die herbstliche Kühle hatte bis auf eine Handvoll Unentwegte alle Leute vom Ufer ferngehalten. Meistens handelte es sich um Soldaten auf Stadturlaub, an einem Arm ein Mädchen, unter dem anderen ein Stöckchen, die kleine runde Mütze verwegen schief auf dem Kopf und begleitet von einem Sporenklirren, das ihnen noch lange nachhallte, wenn sie längst vorüber waren.

In der Nähe des Aquariums meinte er, vom Strand her Stimmen zu hören. Der Schein der Gaslampen auf der Promenade ließ unten nicht viel erkennen, und normalerweise hätte er nicht versucht, festzustellen, wer sich da unten befand. Nach allem, was man hörte, waren die nächtlichen Vorgänge auf den Steinen nicht dafür bestimmt, belauscht zu werden. Auch wurde dabei gewöhnlich nicht viel gesprochen. Aber als er näher kam, war er sicher, daß sich an diesem Abend, in lebhafter Unterhaltung begriffen, mehrere Männer da unten aufhielten. Und sie hämmerten. So weit draußen gab es keine Boote, an denen sie hätten arbeiten können. Auf der Höhe des Uhrturms trat er an das Geländer der Promenade und beschattete die Augen mit beiden Händen.

Aus einem Dutzend Männern bestand wohl die Arbeitsgruppe, die nahe der Wasserlinie Pfähle in den groben Sand rammte. Ein Stück weiter machte er eine Reihe Balken aus, die starr vor der glitzernden Helligkeit des Wassers aufragten. Manche waren doppelt so hoch wie die Männer und trugen mit schrägverlaufenden Streben abgestützte Querstücke. Wäre dies nicht Brighton gewesen – und in der Saison –, er hätte geschworen, eine Reihe Galgen vor sich zu sehen. Er erschauerte, stellte seinen Mantelkragen auf und strebte mit raschem Schritt der Marine Parade zu, ohne sich zu erklären, was er gesehen hatte.

Das Hotel Albemarle besaß mit Blick über den Chain

Pier einen günstigen Standort; die zinnengeschmückte Fassade und das als Säulenhalle gestaltete Portal machten es als eines der exklusiveren Hotels in der Reihe eleganter Häuser kenntlich. Die hochroten Samtvorhänge an den Fenstern des Speisesaals waren nur halb zugezogen, so daß Vorübergehende den Anblick genießen konnten, wie Kellner mit silbernen Kaffeekannen umherscharwenzelten. Moscrop schritt wie eine Schildwache auf dem gegenüberliegenden Fußweg auf und ab. In Erwartung eines guten Geschäfts begannen Droschken die Straßenränder zu säumen; an diesem Abend würden die meisten Gäste der Festhalle zustreben. Der Ball zu Ehren des Regiments würde zweifellos eines der Hauptereignisse der Saison werden.

Er zog die Taschenuhr hervor und hielt sie ans Licht. Halb neun hatte sie gesagt, und es war schon zwanzig Minuten vor neun. Vielleicht war es weniger leicht, sich unauffällig fortzustehlen, als sie geglaubt hatte.

Die Hoteltür öffnete sich, und eine Gestalt kam heraus. Leider nicht Zena. Ein Mann in voller Abendkleidung, mit Cape und Stock. Als er vortrat, um eine Droschke zu besteigen, glitt sein Gesicht dicht an einer Lampe vorbei, die zur Zierde an einer der Säulen angebracht war. Dr. Prothero, bestimmt. Die energischen Bewegungen hätten ihn verraten, selbst wenn es die Lampe nicht getan hätte. Er war so schnell über den Gehsteig und in eine Droschke hineingehuscht, daß er hätte auf dem Weg zu einer Kreißenden sein können. Der Kutscher wendete geschickt und fuhr in Richtung Black Rock und – erwog Moscrop – Lewes Crescent davon.

Andere folgten in Abständen, meist Paare, die beim Besteigen des Wagentritts viel Wesens um Kleider und Mäntel machten. Fast neun Uhr. Hatte sie denn vergessen? Was konnte sie noch aufhalten, nachdem Prothero fort war?

Er drehte sich um und prallte fast mit einer weiblichen, in einen Schal gehüllten Gestalt zusammen.

„Was zum Teufel...?“ Sie war aus dem Nichts aufgetaucht.

„Hallo, Mr. Moscrop.“

Verflixt, Bridgets Stimme. Sie schob den Schal ein wenig

zurück, und er konnte das naseweise Gesichtchen strahlen sehen, entzückt von der Wirkung, die es bei ihm hervorrief.

„Ich habe Sie überrascht, nicht? Um die Ecke ist noch ein Eingang, den benutzt kaum jemand. Haben Sie die Formel für meine Gnädige?“

„Ich hatte eigentlich die Absicht, sie ihr persönlich auszuhändigen.“

„Na, das können Sie nicht. Sie ist nicht hier. Ach ja, ich soll Ihnen ausrichten, es täte ihr leid, daß sie nicht herunterkommen kann. Sie ist sofort nach dem Abendessen zu Bett gegangen, Dr. Prothero zuliebe – der war nämlich drauf aus, am Abend auszugehen, und wollte sie noch schlafen sehen, bevor er ging.“

„Sie schläft, sagen Sie. Hat sie die Schlafmedizin eingenommen?“

Bridget zwinkerte auf eine Art, die ihn höchst peinlich berührte. „Nein, sie hat geschummelt, als er zu ihr reinschaute. Sie nimmt nichts mehr von dem Zeug, bis sie von Ihnen gehört hat. Aber natürlich kann sie nicht in ihrer Nachtkleidung hier runterkommen, und Sie können auch nicht rauf, weil Sie doch ein Gentleman sind.“

„Gewiß nicht!“

„Deshalb hat sie mich runtergeschickt, als Botin. Haben Sie herausgekriegt, was sie da eingenommen hat?“

Er tastete in der Brusttasche nach dem blauen Stück Papier, auf dem der Apotheker das Ergebnis seiner Analyse zusammengefaßt hatte. „Dann sind Sie vielleicht so freundlich, das hier Mrs. Prothero zu überbringen. Es wird sie beruhigen. Das Präparat ist nichts Schlimmeres als Chloralhydrat. Sie kennen es vermutlich als Chloral. Tausende nehmen es ein, um den Schlaf herbeizuführen. Im Übermaß gebraucht, kann es einen krankhaften Zustand herbeiführen, der als Chloralismus bekannt ist, aber die Lösung, die Ihre gnädige Frau benutzt, wird schwerlich diese Wirkung hervorrufen.“

„Ich hab Ihnen doch gesagt, daß er sie nicht vergiftet.“

„Davon war ja auch überhaupt nie die Rede. Ich glaube, Sie sollten Ihre Zunge hüten, kleine Dame. Guter Gott! Was war das?“

Ein Knall wie ein Pistolenschuß hinter ihnen. Auf der

Straße schrie jemand angstvoll auf. Ein Hund begann zu bellen. An den Hotelfenstern erschienen Gesichter.

„Das kam unten vom Strand, bestimmt“, sagte Bridget.

Sie gingen zum Geländer und lehnten sich darüber. Von den Hotels kamen Leute über die Straße gerannt und gesellten sich zu ihnen.

„Ein halbbetrunkener Soldat, der vor seiner Puppe angibt“, entschied jemand.

„Außer Dienst tragen sie keine Waffen.“

„Hat vielleicht aus der Schießbude ein Gewehr geklaut.“

„Sehen Sie!“ rief Bridget. „Da unten sind Leute. Mit Fackeln. Glauben Sie, die haben eine Leiche gefunden?“

Moscrop fielen die seltsamen Gerüste ein, die er gesehen hatte. Das unruhige Treiben schien an etwa derselben Stelle vor sich zu gehen. Um näher heranzukommen, schoben sie sich mit der Menge weiter. Sie waren nicht mehr als ein paar Yard gegangen, als sich unten eine neue Sensation ereignete. Eine aufsprühende Flamme, ein heftig zischendes Geräusch und der Anblick eines leuchtenden Geschosses, das himmelwärts raste und sich in einer malerischen Parabel zum Meer hinabsenkte.

„Verdammich, eine Rakete! Das ist ein Feuerwerk zu Ehren des Militärs.“

So war es, und die Aufgabe der galgenähnlichen Gerüste war nun klar. Sie dienten dazu, die Lichtersätze anzubringen, den Höhepunkt aller pyrotechnischen Darbietungen. Prächtige Initiative, die jemand da entwickelt hatte. Man hoffte, die Flammenbilder würden auch eine angemessene Huldigung an das Regiment einschließen. Schon folgte die Stadt dem Signal jener ersten Rakete, kam in Scharen auf die Straße und strömte am Ufer zusammen. Junge Männer kletterten von der Marine Parade aus über das Geländer auf das Dach des Aquariums, um einen Tribünenplatz zu genießen. Noch schlafwarme Kinder wurden in Decken gehüllt und in die Nachtluft hinausgetragen, und ihre Augen verrieten halb Aufregung, halb Ängstlichkeit.

„Ich bin ganz verrückt auf Feuerwerke“, sagte Bridget. „Raketen. Oh, wunderschön!“

„Müßten Sie nicht zu Ihrer gnädigen Frau zurückkehren? Sie wird sich doch fragen, was vorgeht.“

„Sie haben recht. Von da oben habe ich eine bessere Aussicht. Ihr und Jasons Zimmer gehen auf den Strand hinaus. Wir wohnen im zweiten Stock – die Fenster da rechts. Sehen Sie, da steht Guy auf dem Balkon! Winken Sie mit dem Regenschirm!“

„Er würde uns inmitten so vieler Menschen doch nicht sehen“, sagte Moscrop trocken. „Sie werden nicht vergessen, Mrs. Prothero die Formel zu übergeben? Glauben Sie, daß ich sie vielleicht auf dem Balkon zu sehen bekomme, wenn ich hier warte? Wahrscheinlich nicht. Sicher will sie wegen ein paar Raketen nicht noch einmal alle Kleider anlegen. Sie kann wahrscheinlich auch alles sehen, wenn sie hinter dem Fenster steht. Dann kann sie mit vollem Vertrauen ihr Chloral einnehmen und schläft schon, wenn ihr Gatte zurückkommt. Sie werden ihr meine Empfehlung ausrichten, ja?“

Das Mädchen brachte ein sonderbares Geräusch aus der Kehle hervor, das als Gurgeln begann und als schallendes Gelächter endete. „Sie braucht bestimmt keine Empfehlung von Ihnen, Mr. Moscrop. Sie sind eine Sorte Mann, den sie schwerlich vergessen kann!“

Unglaubliche Frechheit! Er war sich nicht sicher, was das Mädchen mit ihrer Bemerkung meinte, aber ganz gewiß würde er nicht zulassen, daß ihm eine Bedienstete mit offenem Spott begegnete. Er holte Luft für eine vernichtende Erwiderung, aber es gab niemanden mehr zu vernichten. Sie hatte sich, immer noch lachend, umgedreht und durch die Menge davongemacht.

Am Strand begann funkensprühend eine Reihe Feuerräder zu kreisen. Er wandte sich um und schaute wieder zum Hotel Albemarle hinauf. Der Balkon war leer. Es war unmöglich zu erkennen, ob sich drinnen jemand aufhielt. Die Menge um ihn herum stand dicht an dicht, doch ausnahmsweise machte es ihm überhaupt keine Freude, Schulter an Schulter mit einer Masse Menschen zu stehen, die er nicht kannte. Auch das Feuerwerk interessierte ihn nicht. Im Kristallpalast waren jeden Sonntag bessere Darbietungen zu sehen. Nach zehn Minuten warf er einen letzten Blick zum Hotelfenster hinauf und zwängte sich durch die Menge, um über die Uferstraße den Weg zu seinem Logis anzutreten.

Am Strand flammte der erste Lichtersatz auf, ein Krokodil, symbolisch für Ägypten, das bösartig den Rachen auf- und zuklappte. Wie schallten die Hochrufe, als die Funken sich verzehrten und der Feind als verkohlte und rauchende Ruine zurückblieb! Herrlich, ein Brite zu sein, und in Brighton, und in Sicherheit vor solchen Ungeheuern!

9

„Eigentlich seltsam, Sergeant", bemerkte Konstabler Thackeray.

„Was?"

„Na, daß in einem Seebad jemand daran denken kann, einen Mitmenschen umzubringen. Sehr sonderbar. Ich habe einen Urlaub immer als ein angenehmes Ereignis angesehen. Nicht, daß ich besonders viel darüber wüßte. Die einzigen Tage, die ich am Meer verbracht habe, waren die Ausflüge der Abteilung M nach Southend, und daran kann ich mich gewöhnlich nicht sehr klar erinnern. Aber es ist doch logisch, Sergeant. Mord paßt nicht zu Eselsritten und Sandburgen und – hm..."

„Kasperletheater?" schlug Sergeant Cribb vor. „Sie reden, wie Sie es verstehen, Thackeray. Mord paßt unbedingt zu einem Seebad. Sonderbar ist höchstens, daß er nicht häufiger vorkommt." Nachdem er diesen Standpunkt widerlegt hatte, widmete er sich erneut seiner „Brighton and Sussex Daily Post", die er an der London Bridge vorausschauend gekauft hatte. Die beiden Detektive saßen in einem Wagen zweiter Klasse des Schnellzugs nach Brighton. Fünf Tunnels und zahlreiche lange Strecken Kreideabstiche sorgten zusammen dafür, die Betrachtung der Landschaft auf ein Mindestmaß zu beschränken. Cribb, fuchsgesichtig und unverbindlichem Geplauder abgeneigt, hatte seine Zeitung, Thackeray, dickfellig und unerbittlich, war auf eine Unterhaltung aus.

„Die ganze Atmosphäre spricht dagegen, Sergeant. Sonnenschein. Promenaden. Konzerte." Da er sah, daß Cribb keine Anstalten machte, zu antworten, setzte er die Aufzählung ungehemmt fort. „Ein Gericht Uferschnecken.

Ausflüge auf der ‚Skylark'. Musikanten. Ein Hauch Ozean auf der Pierspitze ...".

Cribb ließ seine Zeitung sinken. „Wenn wir nach Brighton kommen, Konstabler, werden wir nicht viel Zeit haben, die Sehenswürdigkeiten zu besuchen, aber diesen Pier, von dem Sie sprechen, müssen Sie sich unbedingt ansehen. Wo wir hinfahren, gibt es sogar zwei, wie aus Papierspitzen gebastelt, mit schmiedeeisernen Schnörkeleien verziert, alles weiß und nach frischer Farbe riechend. Wenn Sie sich an den geschrubbten Decks und den schmucken Häuschen satt gesehen haben, schauen Sie mal nach unten, direkt unter den Pier. Ich will Ihnen sagen, was Sie da sehen. Tragbalken, von Muscheln wie mit Geschwüren überkrustet. Schlamm und Tang und pechschwarzes Wasser, das um den Unterbau herum schwappt und wogt, daß es einem den Magen umdrehen möchte. Auch das gehört zu Ihrem Pier. Genau wie die Elendsviertel und schmutzigen Straßen und Gassen hinter den piekfeinen Hotels an der Uferstraße. Manche können die Augen davor verschließen. Sie und ich nicht, Thackeray. Wir sind nämlich nicht zu einer Bootspartie nach Brighton unterwegs."

Thackeray streichelte mit dem Handrücken gelassen die Unterseite seines Bartes und starrte auf die Kakaoreklame einen Fuß über Cribbs steifem Hut. Er war zu erfahren, um auf Sarkasmus solcher Art anzubeißen. Dieser Befriedigung beraubt, fand sich Cribb außerstande, zu seiner Lektüre zurückzukehren.

„Paßt nicht zu einem Seebad? Das ist mit der beste Witz, den ich je gehört habe – sogar von Ihnen. Würden Sie nur mehr lesen, Konstabler, dann wüßten Sie, daß es in Brighton kaum eine Straße ohne mörderische Gedankenverbindung gibt." Er begann an den Fingern der linken Hand abzuzählen: „King's Road. Da lernte Charles Bravo seine Frau kennen. Portland Street, wohin Christiana Edmunds ihre vergifteten Pralinen zum Verkauf brachte. Queen's Square, wo Constance Kent den Mord an ihrem Stiefbruder gestand. Lover's Walk, Preston, wo John William Halloway seine zerstückelte Frau in einer Schubkarre hinfuhr und verscharrte. Er war Anstreicher auf dem Chain Pier und putzte ihn heraus, damit Ihresgleichen von da aus einen Hauch Ozean einatmen können. Ich könnte fortfahren."

„Lassen Sie, Sergeant. Ich werde mich nie mehr auf einem Ausflug der Abteilung M amüsieren. Was meinen Sie, weshalb suchen sie sich ein Seebad dafür aus?"

„Einleuchtende Gründe. Der Ort ist den ganzen Sommer über voll von Fremden. Ungewöhnliches Verhalten fällt nicht auf. Im Urlaub sind die Leute im allgemeinen auch gesprächiger. Gelegenheit, zufällige Bekanntschaften zu schließen."

„Wenn ich so darüber nachdenke, haben Sie recht. Ein besserer Platz für einen kleinen Mord wäre gar nicht zu finden."

„Immerzu passieren tödliche Unfälle", sagte Cribb, der sich für sein Thema erwärmte. „Hier in der Zeitung steht gerade einer. Fünfundfünfzigjährige Frau ertrunken aufgefunden. Nichtschwimmerin. Scheint an ihrem letzten Urlaubstag mal eingetaucht zu sein. Genierte sich, mit einem trockenen Badeanzug nach London zurückzukommen, darum ging sie früh am Morgen baden, als nicht viele Leute unterwegs waren. Nun, wer kann wissen, ob ihr nicht jemand den Kopf unter Wasser gehalten hat?"

„Herrje, Sergeant, Sie haben aber ein argwöhnisches Gemüt."

„Ich sage nicht, es ist so passiert, aber es hätte sein können. Und wenn sie nicht ermordet wurde, was ist mit dem Kerl, der nächste Woche vom Pier fällt, oder mit dem, der übernächste Woche zu weit rausschwimmt? Lombard Street gegen eine Apfelsine, daß früher oder später ein übelgesinnter Mensch eine saubere Methode darin entdeckt, ein Opfer zu erledigen."

„Na, *Sie* haben's entdeckt, Sergeant."

„Stimmt. Man muß lernen, so zu denken wie die, Konstabler. Wir wären der Brightoner Polizei keine große Hilfe, wenn wir das nicht könnten. Die erwarten von Ihnen und mir etwas Besonderes an detektivischer Leistung. Es ist nicht ihre Art, den Yard heranzuziehen, wenn sie sich nicht dazu gezwungen sehen. Schlagen Sie sich die Uferschnecken aus dem Sinn, Thackeray, und nutzen Sie den Rest der Reise, um Ihre Gedanken für ein Stück flotte Ermittlungsarbeit zu ordnen."

Zwei Tunnels weiter fing Thackeray erneut Cribbs Blick ab, genau zwischen den „Gesellschaftsnachrichten" und der Spalte „Aus dem Polizeigericht". „Sergeant, warum haben Sie diese Bemerkung über das Kasperletheater gemacht? Ich sehe nicht, was das mit Mord zu tun hat. Es ist doch eine Kinderbelustigung."

Cribb blieb stumm, nicht geneigt, zum Besten seines Assistenten Herrn Kasperles Verbrecherlaufbahn zu schildern.

„Gehört zu jedem Urlaub an der See", beharrte Thackeray.

Cribb sprach, ohne aufzublicken. „Konstabler, da ist noch ein Mord geschehen, den ich früher hätte erwähnen sollen. Vor einem Jahr ist auf eben dieser Strecke im Schnellzug nach Brighton ein Mr. Gold von einem gewissen Lefroy umgebracht worden, dessen Bildnis jetzt bei Madame Tussaud zu sehen ist. Wenn Sie mir noch eine einzige Frage stellen, garantiere ich, daß mein Abbild demnächst neben ihm im Wachsfigurenkabinett steht. Denken Sie das in Ruhe durch und lassen Sie mich meine Zeitung lesen."

Die Grafton Street, wo sie sich zu melden hatten, stellte sich als eine Querstraße der Marine Parade heraus, die schönste Lage für ein Polizeirevier, die die beiden Detektive je angetroffen hatten. Polizeidienst in solcher Umgebung konnte nicht anders als in höchstem Maße erfreulich sein. Die Droschkenfahrt entlang der Uferstraße machte sie nicht nur mit der sektähnlichen Eigenschaft der Seeluft bekannt, sondern vermittelte ihnen auch flüchtige Einblicke in einen Lebensstil, den man in London außer im Hyde Park selten irgendwo zu sehen bekam. Schöne Frauen der feinen Welt paradierten in offenen Kutschen, wehrten mit spitzenbespannten Schirmen den unerwünschten Wirkungen der Sonne und verstanden es zugleich, sich beiden Straßenseiten vorteilhaft darzubieten. Andere kamen zu Pferd oder spazierten an der Seite junger Männer in Sportjacketts und Strohhüten dahin. Im Hintergrund rollten träge die Wellen aus und jagten blendendweißen Schaum die Steine hinauf. Glücklich der Bobby, der eine solche Runde abzugehen hatte!

Die Atmosphäre im Polizeirevier war genauso balsamisch. „Eine Kanne frischen Tee, bitte, Konstabler Murphy", rief der diensttuende Sergeant, als sie eintraten. „Entweder sind es zwei Herren, die gestehen wollen, daß jeder ein Paar Halbstiefel, Größe zwölf, gestohlen hat, oder die Verstärkung vom Yard ist da. Guten Tag, meine Herren. Sehr erfreut, Sie kennenzulernen. Brown ist mein Name, und mein Inspektor heißt Pink. Komisch, nicht wahr? Ich bringe Sie lieber gleich zu ihm rein. Murphy kümmert sich um Ihre Sachen."

Inspektor Pink trug einen irreführenden Namen. Sein Gesicht war nicht blaßrot, es zeugte vielmehr von dreißig oder mehr Sommern Dienst an der Südküste, war braun und runzelig wie eine vorjährige Kartoffel. „Ungemein froh, Sie zu sehen, meine Herren. Es geschieht nicht oft, daß wir einen Fall bekommen, bei dem wir von vornherein wissen, unsere eigenen Detektive sind da einfach überfordert. Ungewöhnliche Geschichte, das. Und er war verdammt nahe dran, damit durchzukommen. Wäre nicht ein scharfsichtiger junger Bursche gewesen, wäre es ihm bestimmt gelungen."

„Es gab also einen Zeugen des Verbrechens?" fragte Cribb.

„Nein, leider nicht. Weiß nicht, wo es geschah, oder wann. Dieser Junge war pfiffig genug, das Beweisstück zu entdecken, das ist alles. Er hat es dem Geschäftsführer gemeldet, der heute morgen sofort zu uns kam. Es befindet sich noch an Ort und Stelle. Wir hätten es nicht entfernen können, auch wenn wir gewollt hätten. Sie werden sehen, warum. Wenn Sie nicht zu müde sind, gehen wir hin, sobald Sie Ihren Tee ausgetrunken haben. Es ist nur ein paar Schritte von hier."

Der Inspektor war sichtlich entschlossen, die Wucht des Eindrucks seines Beweisstücks in situ nicht dadurch abzuschwächen, daß er noch ein Wort mehr darüber verloren hätte, also rührten und schlürften und bliesen sie ihren Tee so eilig, daß sie binnen Minuten die Marine Parade entlangschritten und Sergeant Scott die unglaublichen Eigenschaften der Gaumen von Scotland Yard bestaunend zurückließen.

„Sie haben bestimmt schon von unserem Aquarium gehört", sagte der Inspektor, als er sie die Granitstufen hinabführte. „Von Birch projektiert, dem Mann, der den West Pier gebaut hat. Ich habe es immer gern besucht. Es hat so eine eigene Atmosphäre. Ein höchst bedauerlicher Vorfall ist das. Ich hoffe nur, er schreckt die Besucher nicht ab."

„Im Gegenteil, möchte ich meinen", sagte Cribb.

Sie gingen mit gewichtiger Miene durch den Lesesaal und den Hauptgang entlang, und ihr fester Schritt lenkte die allgemeine Aufmerksamkeit von den Becken ab. Auf halber Strecke verlieh ein kräftiggebauter Konstabler in Uniform einem Schild Nachdruck, das verkündete, daß auf Grund unvorhergesehener Umstände die Höhle der Alligatoren und Krokodile vorübergehend geschlossen sei. Ein kleiner Mann mit Kneifer hielt sich bekümmert in der Nähe.

„Das ist der Geschäftsführer, Mr. Pym", erklärte der Inspektor. „Sergeant Cribb und sein Assistent kommen vom Kriminaldezernat, Mr. Pym. Sie führen diese Ermittlung."

Mr. Pym streckte eine nervöse Hand aus. „Sehr erfreut. Ich hoffe, wir brauchen die Zeitungen nicht hineinzuziehen. Das könnte auf die Besucher so abschreckend wirken."

„Haben Sie getan, was ich sagte?" erkundigte sich Inspektor Pink.

„Ja. Das große liegt in tiefer Betäubung, und ich glaube, die übrigen schlafen auch. Wollen wir hineingehen?"

„Wir brauchen mehr Licht", sagte der Inspektor. „Wo haben Sie die Blendlaternen, Konstabler?"

„Gleich hinter der Tür, Sir, links von Ihnen."

Selbst als die Laternen angesteckt waren und mit ihrem Strahl das Innere durchforschten, waren Form und Größe der Höhle enttäuschend schwierig auszumachen. „Ihre Augen werden sich bald anpassen", versicherte ihnen Mr. Pym. „Es ist vollkommen ungefährlich weiterzugehen. Die Tiere befinden sich alle hinter dem Glas."

„Dies ist das Becken", sagte der Inspektor. „Crocodylus Niloticus. Sehen Sie, meine Herren? Die häßlichsten Biester von der Welt. Bringen Sie jetzt mal Ihre Laterne näher, Sergeant? Es stört die Krokos nicht. Der da mit dem aufgerissenen Rachen bleibt noch stundenlang so liegen."

„In ihrer natürlichen Umgebung lassen sie sich von den sogenannten Krokodilwächtern die Zähne nach Egeln absuchen", steuerte Mr. Pym bei.

„So, sehen Sie sich das mal an", sagte der Inspektor. „Zwischen dem Felsbrocken und dem Glas eingekeilt. Was halten Sie davon, meine Herren?"

Die Laternenstrahlen vereinigten sich an einer Stelle am Fuß des Beckens, die normalerweise im Schatten lag, da die Anordnung der Felsbrocken zu gewährleisten hatte, daß die Reptilien etwa einen Meter vom Glas entfernt blieben. Dort, in einer Spalte zwischen Fels und Glas, lag eine menschliche Hand, oberhalb des Gelenks abgetrennt, mit der Handfläche nach außen auf dem Stumpf ruhend.

„Das Verflixte dabei ist", sagte Inspektor Pink, „daß das unser einziger Anhaltspunkt ist. Wo sich der Rest des Körpers befindet, können Sie sich wohl selbst zusammenreimen, meine Herren."

Die bösartigen gelben Augen des Größten der Insassen des Beckens glitzerten immer noch starr in dem künstlichen Licht.

„Es muß ein aufgeweckter Bursche sein, daß er sie hier unten entdeckt hat", urteilte Cribb. „Hätte noch lange Zeit hier liegen können. Um welche Zeit hat er Sie aufgesucht, Mr. Pym?"

„Ich würde sagen, halb zehn. Ich habe die Höhle für Besucher gesperrt und bin geradenwegs zum Polizeirevier geeilt."

„Und ich entschloß mich, sofort an den Yard zu telegraphieren", setzte der Inspektor hinzu. „Es war zu viel, als daß meine Männer damit fertig geworden wären – oder vielmehr nicht genug. Was haben Sie vor, Sergeant?"

„Ich muß das Beweisstück herausholen, es näher ansehen."

„Daran habe ich schon gedacht", sagte der Inspektor stolz. „Mr. Pym hat die Krokodile eingeschläfert."

„Morphiumgetränkte Fische", erläuterte Mr. Pym.

„Haben alle davon gefressen?"

„Der große Kerl jedenfalls", sagte Mr. Pym, „und auf den kommt es an. Die anderen sind ziemlich fügsam. Ich werde sofort veranlassen, daß ein Wärter die Hand herausholt."

„Nein, das werden Sie nicht", widersprach Cribb. „Das ist das einzige Beweisstück, das ich besitze. Ich dulde nicht, daß man es wie ein übriggelassenes Stück Fleisch herausklaubt. Es muß behutsam behandelt werden – von einem Fachmann. Thackeray..."

„Sergeant?"

„Haben Sie Ihre Handschuhe bei sich?"

„Jawohl, Sergeant."

„Gut. Sie brauchen bloß einen großen braunen Umschlag und eine Lampe, damit Sie sehen können und nicht auf etwas treten. Hier haben Sie eine Blendlaterne. Mr. Pym, können Sie den Umschlag zur Verfügung stellen?"

„Gewiß, aber denken Sie..."

„Denken? Thackeray ist ein Mann der Tat, darauf geschult, das Denken hinterher zu besorgen. Sie machen doch mit, Konstabler, nicht wahr? Er ist schon mit Schlimmerem fertig geworden, meine Herren. Thackeray, Sie gehen mit Mr. Pym hinten herum. Sie brauchen nämlich nicht von hier aus reinzuklettern. Aber denken Sie daran, gehen Sie mit dem Beweisstück behutsam um."

Es handelte sich vermutlich um eine Verzerrung, hervorgerufen durch die ungleichmäßige Beleuchtung, aber sekundenlang schien Thackeray seinen Vorgesetzten mit dem gleichen unfreundlichen, starren Blick anzusehen, wie ihn die Augen der Tiere zeigten, zu denen er sich gerade begeben sollte. Dann folgte er Mr. Pym durch die Tür, die dieser neben dem Eingang aufschloß.

Dann hörte man, wie im Hintergrund des Beckens ein Riegel zurückgeschoben wurde.

„Moment mal, Thackeray!" rief Cribb. „Einer regt sich gerade. Geben Sie ihm einen Augenblick Zeit, zur Ruhe zu kommen."

Eine lange Minute verging, bis die Laternen einen überdurchschnittlichen Fuß ausmachten, der sich aus einer in Scharnieren beweglichen Klappe auf einen moosüberzogenen Stein herabsenkte. Es folgte Thackerays gebückte Gestalt, Umschlag in der einen Hand, Laterne in der anderen.

„Ihr Weg ist frei", beriet ihn Cribb ruhig, „aber ich würde mir nicht zu lange Zeit lassen. Auch Betäubungsmittel können ihre Wirkung verlieren."

Ein kleines Krokodil, vermutlich aufgeschreckt, ließ sich auf der linken Seite klatschend ins Wasser fallen. und Thackeray legte die Strecke bis zu den Felsbrocken im Vordergrund in zwei raschen Sätzen zurück.

„Ausgezeichnet", sagte Cribb. „Das große hat noch keinen Muskel bewegt. Jetzt angeln Sie die Hand vorsichtig rauf, Mann. Stellen Sie die Laterne einen Augenblick ab und halten Sie den Umschlag bereit, damit Sie die Sache fingern können, wenn Sie den unpassenden Ausdruck verzeihen. Jetzt aufpassen. Aha! Saubere Arbeit. Da sehen Sie mal die Scotland-Yard-Schule, meine Herren. Also nun zurück, Thackeray. Vergessen Sie nicht die Laterne, und werden Sie jetzt nicht übermütig. Die Schwänze können genau so niederträchtig sein wie die Zähne."

Auf dem Polizeirevier in der Grafton Street prüften sie das Beweisstück näher, das Thackeray in dem braunen Umschlag über die Marine Parade getragen hatte wie ein Ausflügler sein Butterbrotpäckchen. Cribb breitete mehrere Bogen weißes Papier auf Inspektor Pinks Schreibtisch aus, dann zogen sie den abgetrennten Körperteil hervor und legten ihn zur Untersuchung mit der Handfläche nach unten hin.

„Was meinen Sie, Thackeray?"

„Verdammich, Sergeant, die Fälle werden nicht einfacher, was? Wir hatten schon unsere Mühe, Leichen ohne Kopf zu identifizieren, aber ich glaube, sc wenig Anhaltspunkte wie hier hatten wir noch nie." Er beugte sich nachdenklich darüber. „Schätze, sie gehört zu einer Frau oder einem Jungen. Zu schmal für einen Mann. Und die Nägel sehen aus wie poliert."

„Gut. Noch etwas?"

Es trat eine Pause ein, während Thackeray verstohlen die Anordnung seiner eigenen Finger und Daumen prüfte. „Es ist eine rechte Hand, Sergeant."

„Ich muß Ihnen zustimmen. Schade, daß es nicht die linke ist, sonst hätten wir vielleicht den Abdruck eines Eherings gefunden. Was ist zu dem Zustand der Finger zu sagen?"

Thackeray drehte die Hand um. „Na, Blasen oder Hornhaut sind keine da. Ich glaube nicht, daß sie viel gearbeitet hat. Das sieht nicht nach der Hand einer Näherin oder Fabrikarbeiterin aus. Sie könnte einer Dame gehören."

„Möglich", sagte Cribb. „Wie stehen Sie dazu, Sir?"

Inspektor Pink räusperte sich. „Dame? Ja, eine Dame. Das ist gut durchdacht, Konstabler. Eine Dame. Ja, darin muß ich Ihnen zustimmen. Ich glaube, Sie haben alles zusammengefaßt."

„Sie glauben nicht, daß die Hand uns noch mehr verraten kann?" fragte Cribb.

„Ach! Das ist etwas anderes. Das habe ich ja auch nicht gesagt, nicht wahr? O nein, durchaus nicht."

„Woran dachten Sie also, Sir?"

„Woran ich dachte?" Inspektor Pink runzelte die Stirn. „Sagen Sie mir erst, woran Sie denken, Sergeant. Ich möchte ungern einem Mann von Scotland Yard etwas vorwegnehmen."

„Nun, Sir, sehen wir uns mal die Stelle an, wo das Handgelenk durchtrennt wurde."

Thackeray und der Inspektor kamen so dicht heran, wie sie sich überwinden konnten.

„Ungemein kräftige Kinnbacken haben diese Krokodile", bemerkte der Inspektor.

„Nun, das ist ja eben die Sache, Sir", sagte Cribb. „Ich glaube nicht, daß ein Krokodil das getan hat. Dazu ist es viel zu sauber. Ich bin keine Autorität für diese Tierart, aber ich würde erwarten, daß Krokodilszähne ihren Abdruck hinterlassen, wenn sie etwas durchtrennen, nicht eine so glatte Fläche wie das hier. Es müßte eine Art Rille an der Schnittstelle sein, verstehen Sie – etwa wie die Spur, die Ihre Zähne an einem saftigen Apfel hinterlassen würden. Ich glaube, hier wurde eine scharfe Schneide verwendet, ein Hackmesser oder etwas Ähnliches."

„Beim Himmel, aber das bedeutet doch..."

„Sie haben recht, Sir – daß jemand die Hand woanders vom Körper abgetrennt und hierhergebracht hat, um sie den Reptilien vorzuwerfen. Und wenn Sie mir zehn Minuten Zeit geben, dazu Ihr Papiermesser und ein gutes Vergrößerungsglas, kann ich Ihnen vielleicht sagen, wo das Zerlegen vor sich gegangen ist."

In Sekunden sah das Zimmer wie ein Operationssaal aus, wobei Thackeray die Instrumente zureichte – die Cribb noch mit einer Pinzette und einem sauberen Taschentuch aus der eigenen Tasche ergänzte – und Inspektor Pink als etwas bänglicher Zuschauer dabeistand.

„Ich brauche mehr Licht", sagte Cribb. „Bitte die Schreibtischlampe, Inspektor. Breiten Sie das Taschentuch hier aus, Thackeray. Nun, meine Herren. Ich habe vor, die Innenseiten der Fingernägel auszuschaben. Das Papiermesser, bitte."

Nach mehreren Minuten sorgfältiger Arbeit hatte sich auf dem weißen Leinen eine geringe Ablagerung angesammelt.

„Vergrößerungsglas. Danke. Möchten Sie selbst sehen?"

„Sand, weiß Gott!" sagte der Inspektor. „Sie muß am Strand gewesen sein."

„Vermutlich", sagte Cribb. „Aber das hilft uns nicht viel weiter, nicht? Halb Brighton muß Sand unter den Fingernägeln haben."

„Ah!" sagte der Inspektor in bedeutsamem Ton. „Aber nicht die wirklichen Damen. Sie gehen nie näher ans Meer heran als bis zum Pier und zur Esplanade. Der Sand wirft Ihre Theorie um, daß die Hand einer Dame gehörte, Konstabler Thackeray."

„Nicht unbedingt", meinte Cribb, der mit Pinzette und Vergrößerungsglas an der Schnittstelle arbeitete. „Hier ist auch Sand, klebt am Blut. Ich glaube, die Zerstückelung hat am Strand stattgefunden. Man kann die Leiche – wenn wir voraussetzen, daß es eine Leiche war – dort hingeschafft haben. Nun sehen Sie sich dies hier an." Er legte vier oder fünf winzige schillernde Scheibchen auf das Taschentuch.

„Fischschuppen, beim Zeus!"

„Glaube ich auch, Sir. Nun, stimmt meine Annahme, daß das Futter für die Krokodile – wozu wohl auch Fisch gehört – durch die Klappe im *Hintergrund* des Beckens geschoben wird?"

„Gewiß!"

„Also ist es höchst unwahrscheinlich, daß diese Schuppen aus dem Becken stammen, wenn man sich daran erinnert, daß die Hand vorn lag, an einer für Krokodile unerreichbaren Stelle."

„Allerdings, ja."

„Soweit ich mich erinnere, befindet sich irgendwo am Strand ein Fischmarkt."

„Das stimmt. Keine zehn Minuten von hier."

„Ausgezeichnet! Thackeray und ich gehen also noch einmal spazieren. Ich bin neugierig, was für Werkzeug man benutzt, um Fische zu zerlegen."

10

Am nächsten Nachmittag am Strand schob Albert Moscrop die Zeitung beiseite, die sein Gesicht von der Sonne abschirmte, stützte sich auf einen Ellbogen und las zum vierten Mal an diesem Tag den Leitartikel.

GRAUSIGE ENTDECKUNG
AM STRAND VON BRIGHTON

Den Beweis eines finsteren Verbrechens, vermutlich Mord, entdeckte gestern eine Mannschaft von Polizeibeamten und Arbeitern der Bädergesellschaft bei Grabungen auf einem der belebtesten Abschnitte des Strandes von Brighton, dem Standort des Fischmarkts. Die Ausgrabung, der eine große Menschenmenge, bestehend aus Feriengästen und Einwohnern der Stadt, beiwohnte, erfolgte unter der Leitung Sergeant Cribbs, eines Detektivs der Kriminalabteilung von Scotland Yard, den man am Vormittag angefordert hatte, nachdem in der neuen Alligator- und Krokodilhöhle des Aquariums eine

ABGESCHNITTENE MENSCHLICHE HAND

entdeckt worden war. Diese grauenhafte Entdeckung hatte ein Schuljunge gestern früh gemacht, kurz nachdem das Aquarium geöffnet worden war. Der Knabe, bei dem es sich um einen Feriengast handeln soll, machte den Geschäftsführer, Mr. Pym, auf das betreffende Becken aufmerksam. Dieser verständigte unverzüglich die Polizei, und man faßte sogleich den Entschluß, telegraphisch Scotland Yard um Unterstützung zu ersuchen.

Sergeant Cribb, ein Beamter, der in den letzten Jahren eine Anzahl von Morden in der Hauptstadt erfolgreich aufgeklärt haben soll, traf in Begleitung eines Assistenten mit dem Zug 2.15 Uhr in Brighton ein und begab sich sofort zum Polizeirevier in der Grafton Street und bald darauf zum Aquarium, wo man den schauerlichen Gegenstand seiner Ermittlungen von seinem Platz zwischen den Echsen entfernte, um ihn ins Polizeirevier zu bringen. Dort nahmen die Experten von Scotland Yard eine eingehende Untersuchung der Hand vor, auf Grund derer Sergeant Cribb die Überzeugung gewann, daranhaftende Partikel von Sand und Fischschuppen wiesen auf eine Verbindung zum Fischmarkt etwa eine Viertelmeile westlich des Chain Piers hin. Es wurde eine

GRÜNDLICHE SUCHE NACH EINEM WERKZEUG MIT SCHARFER SCHNEIDE

bei den Ständen und Karren des Marktes angeordnet. Eine starke Abteilung der örtlichen Polizei übernahm diese Aufgabe, und binnen kurzem sah man Sergeant Cribb an einem Tisch stehen, der eine gewaltige Ausbeute an Messern, Hackmessern und Handsägen trug, während die Zunft der Fischhändler mögliche Kunden vergeblich zum Kauf ihrer unfiletierten Seezungen und Schollen zu bewegen versuchte.

Da man keine entsprechende Waffe identifiziert hatte, dehnte man die Suche auf die Gewölbe unter der benachbarten Promenade aus, wo Netze, Kessel und andere Utensilien der Fischer lagern. Wer von den Mietern der Gewölbe anwesend war, schloß seine Lagerräume auf, doch mußte man etliche Türen auf Befehl des Sergeanten aufbrechen. Nach etwa zwanzig Minuten konzentrierte sich die Suche auf ein bestimmtes Gewölbe, dessen Schloß man beschädigt gefunden hatte. Drinnen fanden die Beamten

AUGENSCHEINLICH FRISCHE BLUTFLECKEN

auf dem Boden und auf mehreren Kisten, die offenbar als Sektionstisch verwendet worden waren. Nachdem man nichts weiter gefunden hatte, entschloß sich Sergeant Cribb zu dem ungewöhnlichen Schritt, den Abschnitt des Strandes, auf dem sich der Markt befindet, räumen und absperren zu lassen. Man ließ Schaufeln kommen und bot aus dem Personal der Bädergesellschaft Verstärkung auf, die der Polizei bei der makabren Aufgabe zu helfen hatte, im Ufersand nach menschlichen Überresten zu graben.

Dieses Unternehmen erregte lebhaftes Interesse, und

binnen kurzem wurden zusätzliche Polizeikräfte angefordert, um die Grenzen des abgesperrten Bezirks überwachen zu lassen, wo sich neugierige Zuschauer reihten, darunter

KLEINE KINDER UND ANGEHÖRIGE
DES SCHÖNEN GESCHLECHTS.

Der oberhalb des Schauplatzes gelegene Abschnitt der Promenade war zeitweise unpassierbar, so dicht drängte sich die Menge, und fliegende Händler mit Erfrischungen hatten reißenden Umsatz.

In der ersten halben Stunde förderte man verschiedene Gegenstände zutage, was unter den Zuschauern mehrmals Wellen der Erregung auslöste, doch nichts, was Sergeant Cribb interessieren konnte, bestanden doch die Funde hauptsächlich aus Strandgut, wie es an jeder Küste angeschwemmt wird, sowie den Rückständen der vorangegangenen Invasionen an langen Wochenenden, Bierkrüge, aus Picknickkörben verlorene Besteckteile, Spielzeug für den Strand.

Gegen vier Uhr, als das Interesse an der Ausgrabung zugunsten des Gedankens an eine Teepause abzuflauen begann, legte ein Arbeiter ein flüchtig in Zeitung gewickeltes und etwa achtzehn Zoll unter der Oberfläche verscharrtes Paket frei. Beim Auswickeln stellte sich heraus, daß es

DEN UNTER DEM KNIE ABGETRENNTEN
TEIL EINES MENSCHLICHEN BEINS

enthielt.

Der gräßliche Fund wurde im Triumph zu Sergeant Cribb gebracht, der geziemende Rücksicht auf das Zartgefühl seiner Zuschauer an den Tag legte und unverzüglich die Fundstelle abzuschirmen befahl, was man mit den Segeltuchbahnen einiger Badezelte aus der Nähe improvisierte. Dann grub man mit neuem Eifer weiter, und binnen zehn Minuten waren noch mehrere Pakete mit disjecta membra freigelegt. Darunter befanden sich weitere Stücke des erwähnten Körperteils und

TEILE DES RUMPFES EINER FRAU,

die von brünettem Typ und etwa dreißig Jahre alt gewesen sein soll. Auch fand man gewisse Kleidungsstücke einschließlich einer schwarzen Jacke aus Seehundsfell, und man kann hoffen, daß diese weitere Anhaltspunkte zur Identität der Unglücklichen zu liefern vermögen. Obwohl die Grabungen bis spätabends fortgesetzt wurden, fehlen noch immer mehrere Teile der Leiche, und zwar handelt es sich um den Kopf, den linken Arm und das rechte Bein. Der Polizeiarzt wird heute eine Untersuchung der bisher gefundenen Überreste vornehmen, und man erwartet von ihm eine Schätzung der Größe und Statur der Toten sowie der ungefähren Todeszeit. Sergeant Cribb scheint sich inzwischen zum letzten Punkt eine eigene Meinung gebildet zu haben, hat er doch einen Aufruf erlassen, wonach jeder, der in der Sonnabendnacht am Strand in der Gegend des Fischmarktes einen Mann und eine Frau gesehen hat, ersucht wird, sich bei der nächstgelegenen Polizeidienststelle zu melden. In der Stadthalle, in der Grafton Street, auf der Level, in der West Hill Road und in Preston sind Büros eingerichtet worden. Die Ermittlungen dauern an, ein weiterer Bericht folgt in unserer Sonnabendausgabe.

Er faltete die Zeitung sorgfältig zusammen, den Artikel nach innen, und legte sie, mit zwei großen Steinen beschwert, neben sich. Einen dritten behielt er in der Hand und genoß die Empfindung, die die glatte, kühle Unterseite in seiner Handfläche hervorrief. Die Farbe des Steins war das Bläulichgrau, das bei dem Geröll in der Nähe des West Piers vorzuherrschen schien. Ein weißer Streifen, wunderbar klar und ebenmäßig, teilte den Stein in zwei Hälften. Er wendete ihn langsam und suchte seine Oberfläche nach einem Fehler ab, fand aber keinen. Ein vollkommener Gegenstand in einer unvollkommenen Welt. Er legte ihn an die Wange und versuchte zu einem Entschluß zu gelangen.

Das Thema des Zeitungsartikels machte es verständlich, wieso er sich nahezu allein am Strand befand – oder doch auf dem Abschnitt zwischen den zwei Steinbuhnen. Nicht etwa, daß die Leute den Strand gescheut hätten, weil er in Beziehung zu einem Gewaltverbrechen stand, auch war es durchaus nicht so, daß sie bei der Vorstellung erbleichten, was etwa der kleine William mit seinem Holzspaten zutage fördern könnte. Eher im Gegenteil. Sie hielten sich alle beim Fischmarkt auf und beobachteten das Kommen und

Gehen der Polizei oder schoben sich durch das Aquarium, um einen begierigen Blick auf das Krokodilbecken zu werfen. Die große Masse hegte eine unersättliche, morbide Neugier – solange die Ereignisse nicht den einzelnen persönlich betrafen.

Eine etwa dreißigjährige Frau, sagten die Zeitungen. Brünetter Typ. Schwarze Jacke aus Seehundsfell. Das waren nicht viele Anhaltspunkte, war keine Beschreibung, die etwas aufklärte, obwohl man nicht wissen konnte, was der Arzt bei seiner Untersuchung noch entdeckte – vielleicht eine Narbe oder ein Muttermal? Erinnerten sich in Fällen dieser Art die Angehörigen der Verstorbenen an solche intimen Einzelheiten, oder wußten sie auch nur davon? Handelte es sich nicht eben um die Schönheitsfehler, die eine junge Frau vor jedem zu verbergen suchte – sogar vor ihrem Gatten? Vielleicht würden die Überreste doch nie identifiziert werden.

Das war das Eigenartige daran: daß der Gatte und der Sohn sich nicht gemeldet hatten, um ihr Verschwinden anzuzeigen. Wie konnte jemand so unbekümmert, so dickfellig sein, den Urlaub fortzusetzen – das tägliche Schwimmen, das Promenieren, die Besuche in Lewes Crescent –, als wäre nichts Ungewöhnliches geschehen? War es schon grausam zu sterben, wie unendlich viel grausamer, wenn die nächsten Verwandten das Hinscheiden offenbar gar nicht wahrgenommen hatten.

Wenn er zur Polizei ginge, würde das den Rest seines Urlaubs ruinieren, das wußte er. Ihm standen dann schwierige Verhöre bevor, Aussagen, stundenlanges Warten auf Polizeidienststellen und später vor Gericht, eine Art zweifelhafter Berühmtheit – schlecht fürs Geschäft. Doch die Dinge hatten etwas Unausweichliches an sich, ihn beherrschte das Gefühl, von dem Augenblick an, da er zum ersten Mal das Glas auf sie richtete, habe er die Ereignisse nicht mehr in der Gewalt gehabt. So vieles, was er seither getan hatte, war allen seinen Gewohnheiten zuwidergelaufen, hatte überhaupt nicht seinem Charakter entsprochen. Wer hätte vor vierzehn Tagen gedacht, daß er heute an einem verlassenen Strand sitzen und sich geradezu wünschen würde, allein zu sein, während Menschenmassen – die erregenden, beflügelnden Menschenmassen, denen er nie hatte widerstehen können – sich in anderen Teilen der Stadt, ein kurzes Stück Wegs entfernt, zusammenballten? Gar kein Zweifel: Zena Prothero hatte ihn gründlich verwandelt. Wie die Folgen auch ausfallen mochten, er war es ihrem Andenken schuldig, Sergeant Cribbs Hilfeersuchen nachzukommen. Er brauchte ja nicht *alles* zu erzählen; nur genug, um alle Zweifel bezüglich ihrer Identität zu beseitigen. Er wollte keinesfalls zulassen, daß sie eine „unbekannte Person" wurde, ein Federstrich auf einer Akte bei Scotland Yard. Er stand entschlossen auf und schleuderte den Stein mit dem weißen Streifen weit in die Wellen hinaus. Dann nahm er seine Zeitung, überzeugte sich von der Adresse der nächstgelegenen Polizeidienststelle und setzte sich den Strand entlang in Marsch.

Es war angenehm festzustellen, daß Sergeant Cribb ein verständnisvoller Zuhörer war, nachsichtig gegenüber den kleinen Eigenheiten anderer Leute, überhaupt nicht geringschätzig, was die optischen Experimente betraf. Die Unterredung in der Grafton Street dauerte über zwei Stunden, und die ganze Zeit über begegnete man ihm mit ausgesuchter Höflichkeit. Er berichtete dem Sergeanten alles, was dieser seiner Meinung nach über Zena wissen sollte – natürlich gab es Dinge, auf die man nicht einzugehen brauchte –, und erbot sich zum Schluß sogar, die abgeschnittene Hand in Augenschein zu nehmen, doch Cribb erklärte, diese liege jetzt in Formalin und dürfte schwer zu identifizieren sein, sofern man mit solchen Sachen nicht vertraut sei.

„Vorläufig", sagte der Sergeant, „bin ich mit den Informationen vollauf zufrieden, die Sie mir haben zukommen lassen, Mr. Moscrop. Haben Sie etwas dagegen, daß ich auf ein oder zwei Punkte zurückkomme, damit Konstabler Thackeray hier seine Notizen überprüfen kann?"

„Bitte sehr."

„Sehr schön, Sir. Sie selbst haben Mrs. Prothero am Freitag zum letzten Mal gesehen, als Sie sich mit ihr auf dem Krockettplatz des Hotels Albemarle trafen, um das Schlafmittel entgegenzunehmen und es analysieren zu lassen, ist das richtig, Sir?"

„Am Freitag, ja."

„Und da wirkte sie gutgelaunt?"

„O ja. Die ganze Situation hatte etwas Verschwörerisches an sich, das sie aufzumuntern schien. Ich selbst fand es eher belastend."

„Sie verabredete sich mit Ihnen für den folgenden Abend vor dem Hotel, um das Ergebnis der Analyse zu erfahren?"

„Ja, für halb neun."

„Aber statt dessen erwartete Sie Bridget, das Dienstmädchen. Um welche Zeit war das?"

„Später. Ich erinnere mich, daß ich auf meine Uhr gesehen habe. Es war gegen neun. Ich hatte mich fast entschlossen zu gehen."

„Haben Sie das, Thackeray?" fragte Cribb. „Und was sagte Bridget über ihre Gnädige, Mr. Moscrop?"

„Ich erfuhr, sie sei verhindert, zu mir herunterzukommen, denn ihr Gatte habe angekündigt, er gehe aus, und habe darauf bestanden, daß sie ihr Schlafmittel einnehme, bevor er ging. Es widerstrebte ihr jedoch, die Medizin einzunehmen, ohne die Rezeptur gesehen zu haben, deshalb gab sie vor, sie eingenommen zu haben – ich erinnere mich, daß Bridget den Ausdruck ‚schummeln' gebrauchte –, und stellte sich schlafend, als Dr. Prothero zu ihr hineinschaute. Danach konnte sie sich natürlich, obwohl sie wach war, in der verbliebenen kurzen Zeit nicht wieder ankleiden, um zu mir herunterzukommen."

„Das kann ich verstehen, Sir. Sie händigten also statt dessen Bridget das Stück Papier mit der Formel aus?"

„Ja, ich erläuterte ihr, sie habe Chloralhydrat eingenommen, und das sei ganz harmlos. Dann wurden wir von dem Feuerwerk unterbrochen, das weiß ich noch."

„Ach ja. Der Abend des Tages, als das Regiment heimkehrte. Vermutlich sah eine große Menschenmenge zu?"

„Es strömte schnell eine zusammen, Sergeant. Aus den Hotels und Pensionen und die Old Steine herab kamen die Zuschauer. Viele sahen von den Hotelbalkonen aus zu, darunter der junge Guy Prothero."

„Aber nicht seine Stiefmutter."

„Nein. Sie kann jedoch von drinnen zugesehen haben. Bald darauf verließ mich Bridget, um zu ihr zurückzukehren, und ich machte mich die Uferstraße entlang auf den

Weg zurück zu meinem Logis."

„Sie blieben nicht, um sich das Feuerwerk bis zu Ende anzusehen, Sir?"

„Die Pyrotechnik imponiert mir nicht übermäßig, Sergeant."

„Mir auch nicht, Sir. Um welche Zeit begaben Sie sich auf den Heimweg?"

„Gegen halb zehn, würde ich schätzen."

„Und wann kamen Sie hin?"

„Ach, daran kann ich mich nicht erinnern. Vielleicht eine Stunde später. Ich hatte es nicht eilig."

„Vielleicht wüßte es Ihre Wirtin?"

„Vielleicht. Nein, ich glaube nicht, daß ich ihr begegnet bin. Ich habe selbst aufgeschlossen. Ich habe nämlich einen Schlüssel. Weshalb interessiert Sie das?"

„Ich muß darauf achten, daß meine Zeiten stimmen, Sir. In einem Fall wie diesem ist das manchmal entscheidend, wissen Sie." Cribb sprach mit der Miene eines Mannes, der Amtsgeheimnisse mitteilt. „Ein sachlich urteilender Zeuge wie Sie kann von ausschlaggebender Bedeutung sein, wenn wir vor Gericht unsere Beweise vorlegen müssen. Genaue Uhrzeiten finden sehr viel Vertrauen."

„Davon bin ich überzeugt."

„Jedenfalls, Sir, sind Sie in Ihr Logis zurückgekehrt und haben sich schlafen gelegt. Was geschah am nächsten Tag?"

„Das war Sonntag, Sergeant. Ich bin in die Kirche gegangen. Die Protheros habe ich den ganzen Tag nicht gesehen. Ich hatte eigentlich gehofft, sie würden nach dem Gottesdienst spazierengehen oder sich in die Kutschenparade einreihen, aber ich bekam sie gar nicht zu Gesicht. Zena – vielmehr Mrs. Prothero – war am nächsten Tag auch nicht auf ihrem gewohnten Platz am Strand, obwohl das Wetter ideal war. Aber Dr. Prothero habe ich am Montag gesehen, und zwar unter kompromittierenden Umständen, die ihn überhaupt nicht zu stören schienen."

„Wirklich, Sir? Was tat er denn?"

„Er speiste mit Miss Floyd-Whittingham, der jungen Frau mit dem kupferroten Haar, bei Mutton zu Mittag. Danach spazierten sie die Uferstraße entlang nach Lewes Crescent. Sergeant, sie gingen Arm in Arm! Es war, als wüßte er bereits – was wir jetzt wissen."

„Und sind Sie ihm seither begegnet?"

„Mehrmals. Zweimal mit der jungen Frau. Wußten Sie, daß sie die Tochter eines *Obersten* sein soll? Ich möchte fast wetten, daß er jeden Nachmittag mit ihr verbringt. Sein Tagesablauf ist unveränderlich, wenn meine Beobachtungen überhaupt etwas wert sind. Er steht spät auf, badet bei Brill, nimmt bei Mutton oder im Aquarium sein Mittagessen ein und spaziert dann entlang der oberen Promenade nach Lewes Crescent. Manchmal ißt sein Sohn Guy mit ihm zu Mittag."

„Was fängt der Junge den Rest des Tages an?"

„Er fährt viel Rad und badet."

„Was ist mit dem zweiten Sohn – dem Kind?"

„Jason? Seit Sonnabend habe ich weder ihn noch sein Kindermädchen gesehen. Guter Gott, Sergeant, mir kommt ein ganz entsetzlicher Gedanke. Sie denken doch nicht etwa..."

„Nein, Sir, ich denke nicht. Nicht, wenn ich einen solchen Fall bearbeite. Ich lasse nur jede Möglichkeit offen. Kann sein, daß man sie nach Dorking zurückgeschickt hat. Eines ist sicher – wenn *Sie* sie vier Tage lang nicht gesehen haben, sind sie hier auch nicht in Umlauf, darauf können wir uns verlassen."

Er nahm die Betonung als Kompliment. „Mir entgeht nicht viel, Sergeant. Ich werde natürlich jede weitere Beobachtung melden, die mir bedeutsam erscheint. Dr. Prothero weiß nämlich immer noch nicht, wer ich bin. Meine Dienste als Beobachter stehen Scotland Yard zur Verfügung."

Cribb hustete. „Sehr verbunden, Mr. Moscrop, sehr verbunden. Doch nachdem Sie uns diese Informationen mitgeteilt haben, ist es, finde ich, Ihr gutes Recht, den Rest Ihres Urlaubs zu genießen und die Ermittlungen uns zu überlassen. Ich lasse ein Protokoll Ihrer Aussage ins Reine schreiben und wäre Ihnen dankbar, wenn Sie morgen vorsprechen und Ihre Unterschrift daruntersetzen könnten. Herrlicher Sonnenschein draußen, Sir. Schöner Nachmittag, um mal einzutauchen."

11

Der Zwischenfall bei Brill am nächsten Vormittag stand so im Gegensatz zu der in Herrenschwimmbädern traditionell gepflegten Atmosphäre freundlichen Wohlwollens, daß er jedermann überrumpelte. Mehrere Gäste, die gerade vom Beckenrand gestartet waren und dadurch im entscheidenden Augenblick in die falsche Richtung geblickt hatten, weigerten sich rundweg zu glauben, daß es das gegeben hatte. Der Vorfall ereignete sich unvorstellbar plötzlich: ein Aufstrudeln des Wassers, daß man hätte glauben können, ein Harpunier hätte mitten im Zentrum des Bassins einen Treffer gelandet, ein ungestümer Spurt zum Rand, ein Satz Dr. Protheros inmitten herabrinnender Kaskaden hinauf auf die gekachelte Einfassung und ein zorniger Protest an die Adresse des Mannes, der vor seiner Umkleidekabine stand: „Das ist mein Badetuch da in Ihrer Hand, mein Herr!"

Der Übeltäter, hochgewachsen, mit scharfgeschnittenen Gesichtszügen und einem wespenhaft reizbaren Ausdruck, nicht ohne Zusammenhang mit den Farben seines Badeanzugs, sagte: „Nein, mein Herr. Es ist meins."

„Guter Gott!" rief Prothero. „Ich kenne doch mein eigenes Badetuch. Geben Sie es mir sofort zurück, mein Herr!"

Der andere führte seelenruhig das Tuch an die linke Achselhöhle. „Sie irren sich. Es ist meins. Ich hatte es über der Kabinentür hängen lassen."

Von seinem zuversichtlichen Auftreten deutlich verunsichert, blickte Prothero nach links und rechts, um sich zu orientieren. „Aber das hier ist *meine* Kabine und *mein* grünweißes Badetuch."

„Vielleicht täuscht Sie Ihr Gedächtnis. Sehen Sie sich um. Da hängt mindestens ein Dutzend Badetücher über den Türen."

„Aber keins ist grün und weiß!" rief Prothero und hielt sich eben noch zurück, mit seinem bloßen Fuß aufzustampfen.

„Richtig. Sie haben bestimmt ein andersfarbiges mitgebracht. In so belanglosen Dingen kann man sich leicht irren."

Prothero stand da wie Alice im Wunderland vor dem Verrückten Hutmacher.

„Wenn jemand das Ihre genommen hat", riet ihm der andere, „sollten wir dem Wärter Bescheid sagen. Ich könnte Ihnen natürlich das hier borgen, aber es ist ziemlich naß. Bleiben Sie nicht so stehen, Sie erkälten sich. Machen Sie in flottem Tempo ein paar Runden ums Bassin, und Sie sind im Nu trocken. Sobald ich angezogen bin, spreche ich für Sie mit dem Wärter. Solche Sachen dürften einfach nicht passieren." Er rieb sich energisch das Haar trocken. „Ich weiß nicht, wohin es mit Brill noch kommt, wenn man sein Badetuch nicht mehr über der Tür hängen lassen kann, ohne daß sich irgendein Lump damit bedient."

„Würden Sie mir glauben, wenn sich meine Kleider in der Kabine befinden?" flehte Prothero. „Ein seidener Zylinder und ein Gehrock?"

„Das ist hoffentlich nicht alles", sagte der Mann mit dem Badetuch, „sonst dürfte es Ihnen ein bißchen ziehen. Gewiß, schauen Sie hinein. Wir können uns alle mal irren. Sie sehen, die Tür ist nicht verriegelt... Ach, du meine Güte!"

„Na, bitte!" sagte Prothero, durch den Inhalt der Kabine gerechtfertigt. „Nun sind Sie vielleicht so freundlich, mir *mein* Badetuch zurückzugeben." Die Befriedigung, eine so bodenlose Selbstgerechtigkeit zerschmettern zu können, entschädigte ihn vollauf für den Zustand seines Badetuchs.

„Wie kann ich mich nur entschuldigen?" sagte der andere. „Jemand muß mein Badetuch genommen haben – oder habe ich es etwa in der Kabine gelassen? Um Himmels willen, mein Herr, ich bin zutiefst betroffen. Unendlich beschämt. Die kreisförmige Gestalt des Bauwerks muß wohl daran schuld sein. Habe die Orientierung verloren."

„Nicht der Rede wert", meinte Prothero herablassend.

„Aber ja. Was ich alles gesagt habe. Sie müssen mir erlauben, Sie zum Essen einzuladen. Wenn nicht, kann ich nie wieder den Kopf hoch tragen."

„Das ist nicht nötig."

„Mein Name ist Cribb. Gehen wir zu Mutton?"

„Prothero – Dr. Prothero. Es besteht wirklich kein Anlaß..."

„Ich suche jetzt meine Kabine und sehe Sie in ein paar Minuten wieder. Das wenigste, was ich tun kann."

So kam es, daß Sergeant Cribb bald darauf mit dem Doktor bei Mutton an einem Tisch in der Mitte des großen Speisesaals saß, ein Ruhmesmal des Glaserhandwerks: spiegelverkleidete Wände, kuppelförmiges Oberlicht, Kronleuchter und an einem Ende des Raumes auf einem mit Perlmutt ausgelegten Schrank Statuetten und Wachsblumen unter Glas. Ein dritter Platz wurde für Protheros Sohn reserviert, nachdem der Doktor erklärt hatte, sie seien hier verabredet.

„Demnach sind nur Sie beide in Brighton?" erkundigte sich Cribb.

„Guy und ich, ja. Meine Frau und mein jüngerer Sohn waren bis Sonntag hier, aber sie mußten vorzeitig nach Dorking zurückkehren. Das Kind war kränklich."

„Das tut mir leid. Vermutlich eine kindliche Unpäßlichkeit?"

„O ja. Ich nehme an, er hat das Essen oder die Luftveränderung nicht vertragen. Er ist noch keine drei Jahre alt. Ich riet meiner Frau, das Kindermädchen mit Jason nach Hause zu schicken, aber sie wollte unbedingt mitfahren. Es ist ihr erstes Kind, und sie hängt innig an ihm. Wollen wir bestellen? Guy hat bestimmt nichts dagegen. Er ist ohnehin spät dran. Sollte mich nicht wundern, wenn er ein Auge auf die jungen Stuten in der King's Road wirft – die zweibeinigen. Sind Sie zur Saison hier, Mr. Cribb?"

„Nein, nein. Mich führen Geschäfte nach Brighton. Was bestellen Sie, Doktor? Ich glaube, die Schildkrötensuppe ist beinahe obligatorisch." Als der Kellner gegangen war, sagte er: „Ich bin erst vor zwei Tagen eingetroffen. Habe die Rückkehr des Regiments verpaßt. Haben Sie sie gesehen?"

„Ein begeisternder Anblick", sagte Prothero. „Und auch eine erstklassige Kapelle. Ich glaube, am Vormittag des Vorbeimarsches war keine Menschenseele mehr am Strand. Sind Sie Soldat gewesen, Mr. Cribb? Irgend etwas in Ihrer Haltung erinnert an einen Soldaten."

„Ja, ich habe zu meiner Zeit gedient. Ein paar Jahre lang, bis die häusliche Behaglichkeit zu winken begann. Haben Sie den Ball in der Festhalle besuchen können? Sie sind vermutlich nicht geladen worden, da Sie nicht in der Stadt ansässig sind."

„O doch, ich war eingeladen", sagte Prothero in einem Ton, der andeutete, Cribb erlaube sich schon wieder ungerechtfertigte Unterstellungen. „Es war der herausragende Abend der Saison. *Jedermann* war da."

„Fabelhaft! Das muß für die Ferien Ihrer Gattin der richtige Höhepunkt gewesen sein."

„Meine Frau war nicht anwesend."

„Oh. Sie sind mit Ihrem Sohn hingegangen?"

„Mit einer Bekanntschaft. Guy hat noch nicht genug Manieren für solche Anlässe. Aus gesundheitlichen Gründen besucht meine Frau keine Abendveranstaltungen. Sie neigt zu nervösen Störungen. Ach! Hier kommt ja der Junge." Er winkte mit der Serviette. „Es mangelt ihm etwas an gesellschaftlichem Schliff, Mr. Cribb, wie Sie gleich merken werden. Hatte eine ziemlich kümmerliche Erziehung. Ich gebe der Schule die Schuld."

Guy trug sein rotes Sportjackett. „Ich dachte, wir würden allein essen", warf er nach einem flüchtigen Blick auf Cribb, der zu seiner Begrüßung aufgestanden war, seinem Vater vor.

„Mr. Cribb, das ist mein älterer Sohn, Guy."

Cribb streckte die Hand aus. Guy holte seinen Schnupftabak hervor und füllte beide Nasenlöcher, den Sergeanten ignorierend.

„Mr. Cribb traf bei Brill mit mir zusammen..."

„Unter Umständen, die zu peinlich sind, um daran zu erinnern", sagte Cribb und ließ die Hand sinken. „Das Mittagessen geht auf meine Kosten. Bestellen Sie, was Sie wünschen."

In wenigen Minuten hantierten sie alle mit ihren Suppenlöffeln.

„Haben Sie schon die Schule verlassen?" erkundigte sich Cribb gesprächsweise.

„Fragen Sie ihn", sagte Guy.

„Das ist zur Zeit ein wunder Punkt", erklärte Prothero. „Guy hat eine Schule verlassen und ist im Begriff, in eine neue einzutreten."

„Eine Internatsschule?"

„Ja. Das hier sind gewissermaßen seine Abschiedsferien.

Er fängt in zwei Wochen an."
„Wo liegt die Schule?"
„Solange ich dabei bin, sagt er es Ihnen nicht", teilte Guy Cribb mit, ohne von seinem Vater Notiz zu nehmen. „Ich soll es nicht wissen. Man behandelt mich nicht besser als Jason. Ich nehme dann ein Lendensteak, halbgebraten. Sie liegt vermutlich auf den Äußeren Hebriden."
„Guy besitzt einen ausgeprägten Sinn für Humor, der ihn den Schulmeistern nicht eben empfiehlt", sagte Prothero. „Gelegentlich auch nicht seiner Familie."
„Es stimmt doch!" rief Guy. „Wann hast du mich denn anders als mit Argwohn behandelt? Du hast immerzu Angst, daß ich dich mit deinen Quacksalbertheorien in Verlegenheit bringe. Ich kann nicht einmal Ferien machen, gleich wird mir das Baden im Meer verboten, weil du glaubst, es wimmelt von Typhuskeimen."
„Meine Quacksalbertheorien, wie du sie nennst, werden von einer beachtlichen Korrespondenz in ‚The Lancet' untermauert, mein Junge", gab Prothero zurück. „Jeder andere Junge in deiner Verfassung wäre dankbar, wenn er einen Arzt zum Vater hätte. Er leidet nämlich an Asthma", fügte er zu Cribbs Information hinzu, „und ich habe dieses Leiden zu meiner Lebensaufgabe gemacht. Geh nicht so leichtfertig über meine Bemühungen hinweg, deine Anfälle zu lindern, Guy."
„Wie könnte ich das, wenn ich am Arm einen blauen Fleck habe, so groß wie eine halbe Krone, der mich daran erinnert? Das nenne ich die liebende Sorge eines Vaters. Am Sonntag fing ich ein bißchen an zu keuchen", wandte sich Guy an Cribb, „deshalb gab er mir eine Atropinspritze. Er mag ja ein Spezialist für Asthma sein, aber mit der Nadel geht er um wie mit einem Bratspieß."
„Wie lange gedenken Sie sich in Brighton aufzuhalten, Mr. Cribb?" fragte Prothero und ließ an seinem Ton erkennen, soweit es ihn betreffe, seien die Beleidigungen weit genug gegangen.
„Oh, solange meine Geschäfte mich hier festhalten."
Guy drehte sich hastig Cribb zu und musterte ihn, dann wandte er sich wieder seinem Vater zu. „Was sagtest du, wie heißt er?"
„Das habe ich dir doch gesagt", erwiderte Prothero mit

zornigem Blick. „Dies ist Mr. Cribb.“

„Das dachte ich mir doch! Und Sie sind erst ein oder zwei Tage in der Stadt? Sie sind der Mann von Scotland Yard, stimmt's?“ fragte Guy triumphierend. „Führen die Ermittlungen über die Leiche, die sie am Strand ausgegraben haben. Ich habe es im ‚Argus‘ gelesen. Wie redet man Sie an – *Inspektor* Cribb?“

„Leider nur Sergeant.“

„Hüte dich, Vater! Sergeant Cribb sucht einen Mörder. Geh lieber schnell nach Hause und schütte deine Gifte in den Ausguß. Geschäfte! Sie sind ein ganz Gerissener, Sergeant Cribb, was?“

„Es war bei Detektiven noch nie üblich, jedem, der ihnen über den Weg läuft, eine Karte zu überreichen“, gab Cribb ebenso sarkastisch zurück. „Vielleicht möchten Sie, daß ich Ihnen Punkt für Punkt berichte, was wir neulich vormittag entdeckt haben. Es ist nicht das, was ich mir unter einem Tischgespräch vorstelle, aber wenn Sie gleichzeitig ein Filetsteak genießen können, kann ich es schon lange. Was möchten Sie gern wissen? Aha, hier kommt der Kellner. Sind wir alle für Steak, meine Herren?“

„Ich glaube, die Suppe war völlig ausreichend“, sagte Prothero blaß.

„Und Ihr Sohn?“

Guy schüttelte den Kopf. „Ich habe es mir überlegt. Ich nehme später einen kalten Imbiß.“

„Also einmal Steak. Gut durchgebraten, bitte“, sagte Cribb. „Wie es sich trifft, meine Herren, ist es das Opfer, das ich zu identifizieren bemüht bin. Meinen Mörder finde ich später. Ich will wissen, wer die unglückliche Frau war. Wir haben nicht viele Anhaltspunkte, verstehen Sie. Dunkles Haar. Alter etwa dreißig. Klein bis mittelgroß. Schlank. Mit einer Jacke aus Seehundsfell und einem schwarzen Rock bekleidet. Könnte jede zweite Frau sein, die einem auf der Straße begegnet. Deshalb muß ich mich über alle Frauen informieren, die seit Sonnabend nicht mehr in der Stadt gesehen worden sind – aus welchem Grunde auch immer. Es ist meine Aufgabe, jedem Hinweis nachzugehen.“

Prothero runzelte die Stirn. „Soll ich das so verstehen, daß Sie um die Sicherheit meiner Frau besorgt sind?“

„Ja, Sir, da ich von recht zuverlässiger Seite weiß, daß

sie seit Sonnabend nicht mehr in Brighton gesehen wurde."

Einen Augenblick lang herrschte unbehagliches Schweigen.

„Ihre Frau hat Sie nicht zum Ball begleitet", fügte Cribb hinzu, wie um seinen Standpunkt zu unterstreichen.

Der Doktor lief rot an. „Ich habe es Ihnen doch schon gesagt. Sie geht abends nicht aus. Sie war am Sonntag noch heil und ganz, verdammt, und wenn Sie mich gleich gefragt hätten, hätte ich es Ihnen sagen können."

„Sie haben sie am Sonntagmorgen zum Bahnhof begleitet?"

„Äh – nein. Sie haben eine Droschke genommen."

„Ihre Gattin, das Kindermädchen Bridget und Jason?"

„Meine Güte, Mann! Kennen Sie sogar den Namen meines Dienstmädchens?"

„Sind die drei miteinander gereist, Sir?" beharrte Cribb.

„Natürlich."

„Sie haben sie abfahren sehen?"

„Natürlich! Nach einem späten Frühstück. Sie sollten den Zug um halb zwölf erreichen. Wenn sie beim Umsteigen in Horsham nicht aufgehalten worden sind, müssen sie um eins zu Hause gewesen sein."

„Nun, das freut mich zu hören", sagte Cribb und lehnte sich zurück, als man ihm das Steak vorsetzte. „Wären Sie so freundlich, mir den Senf zu reichen? Wer immer diese junge Frau war, sie wurde in der Sonnabendnacht getötet. Nicht weit von Ihrem Hotel, deshalb können Sie meine Besorgnis gewiß verstehen."

„An dem Abend waren massenhaft Männer und Frauen am Strand", sagte Guy plötzlich. „Es war das Feuerwerk. Ich habe sie vom Hotelfenster aus gesehen. Ich nehme an, ein Soldat hatte zu schwer geladen und hat das Flittchen umgebracht, mit dem er zusammen war. Dann hat er sie in einen Lagerraum unter den Bögen geschleift und bis zum nächsten Abend liegenlassen, ist dann zurückgekommen und hat sich mit dem Hackmesser an die Arbeit gemacht. Sehen Sie! Ich habe Ihren Fall gelöst."

„Es ist eine Möglichkeit", räumte Cribb nicht besonders dankbar ein. „Sie sagen, Sie haben dem Feuerwerk vom

Hotel aus zugesehen. Waren Sie mit Ihrer Stiefmutter zusammen?"

„Sie schlief doch", behauptete Prothero überzeugt.

„Nein, Vater. Sie ist aufgestanden, um sich das Feuerwerk anzusehen."

„Aber sie hatte doch ihr übliches Schlafmittel genommen."

„Ich glaube nicht. Wir haben uns das Schauspiel von eurem Schlafzimmerfenster aus miteinander angesehen. Sie würde dir dasselbe sagen, wenn sie hier wäre. Ich bin für eine Weile auf den Balkon gegangen, aber sie hatte ihren Morgenrock an, deshalb blieb sie drin."

„Das Appartement geht offenbar auf den Strand hinaus", sagte Cribb.

„Das stimmt", bestätigte Prothero. „Meine Frau und ich haben ein Doppelzimmer mit Balkon, das beste des Hotels. Jason schläft mit Bridget nebenan – oder schlief jedenfalls bis Sonntag da –, und deren Fenster blickt auch auf das Meer hinaus. Guy ist auf der anderen Seite des Gebäudes untergebracht, jenseits des Ganges. Der Junge hat recht, Mr. Cribb. Bei Nacht halten sich immer Leute auf der Uferstraße und am Strand auf. Soldaten, Matrosen, dumme kleine Schlampen von Ladenmädchen und Frauen eines gewissen Gewerbes. Sie kommen nicht bloß zum Spazierengehen, das kann ich Ihnen versichern. Brighton ist nicht ganz so, wie es bei Tag auf der King's Road scheint, wissen Sie. Man braucht nur zwischen elf und Mitternacht die Kolonnade des Königlichen Schauspielhauses zu sehen – ein wahres Gomorrha. Die Frauenzimmer der Stadt kommen in Scharen aus ihren schmutzigen Absteigen in der Church Street und Edward Street dorthin, und manche besitzen nicht einmal genug Anstand, ihre Kunden ins Quartier mitzunehmen. Der Park des Pavillons ist bei Nacht unbetretbar, und wenn Sie wollen, können Sie sich bei Ihren Freunden im Brightoner Polizeirevier erkundigen, ob das stimmt."

„Ich bin überzeugt, das brauche ich nicht, Sir. Nun, meine Herren, ich glaube, die Konditorwaren hier haben einen guten Ruf. Ich hoffe, Sie bestellen sich auf Kosten von Scotland Yard etwas, da Sie doch nicht besonders viel gegessen haben."

Guy stand unvermittelt auf und warf seine zerknüllte Serviette auf den Tisch. „Ich will kein Gebäck. Ich brauche frische Luft."

„Sein Leiden", erklärte Prothero als Entschuldigung, nachdem sie das rote Sportjackett aus den Augen verloren hatten. „Es liegt im Blut, von seiner verstorbenen Mutter geerbt. Glücklicherweise bin ich in der Lage, die Anfälle zu mildern, wenn ich sie schon nicht völlig unterdrücken kann. Ich nehme gern ein Stück Gebäck, wenn es Ihnen recht ist."

Das Tablett mit dem Backwerk und der Kaffee kamen gleichzeitig.

„Dann möchte ich annehmen, daß Sie mit Guy Ihre Schwierigkeiten hatten", sagte Cribb.

„In welcher Beziehung meinen Sie?"

„Ach, ich dachte nur, daß es schwierig ist, ein Kind zurechtzuweisen, wenn das jederzeit einen Asthmaanfall auslösen kann."

„Weniger schwierig, als Sie glauben", sagte Prothero abwehrend. „Ich gebe zu, daß er unmögliche Manieren hat, aber er ist wie jeder normale Junge bestraft worden. Wir haben alles getan, was christliche Eltern vermögen."

„Vielleicht war die Schule nachlässig", wagte sich Cribb vor. „Sie erwähnten, daß er eine neue besuchen soll."

„Sehr bald, ja."

„Vielleicht habe ich schon von ihr gehört?"

„Das glaube ich nicht. Eine kleine private Lehranstalt. Es ist noch nicht völlig sicher, ob er dort hinkommt, deshalb hat es keinen Sinn, wenn ich den Namen nenne." Das Thema war eindeutig abgeschlossen.

„Ich wollte nicht indiskret sein, solange der Junge dabei war", sagte Cribb, „aber jetzt haben Sie wohl nichts dagegen, wenn ich mich erkundige, ob es eine weibliche Bekanntschaft war, die Sie auf den Begrüßungsball begleiteten?"

„Ich vermag nicht einzusehen, was es mit Ihrer Ermittlung zu tun hat, aber ich schäme mich nicht, Ihnen zu sagen, daß ich der Partner von Miss Samantha Floyd-Whittingham war, bei der es sich übrigens um die Tochter eines hohen Offiziers des Regiments handelt. Es ist ein rein gesellschaftlicher Umgang."

„Selbstredend, Sir. Sie haben nicht zufällig für einen Teil des Abends den Ball verlassen, vielleicht, um sich das Feuerwerk anzusehen?“

„Allerdings, ja. Die meisten Gäste taten das. Wir standen etwa zwanzig Minuten im Steine-Garten. Von da aus konnten wir recht gut sehen.“

„Und dann gingen Sie wieder hinein, Sir?“

„Natürlich, bis der Ball zu Ende ging, kurz nach ein Uhr. Dann fuhr ich die junge Dame zu ihrer Wohnung in Lewes Crescent und kehrte ins Albemarle zurück. Ich war vor zwei zu Hause.“

„Das bezweifle ich nicht, Sir.“

„Samantha ist noch am Leben, das kann ich Ihnen versichern. Ich habe sie gestern getroffen.“

„Ich dachte auch nicht, daß sie tot sei“, sagte Cribb.

„Oh. Sie sind um die Sicherheit meiner *Frau* besorgt, aber nicht um die meiner – hm – Freundin?“

„Da nach meiner Information Ihre Freundin kupferrotes Haar hat und das der Toten braun ist, trifft das zu, Sir. Da ist nur noch eine Sache, wenn Sie mir noch einen Augenblick gewähren wollen. Sie haben mir äußerste Langmut erwiesen, wenn ich mir die Bemerkung erlauben darf. Ist Ihr Dienstmädchen Bridget schon lange bei Ihnen?“

„Mehr als sechs Monate, glaube ich. Ich habe sie selbst eingestellt. Sie hat tadellose Zeugnisse. Meine Frau war nie so ganz zufrieden mit ihr, aber ich glaube, daran mag Mrs. Prothero eher schuld sein als Bridget.“

„Was wollen Sie damit sagen, Sir?“

„Sie ergreift viel zu sehr Besitz von dem Kind. Wenn man ein Kindermädchen einstellt, sollte man sie ihre Arbeit machen lassen, zum Teufel, und sich nicht bei jeder Gelegenheit einmischen. Mrs. Prothero ist eine leicht erregbare Frau, wie ich wohl schon erwähnte. Es ist für uns alle gewöhnlich eine Erleichterung, wenn sie ihr Schlafmittel einnimmt und sich zurückzieht. Eine tiefe Erleichterung. Sie können sich vielleicht die Szenen vorstellen, die wir zwischen meiner Frau und Guy erlebt haben.“

„Lebhaft, Sir. Glauben Sie, daß Bridget vollkommen zuverlässig ist?“

„In welcher Beziehung?“

„Nun, Sir, um es nicht allzu sehr einzuengen, in moralischer Hinsicht."

Prothero stellte die Kaffeetasse ab. „Meine Güte, Sergeant, Sie haben uns aber wirklich eingehend studiert. Mir ist ganz klar, worauf Sie anspielen. Sie halten mich vielleicht in dieser Hinsicht für zu modern, aber ich betrachte es nicht als unbedingt verwerflich, wenn ein fünfzehnjähriger Junge bei einer Dienstmagd ein paar Tricks lernt. Bei mir war das jedenfalls so, als ich jung war. O ja, sie baden zusammen. Mir braucht Scotland Yard nicht zu erklären, was zwei nasse Badeanzüge bedeuten. Aber ich versichere Ihnen, daß mir der toxische Effekt des Meerwassers mehr Sorgen macht als ein bißchen Getändel unter den Wellen. Mehr ist nicht dran, Sergeant. Bridget ist kein Kind. Sie ist nicht der Typ, sich von einem Schuljungen den Kopf verdrehen zu lassen, aber wenn sie geneigt ist, seine Erziehung in dieser Richtung ein wenig zu fördern, werde ich sie deshalb bestimmt nicht aus dem Haus jagen. Guy macht mit seinem ungenügenden Respekt gegenüber Älteren und Höherstehenden vielleicht einen welterfahrenen Eindruck, aber auf bestimmten Gebieten menschlichen Verhaltens sind seine Kenntnisse nicht besser als Ihr Blick für ein Badetuch." Er tupfte sich gedankenvoll den Mund ab, als denke er noch einmal über seine letzte Äußerung nach. „Ich habe gar nicht bemerkt, ob Ihr Handtuch wirklich grün und weiß war. Ich vermute jetzt eigentlich, daß es nicht stimmt. Haben Sie es bei sich?"

„Nein, Sir", antwortete Cribb prompt. „Ich hatte es bei Brill ausgeliehen."

„Und mehr sagen Sie nicht, wie? Nun, Sergeant, ich möchte nicht, daß Sie glauben, ich sei für das Mittagessen undankbar, wie immer es dazu kam. In Ihrem Interesse hoffe ich nur, daß Scotland Yard es nicht als ungerechtfertigte Spesen betrachtet."

„Wenn Sie an Aufbruch denken, komme ich bis zur Grafton Street mit", sagte Cribb, als wäre das eine besondere Gunst. „Sie wollten doch wohl in Richtung Lewes Crescent gehen?"

Prothero stand auf. „Sergeant, es ist nur gut, daß ich nichts Strafbares begangen habe, sonst wäre ich jetzt sehr beunruhigt. Gehen wir meinetwegen zusammen."

Als Cribb in die Polizeistation zurückkehrte, wartete Konstabler Thackeray schon mit einem Brief in der Hand. „Nanu, Sergeant, was haben Sie denn angestellt?"

„Was meinen Sie damit?"

„Sie sehen irgendwie anders aus, und ich weiß nicht genau, woran es liegt. Aber ja! Es ist Ihr Haar."

„Was ist denn damit, zum Kuckuck?" knurrte Cribb.

„Na, es steht so in die Höhe, Sergeant. Sie tragen es sonst angeklatscht. Wenn ich nicht wüßte, daß Sie in Vernehmungen unterwegs waren, würde ich fast glauben, Sie wären baden gewesen. Das muß die Seeluft machen. Ich glaube, der Ozon hat solche Wirkungen. Sie werden sich Makassaröl besorgen müssen."

Einen Augenblick herrschte Schweigen, bevor Cribb fragte: „Ist das alles, Konstabler, oder möchten Sie noch meine Zunge prüfen, um zu sehen, ob ich Verstopfung kriege? Wollen wir uns mit dem Zweck unseres Aufenthalts befassen? Was haben Sie da?"

„Das ist der Bericht des Polizeiarztes, Sergeant. Ich wußte, daß Sie ihn selbst öffnen wollten."

Cribb riß den Umschlag auf und überflog seinen Inhalt.

„Sagt er uns etwas Neues?" fragte Thackeray.

„Herzlich wenig, soweit ich sehen kann. Kleidet bloß unsere Beobachtungen in Pathologenjargon. Er hat keine Todesursache feststellen können. ‚Meiner Meinung nach war die Verstorbene eine gesunde Frau zwischen fünfundzwanzig und vierzig Jahren.' Das ist ein beachtlicher Spielraum. ‚Schlanker Körperbau. Dunkles Haar.' Das wissen wir alles. Aha! Hier kommt etwas Interessantes. ‚Die Zerstückelung der Gliedmaßen wurde mit einem scharfen, axtähnlichen Instrument vorgenommen, das etwas ungeschickt gehandhabt wurde. Die Beschaffenheit des geronnenen Blutes deutet darauf hin, daß die Amputationen bis zu vierundzwanzig Stunden nach dem Tode stattgefunden haben.' Es sieht so aus, als ob unser Mörder die Frau am Sonnabend getötet und die Leiche in den Gewölben versteckt hat und in der nächsten Nacht zurückgekehrt ist, um sein Werk zu vollenden."

Thackeray hob entrüstet die Augenbrauen. „An einem *Sonntag*?"

„Ich vermute, daß er in dieser Nacht die zerstückelten Teile in Zeitungspapier gewickelt und etwa ein Fuß unter dem Geröll verscharrt hat, mit der Absicht wiederzukommen."

„Er wagte allerhand, Sergeant, als er die Teile an einem öffentlichen Strand zurückließ. Nehmen Sie nur einmal an, ein Kind hätte sich vorgenommen, dort zu graben. Es ist unausdenkbar!"

Cribb schüttelte den Kopf. „Und unwahrscheinlich. Es ist der Standort des Fischmarkts. Niemand läßt sich da mit einem Kind nieder. Der Geruch ist zu streng. Unser Mörder ist ein ganz gerissener Bursche, würde ich sagen, und eiskalt dazu. Was meinen Sie, wann die Hand im Krokodilbecken abgelegt wurde?"

„Gleich am Morgen, sobald das Aquarium geöffnet wurde, denke ich. Er hatte vermutlich ein paar von seinen gräßlichen Paketen in einem beutelähnlichen Behältnis bei sich und betrat die Reptilienhöhle vor allen anderen Leuten und warf sie über die Barriere."

Cribb war nicht überzeugt. „Ich weiß, daß Krokos berüchtigte Fleisch- und Aasfresser sind, aber es ist verdammt viel von ihnen verlangt zu erwarten, daß sie alles vertilgt haben, bis die ersten Besucher eintreffen. Diese Höhle ist ein stark besuchter Ort, wissen Sie."

„Die Hand wurde aber am Morgen gefunden", widersprach Thackeray.

„Nur weil sie zwischen die Felsen und die Glasscheibe gerutscht war. Nein, ich halte es für viel wahrscheinlicher, daß er in der Nacht eindrang."

„Einbrach, meinen Sie?"

„Warum nicht? Es ist nur wenige Schritte von der Stelle, wo die Teile verscharrt wurden."

„Um das zu schaffen, müßte er nicht nur ein Mörder, sondern auch ein geriebener Einbrecher sein, Sergeant."

„Durchaus nicht. Ich merke schon, Sie haben die Position des Gebäudes nicht berücksichtigt, obwohl Sie zwei- oder dreimal täglich daran vorbeigehen. Wo ist es denn gelegen?"

„Na, es steht zwischen der oberen und der unteren Promenade", sagte Thackeray, den Cribbs Art zunehmend verdroß. „In der Gabelung zwischen dem Madeira Drive und der Marine Parade."

„Richtig. Und da die eine auf höherer Ebene verläuft als der andere, wie wirkt sich das auf die Lage des Gebäudes aus?"

„Es ist unmittelbar an den Hang der oberen Promenade angelehnt. Das Dach liegt auf gleicher Ebene mit der Marine Parade. Man hat da einen Terrassengarten angelegt."

„Genau! Sie können auf dem Dach spazierengehen. Hunderte Menschen tun das, ohne sich darüber klarzuwerden. Aber wenn man ein scharfes Auge besitzt" (die stillschweigende Folgerung lautete eindeutig, dies treffe auf Thackeray nicht zu), „und man wirft einen Blick über die Balustraden und unter die vorspringenden Simse, sieht man Fenster zu Dutzenden. Sie sind in Deckennähe notwendig, um den Wasserdampf abziehen zu lassen. Nun ist es für jeden, der dort entlanggeht, vollkommen klar, daß nicht alle diese Fenster nachts geschlossen sind. Und es braucht keinen Charlie Peace, um durch eins einzusteigen. Die Höhe ist nicht übermäßig, und unter einigen Fenstern müssen sich auch Balken und Einrichtungsgegenstände befinden. Ich meine, er ist bei Nacht eingedrungen. Wahrscheinlich deshalb hat er auch die Hand nicht allzugut ins Ziel gebracht."

„Hätte er nicht riskiert, bei dem Einbruch beobachtet zu werden?"

„Fast überhaupt kein Risiko, wenn er von der zur Parade liegenden Seite aus gearbeitet hat. An einer Stelle zwischen dem Gebäude und der Straße befindet sich eine Art Schacht. Man kann nur hineinsehen, wenn man am Geländer steht und sich darüberlehnt. Dort würde *ich* mir Eingang verschaffen. Ich lasse gerade einen hiesigen Detektiv die Fenster dort nach Spuren absuchen. Na, viel mehr steht in diesem Bericht nicht drin. Wie sind Sie heute morgen vorangekommen?"

Thackeray wischte sich mit einem großen Taschentuch die Stirn. „Die Liste, die ich aufstellen sollte, wird immer länger, Sergeant. Die Brightoner Bobbys ziehen die Erkundigungen ein, aber ich habe alle Hände voll zu tun, ihre Meldungen aufzunehmen. Jetzt stehen schon über hundert Frauen drauf, und es ist eine Hundearbeit, herauszukriegen, wie alt sie waren. Aber alle haben sie die Stadt am Sonnabend oder Sonntag verlassen. Ihr Urlaub war zu Ende, verstehen Sie. Ich fange an zu begreifen, was einen Mörder in ein Seebad lockt. Ach, und dieser Moscrop war wieder da."

„Was wollte er?"

„Er wünschte Sie zu sprechen. Anscheinend hat er sich an etwas erinnert, das von entscheidender Bedeutung sein könnte. Er wollte sich die Seehundsfelljacke ansehen, die wir gefunden haben, aber ich habe ihn natürlich nicht gelassen. Ich versuchte ihm klarzumachen, daß er die Jacke möglicherweise vor Gericht identifizieren muß, falls er als Zeuge geladen wird, und ..."

„Was hat er über die Jacke gesagt?" verlangte Cribb zu wissen.

„Ach, es hatte etwas mit einem fehlenden Knopf zu tun. Als Mrs. Prothero mit ihm auf der Promenade spazierenging, ist ihr ein Knopf von der Jacke abgerissen. Sie hat ihn in die Tasche gesteckt. Er hoffte wohl, die von uns gefundene Jacke durch den Knopf in der Tasche zu identifizieren, aber ich konnte ihm versichern, daß alle Knöpfe dran waren und daß wir in den Taschen nichts gefunden haben. Daraufhin ging er."

„Hat er gesagt, welcher Knopf fehlte?"

„Der oberste."

„Holen Sie die Jacke."

„Sie werden keinen Knopf abgerissen finden, Sergeant", murrte Thackeray, als er die Jacke holen ging. „Ich habe es selbst noch mal nachgeprüft, als er weg war. Aber wenn Sie mir nicht glauben wollen ..."

Gleich darauf kam er mit der Jacke wieder, und mit einem Seufzer, in dem sein verletzter Stolz mitschwang, pflanzte er sie vor Cribb auf den Tisch. Cribb untersuchte sorgfältig jeden Knopf. „Geben Sie mir das Vergrößerungsglas da rüber, Konstabler." Er bog die Knöpfe zurück und prüfte die Baumwollfäden, mit denen sie befestigt waren. „Interessant. Der oberste Knopf ist mit dünnerem Garn als die übrigen angenäht, aber es sind noch Spuren der Löcher vorhanden, die der stärkere Faden hinterlassen hat. Jemand hat den Knopf wieder annähen müssen. Ich glaube fast, daß Moscrop Sie erlöst hat, Thackeray. Sie brauchen nicht mehr an Ihrer Liste zu arbeiten. Er hat die Dame für uns gefunden."

12

Moscrop saß auf der Ufermauer, die sich von der Junction Road am Aquarium vorbei zum Chain Pier erstreckte. Die Position war gut gewählt. Sie ermöglichte von der tiefergelegenen Straße aus eine unbehinderte Sicht auf die Vorderfront des Hotels Albemarle und vermied das offenkundige Risiko, das die Beobachtung von der Marine Parade selbst aus mit sich gebracht hätte. Hier konnte er unauffällig dasitzen, solange er wollte, und so tun, als bewundere er die Symmetrie des zwischen den vier spitz zulaufenden, von den ägyptischen Erbauern Karnaks inspirierten Türmen in das Meer hinausragenden Bauwerks – denn der Chain Pier hatte immer noch seine Bewunderer, auch wenn ihm die Attraktionen seines ein Stück die Küste aufwärts gelegenen eleganteren Rivalen abgingen. Heute bestand sein Publikum hauptsächlich aus Anglern, dazu einigen Spaziergängern, die an den seichten Stellen Halfpennys ins Wasser warfen und zusahen, wie die Gassenjungen sich um sie rauften. Es hieß, Tom Sayers, der berühmte Faustkämpfer, sei einst so eine „Wasserratte" gewesen.

Es war schwer zu fassen, daß nur einen oder zwei Tage zuvor eine unvergleichliche Frau auf diesem Strand ermordet und zerstückelt worden war. Die Stadt hatte das Verbrechen wie jedes andere Ereignis der Saison zur Kenntnis genommen und in ihren Zeitungen verzeichnet, und jetzt war es vergessen, ein Greuel, beiseite gespült von den Gezeiten und aus dem Bewußtsein verdrängt durch den unerbittlichen Kreislauf von Spaziergängen, Ausfahrten, Konzertbesuchen und Empfängen. Vermieterinnen feilschten um Dorsche, wo vorgestern Polizisten und Hilfskräfte nach menschlichen Überresten gegraben hatten. Die heutigen Zeitungen waren angefüllt mit der Großkundgebung für Mäßigkeit im Trinken, veranstaltet vom Korps der Hoffnung.

Er jedenfalls – vielleicht als einziger in Brighton – weigerte sich zu vergessen, was geschehen war, und in ein

Dasein auf dem Niveau von Eimer und Schaufel zurückzukehren. Es war nicht der Urlaub, wie er sich ihn vorgenommen hatte, dieses verstohlene Warten und Beobachten, war nicht ganz das geistsprühende Salongeplauder mit den muntersten Debütantinnen der Saison, das er sich in seinen verstiegensten Augenblicken ausgemalt hatte. Aber war der Urlaub auch *diesen* Erwartungen nicht gerecht geworden, so hatte er ihm doch Erfahrungsebenen erschlossen, die Moscrop vorher nicht ins Auge zu fassen gewagt hatte. Sie waren folgenschwer gewesen, diese paar Begegnungen mit Zena, hatten ihn gänzlich verändert, hatten die Bilder, die er in vergangenen Jahren durch seine Instrumente eingefangen und vor seinem geistigen Auge gespeichert hatte, zu armseligen verblaßten Kameen gemacht. Nun, da es vorbei war, wollte er sich nicht benehmen, als wäre nichts geschehen. Ebensowenig würde er niedergeschlagen davonschleichen. Er wollte die Sache durchstehen, den Ablauf der Ereignisse verfolgen, geduldig beobachten, wie er es stets getan hatte.

Es beschränkte sich nicht aufs Beobachten, auch jetzt noch nicht. Jeder, der so in die Geschehnisse verwickelt war, hatte das Recht, ein wenig darauf Einfluß zu nehmen, wie sie gedeutet wurden. Deshalb war er in der Angelegenheit des Jackenknopfes zur Polizei gegangen. Wie schade, daß der Konstabler sich mit ihm befaßt hatte und nicht sein scharfsinniger Vorgesetzter! Der Mann schien förmlich erfreut, verkünden zu können, daß alle Knöpfe an der Seehundsfelljacke an Ort und Stelle waren, und faltete dabei die Hände über dem Bauch wie ein selbstgefälliger Krämer, der seinem Kunden versichert, er führe in seinem Laden nur frische Eier. Man konnte nicht einmal gewiß sein, ob er die Sache Sergeant Cribb gegenüber erwähnen werde, der ganz bestimmt ihre Bedeutung erfassen und die Hilfsmittel von Scotland Yard einsetzen würde, um festzustellen, daß der bewußte Knopf erst kürzlich wieder angenäht worden war. „Umfangreiche Ermittlungen sind im Gange“, schrieben die Zeitungen, als müßte das jedermann zufriedenstellen. Solche Überheblichkeit! Wie konnte man diese Polizisten nur davon überzeugen, daß es unnötig war, von Tür zu Tür zu stapfen und sich nach abwesenden Frauen zu erkundigen?

Jetzt kam es darauf an, jede Bewegung Dr. Protheros zu verfolgen. Früher oder später mußte sich die Untersuchung auf ihn konzentrieren. Die Indizienbeweise waren erdrückend. Hier war ein Mann, der bereits zwei Ehefrauen begraben hatte und seine dritte behandelte, als existierte sie gar nicht, sie bei Tage offen im Stich ließ und ihr bei Nacht Chloral verabreichte, um sie in Unkenntnis seiner lasterhaften Treulosigkeiten zu belassen. Zena selbst hatte ihre Ehe als eine „ständige Nervenprobe" geschildert und von der „unsäglichen Sache" gesprochen, die das Kind Jason zu ihrem einzigen Trost machte. Cribb hatte sich die Ausdrücke notiert, als er sie ihm wiedergab, und man durfte sich darauf verlassen, daß er ihre Bedeutung erfaßte. O nein, es würde nicht mehr lange dauern, bis Dr. Prothero in den Verdacht des Mordes an seiner Ehefrau geriet. War nicht die Zugehörigkeit zum ärztlichen Stand gleichbedeutend mit einer vorbestehenden Neigung zum Mord? Es gab eine lange Reihe Mordärzte, von Palmer, dem Giftmörder von Rugeley, bis zu George Henry Lamson, der erst im vergangenen April an den Galgen gekommen war, weil er seinen gelähmten Schwager getötet hatte. Schließlich hatten Ärzte die Mittel zur Beseitigung bei der Hand, und ihr Beruf brachte sie in so enge Berührung mit dem Tod, daß es nicht überraschte, wenn gelegentlich einer ihm gegenüber eine zynische Gleichgültigkeit entwickelte, ja sogar eine Vorliebe für ihn als bequemen Weg, gewisse Probleme zu lösen. Palmer und seinesgleichen waren diejenigen, die Fehler gemacht hatten. Wie viele andere im selben Beruf hatten ähnliche Verbrechen begangen, die niemand entdeckt hatte?

Die Einzelheiten des Falles aufzuklären – unter welchen Umständen Prothero vom Regimentsball zurückgekehrt war und Zena sich am Strand aufgehalten hatte –, das lag bei Scotland Yard. Bis sie so weit waren, den Doktor zu verhaften, kam es darauf an, jede seiner Bewegungen zu verfolgen, jede verdächtige Handlung zu vermerken, und er, Moscrop, würde dafür sorgen, daß es geschah. Eine ungewöhnliche Art, einen Urlaub zu verbringen, die ihm aber merkwürdigerweise seinen Seelenfrieden wiederherstellte.

Jenseits der Barken und Vergnügungsjachten, die die

Oberfläche des Meeres sprenkelten, führte ein Kriegsschiff Schießübungen durch, ein fesselndes Schauspiel, denn nach jedem Aufblitzen über dem Wasser, noch bevor die weiße Rauchwolke sich auflöste, klaffte eine sekundenlange Pause, in der man auf das Dröhnen der Kanone wartete. Er beobachtete diese Erscheinung vielleicht zum fünften Mal und begann schon in allgemeinerer Form über die Verzögerung zwischen Ursache und Wirkung nachzudenken, als er sah, daß Dr. Prothero die Stufen des Albemarle heruntergekommen war und in Richtung des Aquariums in die Marine Parade einbog. Daß er an diesem Vormittag keine Fische oder Reptilien besichtigen wollte, war seiner Kleidung abzulesen. Er hatte Wanderschuhe und lange lederne Gamaschen an und trug einen Stock und einen dicken Rucksack. Sein Schritt bot alle Anzeichen dafür, daß er eine lange Wanderung vor sich hatte.

Moscrop zupfte nervös an seinen Schnurrbartspitzen. Dies war eine neue Entwicklung, fügte sich gar nicht in die Routine von Brill, Mutton und Lewes Crescent, die er als ein für allemal feststehend betrachtet hatte. Es machte ihn vorübergehend handlungsunfähig. Alles andere – eine Kutschfahrt, eine Bootspartie, einen Spaziergang auf dem Pier – hätte er einigermaßen hinnehmen können. Aber das hier – es war unerklärlich, war unmöglich vorauszusehen gewesen. Himmel! Wohin ging der Mensch in dieser Kleidung, mit langen Schritten der Stadtmitte zustrebend?

Betäubt machte er sich an die Verfolgung, durch den Steine-Garten und am Victoriabrunnen vorbei, beinahe zu einem leichten Trab gezwungen, um in Sichtweite des exzentrisch gekleideten Doktors zu bleiben, der mit seinem Rucksack – wer würde das glauben? – buchstäblich durch den Schatten des Rathauses in Richtung North Street wanderte. Die Spur führte an den Leihbüchereien, an Treacher und an Wright vorbei, über die Kreuzung der West Street und in die Dyke Road hinein, wobei der steile Aufstieg keinen erkennbaren Unterschied in Protheros Marschtempo verursachte.

Moscrop hatte Grund, darüber froh zu sein, daß er täglich seine Wanderung entlang der Oxford Street unternommen hatte; Prothero befand sich ersichtlich in besserer körperlicher Verfassung als Männer, die halb so alt waren.

Aber die Notwendigkeit, Schritt zu halten, war nicht die beunruhigendste Seite des Marsches. Mehr Besorgnis verursachte Moscrop die finstere Entschlossenheit, die aus den gestrafften Schultern des Doktors und der fast militärisch starren Haltung seines Kopfes sprach. Dies war kein Gang, um frische Luft zu schöpfen; es war ein vorgeplanter Marsch, und er führte sie beide auf dem schnellstmöglichen Wege zu einem der höchsten Punkte der Hügellandschaft der South Downs. Der Rucksack, die Wanderschuhe und Gamaschen, zwischen den Kauflustigen der North Street so fehl am Platze, waren hier völlig angebracht, und Moscrop, in Leinenschuhen und Flanellanzug, war erbarmungswürdig ungünstig ausgestattet. Abgesehen von der Torheit, in solcher Aufmachung unebenes Gelände bewältigen zu wollen, drohte ihm die Aussicht, auf den Downs so auffällig zu erscheinen, wie der Doktor in Brighton ausgesehen hatte.

Als sie sich Seven Dials näherten, faßte er den, wie er nun wußte, notwendigen Entschluß: er würde Prothero beim Überqueren der Straße beobachten, feststellen, welche von einem halben Dutzend möglichen Routen er einschlug, und dann im Laufschritt aus seinem Logis die Wanderschuhe und das Zeissglas holen; dabei setzte er die Leistungsfähigkeit der Linse auf den offenliegenden Hängen gegen die zwanzig Minuten Vorsprung, die er dabei opfern würde. Sollte Prothero, wie er vermutete, aus nur ihm bekannten Gründen beschlossen haben, ganz aus Brighton heraus und auf der einsamsten Strecke über die Downs zu wandern, mußte jemand die Verfolgung aufnehmen. Der Mensch verschwand womöglich spurlos. Es wäre ein schwerer Fehler, sich darauf zu verlassen, daß der junge Guy die Behörden zu seinem Vater führte. Der Junge hatte das Albemarle an diesem Morgen eine halbe Stunde vor Dr. Prothero verlassen und strampelte aller Wahrscheinlichkeit nach bereits auf einem gemieteten Fahrrad außerhalb Brightons einen stillen Feldweg entlang.

Am Kreuzweg der Seven Dials marschierte Prothero ohne zu zögern auf der Dyke Road weiter. Moscrop bog nach links in die Vernon Terrace ein und rannte ohne Scham hügelabwärts zu seinem Logis.

Man hatte Konstabler Thackeray eines der größten Gewölbe unter der Parade zur Verfügung gestellt. Dazu Konstabler Murphy, in Brighton hauptsächlich für seine Teezubereitung bekannt. Leider hatte niemand einen Gaskocher besorgt.

„Ich könnte es ja mal in der Boxhalle nebenan versuchen", schlug Murphy vor. „Sie heißt hier am Ort die ‚Bluthöhle', aber ich vermute, die Besitzer werden sich nach den traurigen Vorfällen dieser Woche etwas anderes einfallen lassen. Für Sie Zucker und Milch?"

„Lassen wir es noch eine halbe Stunde, ja?" sagte Thackeray. „Bis dahin müßten wir diesen Posten fertig haben, und ich lasse mir dann Ihr Spezialgebräu in der Grafton Street schmecken, wenn ich den Fischgeruch von den Händen losgeworden bin. Noch was in Ihrer Kiste gefunden?"

„Hauptsächlich Treibholz und Tang", meldete Murphy.

„Breiten Sie es trotzdem säuberlich aus. So hat es der Sergeant angeordnet."

Der Fußboden war bereits zu drei Vierteln mit Gegenständen bedeckt, die man Anfang der Woche bei den Grabungen am Strand sichergestellt hatte. Bei der Suche nach menschlichen Überresten hatte man mit Ausnahme der Steine alles, was aufgelesen wurde, in Kisten untergebracht. Die unumgängliche Aufgabe, deren Inhalt nach einer möglichen Spur durchzusehen, lag in Thackerays und Murphys fähigen Händen.

„Ihr Sergeant hat sich den Nachmittag freigenommen, was?" sagte Murphy, während er sorgsam einen Streifen Tang glättete und wie eine Krawatte über die Lehne eines in handlicher Nähe stehenden Stuhles hängte.

„Ich glaube nicht, daß er so etwas macht", sagte Thackeray. „Es kommt vielleicht schon mal vor, daß er zwischendurch schwimmen geht, aber er würde sich nicht lange damit aufhalten. Nein, wenn Sie es genau wissen wollen, er ist mit dem Zug nach Dorking gefahren. Stellt dort Nachforschungen an. Das geht natürlich nicht gegen Sie, aber ich wäre gern mit ihm. Ich glaube, wenn er heute abend zurückkommt, hat er vielleicht den Zeitungen etwas mitzuteilen."

„Was denn – etwa den Namen der Ermordeten?"

„Ich bin nicht befugt, darüber zu sprechen", erklärte Thackeray steif. „He! Behalten Sie die Augen bei der Arbeit. Was Sie da haben, ist ein Stück Papier. Sämtliches Papier geht an mich. Sergeant Cribbs Anordnung."

Die Anordnung (die Murphy nicht gut anfechten konnte, da Cribb sie über Thackeray erteilt hatte) lautete, Thackeray solle sich aller Dinge annehmen, die aus Papier, Stoff und Metall bestanden, während Murphy den Rest zu bearbeiten habe, einschließlich Tang, Treibholz, Möwenfedern und Fischabfall.

„Hier ist jedenfalls noch ein Strumpfband für Sie", sagte Murphy. „Es ist das fünfte, und sie sind alle so verblaßt, daß sie nicht erst seit Sonnabend daliegen können. Dieser alte Strand könnte ein paar Geschichten erzählen – was haben Sie denn da?"

Thackeray entfaltete ein Stück blaues Papier. „Verdammt noch mal, das ist doch genau die Sache, nach der ich für den Sergeant ausschauen sollte! Das heißt für mich Feierabend. Hier, sehen Sie sich das mal an."

Das Papier trug den Briefkopf „Saddington und Sims, Apotheker". Die Schrift darauf war von der Feuchtigkeit verwischt, aber deutlich lesbar.

den 3. Oktober 1882

Für Mr. A. Moscrop.

Unsere Analyse der von Ihnen gestern vormittag abgegebenen Flüssigkeit ergibt, daß es sich um eine schwache Lösung von Chloralhydrat – $CCl_3CH(OH)_2$ – handelt. Die Taxe beträgt zwei Shilling und Sixpence.

„Er hat doch gesagt, es würde hier irgendwo liegen", sagte Thackeray. „Oh, mein Sergeant, das ist ein gerissener alter Fuchs."

„Wie ist er denn drauf gekommen?" fragte Murphy nicht ohne eine Spur Skepsis.

„Das hat er nicht gesagt, aber es ist ja ganz klar – wenn man schon ein bißchen Detektivarbeit hinter sich hat. Mrs. Prothero hat diesen Moscrop gebeten, ihr Schlafmittel analysieren zu lassen, um zu sehen, was ihr Mann ihr eigentlich eingibt, verstehen Sie? Ihr Dienstmädchen hat es bei

Moscrop abgeholt und zu ihr gebracht. Na, wenn sie dann über den Strand geht und ermordet wird, muß sie es doch bei sich haben, oder nicht? Sie ist nicht so vernagelt, daß sie es im Hotelzimmer läßt, wo ihr Mann es finden kann."

„Schlau", sagte Murphy, wirklich beeindruckt. „Jetzt habe ich noch eine Frage an Sie. Wie kam es, daß Mrs. Prothero in der Sonnabendnacht am Strand war?"

„Also das ist ein Punkt, an dem Cribb und ich noch arbeiten", sagte Thackeray und beugte sich über seine Kiste. „Ihr Mann dachte, sie wäre schon mit Chloral betäubt und schliefe, aber wir wissen, daß sie wach war. Darüber haben wir zwei Aussagen – Bridget, das Dienstmädchen, hat es Mr. Moscrop erzählt, und der junge Guy hat es dem Sergeant erzählt. Also hat nichts sie daran gehindert, sich anzuziehen und auszugehen."

„Die anderen hätten es gemerkt", meinte Murphy.

„Vielleicht haben sie es bemerkt. Bisher hat sie keiner gefragt. Sie kann hinausgeschlüpft sein, während die anderen auf dem Balkon standen und sich das Feuerwerk ansahen."

„Warum hätte sie ausgehen wollen?"

„Ich meine, auf diese Frage gibt es zwei mögliche Antworten", sagte Thackeray und stach lehrhaft mit einem Holzspaten in die Luft. „Entweder wollte sie mal runtergehen und nachsehen, ob ihr Mann unter den Zuschauern beim Feuerwerk war, oder sie hatte sich doch entschlossen, sich bei Mr. Moscrop für die gute Nachricht über das Chloral zu bedanken."

„Und dann hat sie jemand ermordet", sagte Murphy. „Das ist nachts eine gefährliche Ecke, der Strand von Brighton. Kein Aufenthalt für eine anständige verheiratete Frau. Es kann einer von Hunderten sein, der sie niedergeschlagen hat. Ich beneide Sie nicht darum, den einen herauszufinden, der es war."

„Es kann ein ganz Fremder sein, zugegeben", sagte Thackeray, „aber ich habe so ein Gefühl, das ist nicht der Fall. Es wäre schon etwas, wenn wir wüßten, wie sie umgebracht wurde, aber in diesem Punkt war uns der Polizeiarzt nicht sehr behilflich. Er sagt nur, seine Untersuchungen hätten ergeben, daß sie gesund war. Es ist ein wahrer Jammer, daß wir nicht alle Teile zusammenbekommen haben."

„Wir haben nicht einmal alle Kleidungsstücke gefunden", stimmte Murphy zu, „wenn nicht in Ihrem Stapel da noch was steckt. Was ist zum Beispiel mit ihren Schuhen? Bei dem Kram hier ist kein Schuh dabei."

„Ich habe gar nicht erwartet, einen zu finden", erklärte Thackeray. „Schuhe sind sehr vielsagende Gegenstände. Wir im Yard können einem Schuh eine ganze Menge entnehmen. Ich selbst schätze, der Mörder wußte genau, wieviel sie verraten, und hat sie so weit vom Schauplatz des Verbrechens fortgeschafft, wie es ging. Und ein paar Kleidungsstücke auch. Er hatte wahrscheinlich eine Art Beutel bei sich und hat alles reingestopft, was nur reinging. Die Jacke und den Rock mußte er zurücklassen, weil sie umfangreicher waren als das übrige. Nein, wir werden von ihrer Kleidung nicht mehr finden, als wir schon haben. Dieses Stück Papier ist das wichtigste. Was ist jetzt mit der Tasse Tee?"

Unter anderen Umständen hätte der lange Aufstieg von der Dyke Road in die Downs einen (wie jetzt Moscrop) mit einem leistungsfähigen Fernglas ausgerüsteten Mann begeistert. Die Ausblicke auf die Stadt hinter ihm und das Meer dahinter, auf Hove, Kingston, Shoreham und die Mündung des Flusses Adur ließen ihn wiederholt nach dem Verschlußriemen seiner Instrumententasche greifen, doch jedesmal hielt er bei dem Gedanken inne, an diesem Nachmittag könne es für ihn nur einen Gegenstand der Betrachtung geben. Er mußte sich unbedingt voll und ganz der Aufgabe widmen, Dr. Prothero auf den vor ihm liegenden Hängen auszumachen.

Bald nachdem er die Windmühle von Patcham gesichtet hatte (er war froh über die Landkarte, die er in aller Eile aus der Schublade im Flurständer seiner Wirtin mitgenommen hatte), erreichte er eine Hügelkuppe, wo die Straße sich gabelte und ein Wegweiser die Richtung nach Poynings anzeigte. Unten lag Saddlescombe, ein Dörfchen in einer von Bäumen halbverborgenen Senke, doch er entschied sich, auf der Dyke Road weiterzugehen, denn er hielt es für klüger, auf schnellstem Wege Höhe zu gewinnen. Als er

Prothero eine Stunde zuvor zuletzt gesehen hatte, war dieser noch immer in scharfem Tempo ausgeschritten, und er bezweifelte, ob es möglich sei, den Abstand zwischen ihnen wesentlich zu verringern, aber vor ihm lag weit hingedehnt das freie Hügelland, nur von niedrigem Gebüsch bewachsen. Dort oben sollte das Glas ein mächtiger Bundesgenosse werden. Er würde bis zur Kante des Abhanges, an die siebenhundert Fuß über dem Meeresspiegel, vordringen und dann wiederholt die Landschaft absuchen. Bis er dort angelangt war, bestand geringe Aussicht, auf solche Entfernung jemanden zu erkennen. Holte er das Glas heraus, weil sich irgendwo eine Gestalt bewegte, stand es zehn zu eins, daß es sich um ein weidendes Schaf handelte.

Er vollendete den Aufstieg zu dem uralten windumbrausten Hügellager, das an dieser Stelle den höchsten Punkt der Downs bildete, und ließ sich, um Atem zu schöpfen, auf einem von den Schafen verschmähten Grasflecken nieder. Das Gesichtsfeld war jetzt nach allen Seiten so weit ausgedehnt und das Panorama so mannigfaltig und formenreich, daß es gut und gern eine Stunde Arbeit mit dem Feldstecher erfordern mochte, eine einzelne sich bewegende Gestalt herauszusieben. Er würde alles auf die Karte setzen müssen, daß sich Prothero noch irgendwo auf dem Hügelland aufhielt. Am Fuß des Steilhanges, der so plötzlich in Sicht gekommen war, als er das Gipfelplateau erreichte, und schroff in die unermeßliche Ebene des Weald abfiel, zeigte sich üppiges Herbstlaub – in der Nachmittagssonne unglaublich schön anzusehen, doch hinderte es ihn nahezu völlig daran, mit dem Feldstecher einen Mann aufzuspüren.

Er holte das Zeissglas hervor und warf zunächst einen Blick in die Runde, um zu entscheiden, in welcher Richtung am ehesten ein Erfolg zu erwarten wäre. Im Westen, auf der etwa eine Meile entfernten Kuppe des Fulking Hill, glaubte er eine Bewegung wahrzunehmen. In dieser Richtung spähte er durch das Glas und sah zunächst die auffallenden, kreisförmig angeordneten Buchen, die als Chanctonbury Ring bekannt sind, viel zu weit entfernt. Eine geringe Wendung nach links und eine feinfühlige Drehung an der Stellschraube brachte ihm, was er wollte.

Da war eine Gestalt, menschlicher Natur und in Bewegung – aber zu Pferde. Er ließ das Glas sinken.

Unterhalb und rechts von ihm befanden sich weitere Gestalten zu beiden Seiten des Devil's Dyke, einer beeindruckenden, tief in den Hang des Hügels eingegrabenen Schlucht, der die lange Straße von Brighton herauf ihren Namen verdankte. Aus irgendeinem Grund hatte er bis zu diesem Augenblick nicht an ihr Vorhandensein gedacht, obwohl er sich über eine Stunde lang die Dyke Road hinaufgemüht hatte. Er hatte alles mögliche darüber im Reiseführer gelesen, im Zug, Samstag vor zwei Wochen. Erst so kürzlich? Unfaßbar. Jedenfalls berichtete die Legende, der Teufel habe die Kluft durch die Kreide geschnitten, um das Meer hereindringen und die Kirchen in der Weald-Ebene überfluten zu lassen. Zweifellos hatte sie von diesem Standpunkt aus gesehen etwas Teuflisches an sich, mit ihren steil aufragenden, von glattem Rasen überzogenen Wänden in tausend Fuß Abstand voneinander. Diesseits legte ein kleines Hotel Zeugnis dafür ab, welcher Beliebtheit sich der Dyke bei den Ausflüglern aus der Stadt erfreute.

Er begann nun, durch den Feldstecher systematisch die Leute zu mustern, die zu beiden Seiten der Schlucht in Sicht waren. Dabei schied er auf den ersten Blick Frauen und Kinder aus, war aber mehrmals zu warten genötigt, bis ein Mann sein Gesicht aus dem Schatten gewendet hatte, um sich alsbald enttäuscht zu sehen. Dann, als er schon glaubte, sein listiges Wild sei ihm irgendwie entschlüpft, traf sein Glas auf einen rehbraunen Gegenstand jenseits des Dyke. Der Rucksack. Und als das Blickfeld sich nach links schob, sah er Dr. Prothero dastehen und, die Augen mit beiden Händen beschattend, etwas anstarren.

Einen Augenblick lang hatte er das unbehagliche Gefühl, der Doktor blicke ihn direkt an. Als er verwirrt das Glas absetzte, erkannte er, wie unmöglich das war. Außerdem besaß Prothero keinen Anhaltspunkt für den Verdacht, er werde verfolgt.

Wo sah er dann hin? Höchstwahrscheinlich zu einem bestimmten Merkmal in der Landschaft. Er orientierte sich, bevor er weiterging. Fern im Norden war die blaue Wölbung des Leith Hill zu sehen, hinter dem Dorking lag. War das etwa sein Ziel? Es lag fünfundzwanzig Meilen entfernt, sechs oder sieben Stunden zu Fuß, selbst bei Protheros flottem Schritt.

Er hob das Glas wieder an die Augen, und gerade da nahm Prothero den Rucksack auf und machte sich wieder auf den Weg, in der ungefähren Richtung zur Straße zurück, blickte sich aber dabei immer noch besorgt um, als erwarte er etwas oder jemanden zu sehen, das oder den er nicht gefunden hatte. Nach etwa fünfzig Yard blieb er stehen, zog ein weißes Taschentuch hervor und begann es energisch zu schwenken. In qualvoller Neugier wagte Moscrop doch nicht, das Glas von ihm abzulenken, um den Empfänger des Signals zu sehen. Bald wurde offensichtlich, daß Prothero, der jetzt so flink den Hang emporkletterte, daß ihm der Rucksack förmlich auf dem Rücken hüpfte, irgendeinen Kontakt aufgenommen hatte. Er brauchte nicht lange zu warten. Nahe dem höchsten Punkt des Hanges gesellte sich zu Prothero im Blickfeld des Glases eine Frau zu Pferde, sehr wahrscheinlich die Reiterin, die Moscrop zuvor auf dem Fulking Hill gesehen hatte. Der Doktor half ihr abzusitzen und nahm dann ihren Arm, als sie mit dem Pferd über die Hügelkuppe auf Saddlescombe zuschritten.

Also das war es. Eine Verabredung. Es wäre jetzt zu unbesonnen gewesen, sich auf der Promenade vor Lewes Crescent zu treffen, also wählten sie für ein Rendezvous den Dyke, und um keinen Verdacht zu erregen, gingen sie getrennte Wege.

Er streifte den Riemen des Feldstechers über den Kopf ab und schob das Glas in das Etui zurück. Eine Verabredung. Es war doch recht enttäuschend. Er war bereit gewesen, die Verfolgung bis nach Dorking hin fortzusetzen, wenn nötig die ganze Nacht durch. Nun hatte er der Polizei nichts zu erzählen, was diese nicht schon wußte. Sie würden sich nicht dafür interessieren, *wo* Prothero sich mit seiner Geliebten traf.

Er würde sich auch nicht so weit erniedrigen, ihnen noch weiter zu folgen. Für ihre schmutzigen Umarmungen hatte er nicht einmal Verachtung übrig.

Er holte die Landkarte heraus. Im Dorf Poynings, am Fuß des Hügels, war ein Gasthaus eingezeichnet. Er würde diese Straße einschlagen und sich mit einer Limonade stärken. Vielleicht auch mit zweien.

Etwa fünfzehn Minuten später, als er zwischen den Bäumen unten anlangte, setzten sich die Geräusche des Spätnachmittags wieder durch, nachdem ihm auf den höhergelegenen Hängen der Wind in den Ohren gebraust hatte. In der Nähe läuteten Schafglocken mit ihrem blechernen, aber freundlichen Klang, und von hinten hörte er auf der Straße den dumpfen Aufschlag von Hufen, die die schwere Last von Pferd und Reiter den steilen Hang hinabtrugen. Automatisch trat er an den Wegrand und blieb stehen, um sie vorbeizulassen. Es war eine Reiterin, dieselbe, die er mit Prothero gesehen hatte. Jetzt war sie allein. Die Sonne, die ihr über die Schulter schien, hinderte ihn, ihr Gesicht deutlich genug zu sehen, aber als sie näher kam, rief sie ihn an.

„Lieber Himmel, mein Schatz! Was machen Sie denn in dieser gottverlassenen Gegend? Sie gehören nach Brighton auf die Promenade."

Die Stimme war unverkennbar. Die Frau war Zena.

13

„Sie entschuldigen mich, wenn ich mein Abendbrot weiteresse?" sagte Sergeant Cribb. „Ich habe heute nur ein sogenanntes Bauernfrühstück zu mir genommen. Bauernfrühstück! Ich hätte es keinem Jockey am Tag des Derbys zugemutet. Was haben Sie mir diesmal zu sagen, Mr. Moscrop?"

Er saß an einem Ecktisch im Schankraum der „Sieben Sterne" in der Ship Street, eine Pinte East India und eine umfangreiche Fleischpastete vor sich.

„Ich würde mir nicht herausnehmen, Sie beim Essen zu stören, wenn es nicht eine Sache von allerhöchster Wichtigkeit wäre", begann Moscrop. „Ich habe nämlich Mrs. Prothero gesehen!"

Cribb sagte nichts. Seine Kiefern fuhren fort, die Fleischpastete zu zermahlen.

„Mrs. Prothero", wiederholte Moscrop mit Nachdruck. „Sie war heute nachmittag am Devil's Dyke. Direkt von der Begegnung mit ihr bin ich zu Ihnen gekommen."

„Tatsächlich?“ sagte Cribb. „Da müssen Sie hungrig sein. Es ist ein endloser Weg. Soll ich Ihnen vielleicht eine Pastete bestellen?“

„Sergeant, ich weiß nicht, ob Sie mich verstanden haben. Es war Mrs. Prothero, gesund und munter. Ein Irrtum ist unmöglich. Ich habe selbst mit ihr gesprochen.“

„Wahrhaftig?“ sagte Cribb. „Dann hatten Sie mehr Glück als ich. Ich bin in ähnlicher Absicht nach Dorking gefahren.“

„Sie? Nach Dorking? Wollen Sie damit sagen, Sie *wußten*, daß sie lebt?“

„*Wissen* ist etwas viel gesagt, Sir. Man kann in diesem unsicheren Leben nie sicher sein, ob jemand noch auf den Beinen ist, aber ich hatte Grund zu der Annahme, daß sie lebt, das ja. Was hat sie denn am Dyke gemacht – sich mit Prothero getroffen?“

Moscrop starrte Cribb mit dem Ausdruck an, den Hellseher auf den Gesichtern ihrer Kunden so gern sehen.

„Vielleicht berichten Sie mir davon“, schlug Cribb vor, „angefangen bei Ihrer Verfolgung Protheros – da ich annehme, Sie sind nicht aus Gesundheitsgründen auf die Downs gestiegen.“

In gedämpftem Ton schilderte Moscrop die Ereignisse, die in Zena Protheros Auftreten gipfelten.

„Sie war vermutlich überrascht, Sie zu sehen“, sagte Cribb.

„Nicht mehr als ich, *sie* zu sehen. Sergeant, ich war so überzeugt, sie sei tot, daß ich mehrere Sekunden lang kein Wort herausbrachte. Dann stammelte ich endlich etwas in dem Sinne, man hätte mir empfohlen, die Aussicht vom Dyke zu genießen.“

„Einfallsreich. Haben Sie gefragt, was sie da machte?“

„War nicht nötig. Sie war ganz offen und überhaupt nicht verlegen, mir begegnet zu sein. Sie hat eine recht eigenwillige Ausdrucksweise, wie ich vielleicht schon erwähnt habe – einen Hang, ganz neue Bekannte mit Koseworten anzureden...“

„Wirklich, Sir? Vielleicht geben Sie mir ein Beispiel.“

„Mein Schatz.“

„Wie meinen?“

„Mein Schatz. Sie nennt jedermann Schatz, oder etwas anderes in dem Sinne."

„Eine großherzige Frau. Und was machte sie nun auf den Downs?"

„Sie redete gar nicht darum herum. Sie war gekommen, um mit ihrem Mann zusammenzutreffen."

„Von Dorking hergeritten, meinen Sie?" fragte Cribb ungläubig.

„Nein, von Bramber, einer Bahnstation etwa sechs Meilen westlich des Dyke. Sie war heute morgen mit dem Zug hingefahren und hatte sich ein Pferd gemietet, um über die Höhen der Downs zu ihrem Treffpunkt mit Dr. Prothero zu reiten."

„Wer hat dieses Treffen angeregt?"

„Sie, soweit ich es verstanden habe. Sie hat ihrem Mann geschrieben, der kleine Jason habe sich völlig von seiner Unpäßlichkeit erholt – Sie erinnern sich, daß sie das Kind aus diesem Grund am Sonntag nach Dorking zurückgebracht hat – und sie wolle bestimmte Kleidungsstücke abholen, die sie bei ihrem etwas eiligen Aufbruch zurückgelassen hatte. Das war der Inhalt seines Rucksacks, verstehen Sie."

„Den hat er ihr demnach übergeben, als sie sich trafen?" sagte Cribb.

„Ja, als ich sie traf, hatte sie ihn am Pferd hängen. Sie hatte vor, auf der Straße nach Bramber zurückzukehren, da sie nicht bei abnehmendem Tageslicht über die Downs reiten wollte, deshalb schlug sie den Weg nach Poynings hinunter ein, und dort hat sie mich auch überholt. Wir unterhielten uns, während ich sie den Hügel hinab begleitete."

„Haben Sie ihr erzählt, daß Sie dachten, sie sei tot?"

„Allerdings, ja", sagte Moscrop ernst. „Ich fühlte mich dazu verpflichtet, nachdem ich sie wie eine Geistererscheinung angestarrt hatte, als sie mich begrüßte. Ihre so plötzliche Abreise aus Brighton hatte mich irregeführt, und das habe ich ihr gesagt." Er räusperte sich. „Ich habe ihr leider noch etwas gesagt, Sergeant."

„Oh. Was denn?"

„Etwas, das sich mir jetzt als irrtümliche Darstellung erweist. Ich habe ihr gesagt, auch die Polizei glaube, sie sei

– hm – ins Schattenreich eingegangen."

„Das nenne ich voreilige Schlüsse ziehen, Sir. Was hat sie dazu gesagt?"

„Sie habe keine Ahnung gehabt, daß ihr argloses Vorgehen zu solchen Verwickelungen geführt habe. Sie hat mich sofort gebeten, Ihnen zu versichern, daß ich sie gesehen habe und daß sie am Leben und völlig wohlauf ist. Sie sagte – ich glaube, ich erinnere mich an ihre Worte –, sie könne den Gedanken nicht ertragen, daß diese armen goldigen Polizisten ihretwegen wie die Wiesel durch Brighton rennen müßten."

„Anständige Gesinnung", sagte Cribb mit verhaltenem Schnaufen. „Haben Sie sie nach der Seehundsfelljacke gefragt, die wir ausgegraben haben?"

„Nach der Jacke? Aber nein", sagte Moscrop. „Es war ja nicht ihre, oder? Ihr Konstabler hat mir erzählt, die Knöpfe seien alle an Ort und Stelle. Aber es gelang mir, sie zu überzeugen, daß es ihre Bürgerpflicht sei, sich bei einer Polizeidienststelle zu melden, um zu beweisen, daß sie am Leben sei. Sie meinte, sie würde etwas Besseres tun. Sie werde nach Brighton kommen und mit Ihnen sprechen, da Sie die Ermittlungen leiten."

„Gut. Das rettet mich vor einem weiteren Bauernfrühstück in Dorking. Wann kommt sie?"

„Morgen vormittag. Sie hatte sowieso vor, heute abend nach Worthing weiterzufahren, wo sie eine Schwester hat, und morgen nach Dorking zurückzukehren. Auf meinen Vorschlag nimmt sie morgen früh den ersten Passagierdampfer, und ich hoffe sehr, daß es Ihnen möglich ist, die ‚Brighton' zu erwarten, wenn sie kurz nach zehn Uhr am West Pier anlegt. Ich muß aber erklären, daß sie großen Wert darauf legt, nicht im Gespräch mit Ihnen gesehen zu werden. Sie ist darauf bedacht, ihren Mann nicht zu verärgern, Sie verstehen."

„Weshalb sollte er sich verärgert fühlen, wenn sie mit mir spricht?" fragte Cribb.

„Ach. Nun, anscheinend haben Sie da einen nicht allzu günstigen Eindruck hinterlassen, Sergeant, als Sie mit Dr. Prothero bei Mutton zu Mittag speisten. Er muß ihr davon berichtet haben, denn sie ist nur bereit, Sie zu sprechen, wenn Sie an Bord der ‚Brighton' kommen, solange diese am Pier liegt. Sie fürchtet, in jedem anderen Teil der Stadt bestehe ein Risiko, daß er sie im Gespräch mit Ihnen sieht."

„Ein heimliches Treffen, he? Jetzt haben Sie *mich* soweit, Mr. Moscrop. Und ich nehme an, Sie müssen dabeisein, um mich ihr vorzustellen. Also gut, Sir. Zehn Uhr an der Pierspitze."

Moscrop war halb zehn da und hielt mit dem Zeissglas nach dem dunklen Rauchstreifen Ausschau, der das Nahen des Dampfers anzeigen würde. Der Morgen war kühl, der Himmel mit dünnen Federwolken gesprenkelt, der Strand menschenleer bis auf die Fischer und ein paar Jungen, die sich hoffnungsvoll mit Krabbennetzen bewaffnet hatten. Auf dem Pier empfing man den nicht abzuschüttelnden Eindruck, unwillkommen zu sein, obwohl der Mann am Drehkreuz die zwei Pence ohne weiteres entgegennahm. Muskulöse Bedienstete der Bädergesellschaft, die man normalerweise nicht zu Gesicht bekam, schrubbten recht oberflächlich die Decks und stellten dabei ihre entblößten Brustkästen und Hosenträger zur Schau. Moscrop war sorgsam darauf bedacht, keinen durch Betreten der bearbeiteten Flächen zu verstimmen.

Sergeant Cribb war weniger heikel, als er fünfzehn Minuten später eintraf, und pflanzte die Füße selbstbewußt auf die nassen Planken, wobei sich seine hochgewachsene Gestalt unter ihm spiegelte. Das war ein Mann von Format, entschied Moscrop. Kein Pierarbeiter wäre so leichtsinnig, sein Recht, die Planken zu betreten, anzuzweifeln.

„Frische Brise heute, Mr. Moscrop. Das Wasser macht einen kabbeligen Eindruck. Ich hoffe, die Dame ist seefest."

Mittlerweile war die „Brighton" in Sicht und dampfte an Shoreham vorbei. „Möchten Sie mal durch den Feldstecher schauen, Sergeant?"

„Nein, danke, Sir. Ich habe es mir zur Gewohnheit gemacht, den Gebrauch dieser Dinger zu meiden."

„Tatsächlich? Ich hätte gedacht, sie wären eine unschätzbare Waffe im Kampf gegen das Verbrechen."

„In Einzelfällen schon", räumte Cribb ein. „In den

meisten anderen Fällen sind sie eine elende Plage. Geradezu eine Ermutigung zum Verbrechen."

„Na, na, Sergeant. Das klingt mir nach einer Behauptung, die Sie schwerlich beweisen können. An welches Vergehen denken Sie im besonderen?"

„Das Ziehen, Sir."

„Das Ziehen?"

„Taschendiebstahl. Wenn jemand durch diese Dinger späht, fordert er die Taschendiebe förmlich heraus. Allein in dieser Woche hätte ich vier oder fünf der hiesigen dabei schnappen können, wenn ich nicht Wichtigeres zu tun gehabt hätte. In Seebädern ist das ein regelrechter Beruf. Wenn Sie heimkommen, zählen Sie Ihre Taschentücher durch. Dann wissen Sie, ob ich übertrieben habe."

Zu diesem Zeitpunkt gesellten sich mehrere sonnenverbrannte Gestalten in nautischer Kleidung zu ihnen, um die Ankunft des Dampfers zu erwarten. Moscrop schob rasch das Glas ins Etui. Er würde es nie wieder mit der alten Unbefangenheit benutzen können.

Es fielen nur noch wenige Worte, bis die „Brighton" angelegt hatte und eine Handvoll Passagiere ausstiegen. Möwen umkreisten den Pier und stießen immer wieder mit nervenaufreibendem Kreischen herab, als Cribb und Moscrop die Eisentreppe zum Landesteg hinabstiegen. Sie tauschten ein paar Worte mit dem weißbemützten Mann, der die Gangway bewachte, und betraten das Schiff.

„Sie ist sicher unten", erklärte Moscrop zuversichtlich.

Sie war unten, allein im Salon der ersten Klasse, und trug einen flaschengrünen Mantel von militärischem Schnitt und „frivol" vorn geschnürte Stiefeletten. Moscrop übernahm die gegenseitige Vorstellung und zog sich zurück.

„Sehr liebenswürdig von Ihnen, so weit herzukommen, um mit mir zu sprechen, gnädige Frau", begann Cribb.

„O nein. Sehr liebenswürdig von *Ihnen*, Sergeant Cribb, daß Sie einverstanden waren, mich unter meinen Bedingungen zu sprechen." Unter dem verwegen schief aufgesetzten Hütchen, das in der Farbe zu ihrem Mantel paßte, war ihr Gesicht blasser, als Moscrop es in Erinnerung hatte, aber die Züge waren noch genau so edel. „Besonders, da ich Ihnen anscheinend einige Unannehmlichkeiten bereitet habe. Mr. Moscrop erzählte mir, Sie dächten, ich sei tot.

Ich hoffe, ich kann Sie in diesem Punkt beruhigen."

„Ich danke Ihnen, gnädige Frau. Es hat mich wirklich ein wenig irre gemacht, als Sie Brighton in solcher Eile verließen. Der kleine Junge war krank, soviel ich weiß."

„Jason? Ja. Mein Mann war der Meinung, Brighton sei ihm nicht bekommen, deshalb habe ich ihn am Sonntag nach Dorking zurückgebracht."

„Was fehlte ihm eigentlich genau?"

„Ach, am Tag vorher war er weinerlich, wissen Sie, und schrecklich erhitzt. Wir dachten, er hätte vielleicht Leibschmerzen. Jetzt ist er wieder ganz gesund, das kleine Biest. Ich wünschte, Sie könnten ihn sehen. Mr. Moscrop hängt richtig an Jason, nicht wahr, Schatz? Aber Scotland Yard ist wohl nicht gekommen, um sich das Geschwätz einer in ihr Kind vernarrten Mutter anzuhören, nicht wahr, Sergeant?"

Cribb nahm das Stichwort auf. „Dürfte ich Sie mit einigen Fragen behelligen, nur um die Dinge in Ordnung zu bringen, gnadige Frau? Ich wüßte gern, ob Sie sich erinnern können, wie Sie den vergangenen Samstagabend verbracht haben, also Ihre letzte Nacht in Brighton."

Sie legte die Hand an die Stirn. „Samstagabend? Guter Gott! Das ist ja genau wie in so einem Roman aus der Leihbücherei. Die Personen erinnern sich immer ganz genau an das, was der Polizist wissen will."

„Es handelte sich um Ihre letzte Nacht in Brighton, gnädige Frau", half Cribb ihr ein.

„Die Nacht des Feuerwerks? O ja, nun brauche ich Sie doch nicht zu enttäuschen. Ich erinnere mich genau. Schrecklich peinlich, wenn ich jetzt darauf zu sprechen komme. Mr. Moscrop und ich hatten eine heimliche Verabredung getroffen, nicht wahr, mein Täubchen? Wissen Sie, als Mann mit wissenschaftlichen Interessen und wahrer Ritter Galahad für Damen in Bedrängnis erklärte er sich bereit, mir herausfinden zu helfen, woraus meine Schlafmedizin bestand, und brachte sie zu einem Brightoner Apotheker. Wir verabredeten, daß er mir die Antwort bringen solle, und – nun, das könnten Sie Sergeant Cribb eigentlich selbst erzählen, mein Schatz."

„Ich möchte es lieber von Ihnen hören, gnädige Frau, wenn es Ihnen nichts ausmacht", sagte Cribb rasch.

„Na schön." Sie zuckte die Achseln. „Es gibt herzlich wenig zu erzählen. Prothero, mein Mann, entschloß sich, an diesem Abend auszugehen, und war sehr darauf bedacht, daß ich im Bett lag, bevor er ging. Ich neige nämlich sehr zur Nervosität."

„Das hatte ich nicht bemerkt, gnädige Frau."

„Wie galant! Also zog ich mich zurück, bevor Prothero ging, und tat so, als hätte ich meine Schlafmedizin eingenommen. Das war wirklich bedauerlich, denn da ich schon in Nachtkleidung war, konnte ich meinem Ritter in schimmernder Rüstung, Mr. Moscrop, unmöglich persönlich begegnen. Ich mußte statt dessen mein Kindermädchen Bridget schicken. Es muß gräßlich undankbar ausgesehen haben."

„Keineswegs", murmelte Moscrop.

„Dann begann das Feuerwerk. Oh, unheimlich aufregend, und fast direkt vor dem Hotel! Wir saßen wie auf der Tribüne. Und was für ein Feuerwerk! Raketen und Feuerräder und Knallfrösche. Schaubilder zu Ehren des Regiments, das Haupt Ihrer Majestät im Profil und ein Krokodil, als Sinnbild für Ägypten, wissen Sie."

„Daran erinnere ich mich", warf Moscrop ein.

„Das war wohl, nachdem Bridget Sie verlassen hatte, nicht wahr?" wandte sich Cribb unvermittelt mit einer Frage an ihn.

„Äh – ja. Ich hatte ihr die Formel übergeben und machte mich gerade auf den Rückweg, die Uferstraße entlang. Ich glaube nicht, daß ich die ganze Schau gesehen habe."

„Also fand sich Bridget wieder bei Ihnen ein, als das Feuerwerk noch andauerte?" kam Cribb auf Zena zurück.

„Ja, und dann gab ich ihr den Rest des Abends frei, damit sie sich die Schau ansehen konnte. Sie war ja von den Raketen ganz begeistert. Ich blieb ja nicht allein. Ich hatte den ganzen Abend Guy bei mir. Wir sahen von meinem Schlafzimmerfenster aus zu. Guy stand auch eine Weile auf dem Balkon."

„Ich habe ihn da gesehen", sagte Moscrop hilfsbereit.

„Wie lange dauerte das Feuerwerk noch, nachdem Bridget wieder ausgegangen war?" fragte Cribb.

„O Gott! Sie stellen aber auch Fragen! Lassen Sie mich

nachdenken. Mindestens eine halbe Stunde."

„Dann gingen Sie zu Bett?"

„Nein, ich habe noch eine Stunde lang mit Guy Karten gespielt. Ich habe dem kleinen Teufel das Cribbagespielen beigebracht. Wir haben nicht viel gemeinsam, aber wir können uns wenigstens mit einem Spiel Karten unterhalten. Es muß nach elf gewesen sein, als wir endlich schlafen gingen."

„War Bridget bis dahin zurückgekommen?"

„Meine Güte, das kann ich nicht sagen. Sie schlief doch in Jasons Zimmer und wäre vom Korridor aus da hineingegangen. Ich kann mich nicht erinnern, sie kommen gehört zu haben, jetzt, wo Sie mich fragen."

„Aber die Wände waren dünn genug, daß Sie aus dem Kinderzimmer ein Geräusch gehört hätten?"

„O ja. Es gab ja auch eine Verbindungstür. Ich muß geschlafen haben, als sie zurückkam, das liederliche Ding, aber ich nehme an, Ferien sind auch für Dienstboten Ferien, wenn man es von ihrem Standpunkt aus betrachtet."

„Und nun zu Ihrem Gatten, gnädige Frau", sagte Cribb. „Um welche Zeit kam er zurück?"

„Prothero? Das weiß der liebe Gott, mein Schatz. Am Morgen war er da, und das ist alles, was ich weiß. Habe ich Ihnen helfen können?"

„Unbedingt."

Sie stand auf. „Das nimmt mir eine Last von der Seele. Das Gefühl wäre mir schrecklich, die Beamten von Scotland Yard bei der Erfüllung ihrer Pflichten behindert zu haben. Es ist hier unten ziemlich stickig, finden Sie nicht? Ob man es wohl wagen kann, eine Runde auf Deck zu machen? Wenn ich genau wüßte, daß Prothero nicht auf dem Pier ist..."

„Ich sehe nach", erbot sich Moscrop.

„Wollen Sie das tun? Was sind Sie doch für ein himmlisch edelmütiger Mensch! Wenn mich dann noch der Sergeant begleitet – nur für ein paar Minuten auf der Seeseite –, kann niemand annehmen, ich wäre eine Verlorene."

Nur die Möwen sahen zu, wie Cribbs sechs Fuß ein Zoll äußerst ritterlich mit Zena Protheros fünf Fuß zwei Zoll lustwandelten, da Moscrop sehr anständigerweise an der Backbordreling Wache bezogen hatte.

„Was halten Sie von ihm, Schatz?“ fragte sie sofort.

„Von wem, gnädige Frau?“ Er schien zu ihrem Hut hinabzusprechen.

„Mr. Moscrop. Wem sonst?“

„Ich bin mir nicht sicher“, sagte Cribb wahrheitsgemäß. „Welcher Meinung sind Sie?“

„Nicht gerade vertrauenswürdig, mein Bester. Recht harmlos, bestimmt, aber er benimmt sich entschieden sonderbar. Ich habe Prothero kein Wort davon gesagt, aber er verfolgt mich überallhin! Sie glauben doch nicht, daß ich ihn ermutige, Schatz, oder doch?“

„Ich bin überzeugt, daß Sie es nicht beabsichtigen, gnädige Frau, aber er scheint ein recht behütetes Dasein geführt zu haben. Ich glaube nicht, daß er von Damen viel versteht.“

„Weiß Gott, Sie haben recht! Er betrachtet uns alle wie Rennpferde, Wesen, die man durch den Feldstecher beobachtet. Ich habe ihn nur gebeten, die Schlafmixtur zum Apotheker zu bringen, um ihm eine Möglichkeit zu geben, sich nützlich zu machen.“

„Sie waren also nicht darüber beunruhigt, was Sie einnahmen?“

„Beunruhigt ist nicht der richtige Ausdruck, Schatz. Neugierig vielleicht. Ja, ich war neugierig. Prothero ist nämlich nicht mitteilsam. Es war ein harmloser Auftrag für den armen kleinen Mann. Er muß am Samstagabend enttäuscht gewesen sein, das arme Schäfchen, als Bridget herunterkam, um den Bericht des Apothekers abzuholen, aber es blieb mir nichts weiter übrig, wie ich schon erklärte.“

Cribb blieb stehen und legte die Hände auf die Reling. „Nun, wenn es zu weiter nichts gut war, gnädige Frau, so wissen Sie jetzt wenigstens, was Ihr Gatte für Sie zurechtmischt. Eine derart schwache Dosis Opiumtinktur würde keinem Kind schaden, ganz zu schweigen von einer erwachsenen Frau.“

Sie sah ihn scharf an. „Aber natürlich. Prothero ist Arzt, mein Schatz. Er kennt sich in diesen Dingen aus.“

Sie nahmen ihren Spaziergang wieder auf, wobei Zena ihren Hut festhielt, da die Brise steifer wurde.

. „Ich weiß nicht, ob Sie in der Zeitung etwas über die Tragödie gelesen haben, zu deren Untersuchung ich in Brighton bin, gnädige Frau?"

„Sehr wenig, muß ich gestehen", sagte Zena. „Die ‚Morning Post' brachte nur einen kurzen Artikel. Ich glaube nicht, daß Ihr Name überhaupt erwähnt war."

„Die ausführlichsten Berichte haben natürlich die Brightoner Zeitungen gebracht. Sie haben demnach wohl nichts über die Jacke gelesen, die man am Strand ausgegraben hat?"

„Jacke? Ich glaube nicht."

„Schwarzes Seehundsfell. Eine Jacke von guter Qualität. Besser als die übrigen Kleidungsstücke, die wir gefunden haben. Ich hörte, daß Sie eine solche Jacke besitzen, gnädige Frau. Ist das richtig?"

„O ja."

Cribb nickte. „Verstehen Sie nun, wieso wir die Tragödie mit Ihnen in Verbindung brachten?"

„Ich glaube wohl", sagte Zena. „Aber Dutzende Frauen besitzen Seehundsfelljacken. Sie sind modern, mein Schatz."

„Nicht so viele haben einen obersten Knopf, den man mit einem anderen Faden hat neu annähen müssen. Soviel ich weiß, ist das bei der Ihren der Fall."

Sie runzelte die Stirn. „Das stimmt tatsächlich. Aber ich wüßte nicht..."

„Und haben Sie die Ihre im vergangenen Frühjahr bei Freemantle in Dorking gekauft?"

„Mein Guter, das habe ich, aber was versuchen Sie eigentlich zu beweisen?"

„Dort stammt die Jacke vom Strand her", sagte Cribb finster. „Haben Sie die Ihre zu Hause, gnädige Frau?"

„Ich glaube nicht. Ich habe sie mit anderen Sachen im Albemarle zurückgelassen. Prothero bringt sie am Samstag mit nach Hause."

„Mit Verlaub, das glaube ich nicht."

Sie blieb stehen und blickte zu ihm auf. „Was wollen Sie damit sagen? Behaupten Sie etwa, daß *meine* Jacke..."

„Diejenige ist, die wir gefunden haben? Ja, gnädige Frau. Ich werde Sie später natürlich bitten, sie zu identifizieren, aber ich habe keinen Zweifel mehr. Die Tote hat in der vergangenen Samstagnacht Ihre Seehundsfelljacke getragen."

Zena schüttelte den Kopf. „Das ist ganz unmöglich."

Cribb nahm ihren Arm. „Keineswegs, meine Liebe. Sie wissen so gut wie ich, daß es Ihr Dienstmädchen Bridget war, die ermordet wurde."

Schweigen, während sie verarbeitete, was Cribb gesagt hatte.

„Es ist nicht unbekannt, daß sich Dienstboten gelegentlich aus der Garderobe der Familie etwas borgen", fuhr er fort. „Schicke Jacke. Modern, wie Sie sagen. Die Herrschaft schläft."

„Wer sagt, ich hätte geschlafen?" wollte Zena wissen.

„Das ist die einzige Erklärung. Wollen wir einmal betrachten, was Sie mir bereits gesagt haben? Jason war so weinerlich, daß Sie sich entschlossen, am Sonntag mit ihm nach Dorking zurückzukehren und damit Ihre Ferien vorzeitig abzubrechen."

„Vollkommen richtig."

„Magenschmerzen, entschieden Sie. Das arme Kerlchen muß entsetzlich gelitten haben, daß Sie Ihren Gatten so einfach sich selbst überließen. Wann fing es an zu weinen?"

„Meine Güte, das weiß ich nicht mehr."

„Aber am Sonnabend war es schlimm?"

„Ja, das habe ich nicht bestritten."

„Und doch erzählen Sie mir, Sie hätten den Abend damit verbracht, sich das Feuerwerk anzusehen und Karten zu spielen, und nachdem Bridget hinuntergegangen war, um sich von Mr. Moscrop die Formel geben zu lassen, hätten Sie ihr den Abend freigegeben."

Sie errötete. „Das Kind war inzwischen ruhiger."

Cribb schüttelte bedächtig den Kopf. „Wo unter seinem Fenster Raketen und Knallfrösche losgingen? Das kann ich nicht glauben, gnädige Frau. Es ergibt keinen Sinn, und ich will Sie nicht länger in Verlegenheit bringen, indem ich auf diesem Punkt beharre. Ich glaube nämlich, daß Jason schlief. Bridget hatte ihm eine Dosis Ihres Schlafmittels gegeben."

„Die Opiumtinktur!" Zena riß vor Entsetzen weit die Augen auf. „Die hat sie einem winzigen Kind eingeflößt!"

Cribb kratzte sich an der Nasenspitze. „Ich muß gestehen, daß ich Sie diesbezüglich irregeführt habe, gnädige Frau. Das Schlafmittel war nicht Opiumtinktur, wie Mr. Moscrop bestätigen kann. Ich mußte wissen, ob Sie die Analyse des Apothekers überhaupt gesehen hatten. Offensichtlich war das nicht der Fall. Wir haben sie nämlich am Strand gefunden, in der Nähe der Seehundsfelljacke und der – hm – übrigen Dinge. Bridget hatte sie noch bei sich, vermutlich in den Ärmel geschoben, oder wo immer Damen solche Sachen unterbringen. Was Sie eingenommen haben, ist Chloral, falls es Sie noch interessiert. Verhältnismäßig harmlos. Sie haben es am Sonnabend wie gewöhnlich eingenommen, nicht wahr, und es Bridget überlassen, sich mit Mr. Moscrop zu befassen? Sie konnten nicht wissen, daß sie sich nach der Rückkehr von der Begegnung mit Mr. Moscrop Ihre Jacke borgte, während Sie ohne Besinnung lagen, und vermutlich Jason einen Löffel Chloral eingab, um seinem Schlaf nachzuhelfen, bevor sie ausging, um sich zu amüsieren – wie sie glaubte. Wir wissen, was ihr widerfahren ist."

Sie senkte die Augenlider. „Sergeant, Sie müssen mich für sehr albern halten, daß ich versucht habe, Sie zu täuschen."

„Nicht albern, gnädige Frau. Ich verstehe Ihre Gründe. Wenn ich das bemerken darf, es war eine sehr lebendige Schilderung des Feuerwerks, in Anbetracht dessen, daß Sie zu der Zeit gar nicht wach waren."

Sie lächelte matt. „Um einen Skandal zu vermeiden, geht man bis zum Äußersten, wenn der Lebensunterhalt wie bei uns vom Vertrauen der Öffentlichkeit abhängt. Die geringste Andeutung eines unangenehmen Vorfalls kann eine ärztliche Praxis dezimieren, Sergeant. Ich bin überzeugt, Sie werden Bridgets Mörder finden und vor Gericht bringen, aber er kann erwarten, daß ihm mehr Gerechtigkeit zuteil wird als uns. In den Augen der Patienten meines Mannes, die in Dorking ihre Zeitung lesen, werden wir fraglos die Verurteilten sein, ohne daß jemand auf einen Urteilsspruch von Richter und Geschworenen Wert legen würde. Wer wird noch einen Arzt konsultieren, dessen Name im Zusammenhang mit einem Mord erwähnt wird, dessen Ehefrau sich als abhängig von Schlafmitteln erwiesen hat und dessen Sohn an einem öffentlichen Strand mit einem Dienstmädchen schwimmen war? Es steht außer Frage: wir müssen fortziehen und hoffen, daß wir in einem anderen Teil des Landes eine Praxis erwerben können, wenn unsere Namen nicht mehr in aller Munde sind. Aber ich weiß nicht, ob wir überhaupt als Familie überleben werden. Wir haben mit Geheimnissen gelebt, Sergeant, mit Tatsachen, die uns gewaltsam voneinander trennen werden, wenn man sie enthüllt, wie es jetzt unvermeidlich geschieht. In meiner Schwäche habe ich dabeigestanden, während Guy sich seinen albernen Wasserspielereien mit Bridget hingegeben hat, und wußte genau, es würde meines Mannes heftigste Empörung erregen, glaubte aber, er werde es nie zu erfahren bekommen."

„Vielleicht hat er die Wahrheit geahnt", meinte Cribb.

Sie schüttelte den Kopf. „Niemals. Er hätte dem unverzüglich ein Ende gemacht. Ich hatte meine Anweisungen, aber ich war ihnen nicht gewachsen. Doch das ist noch nicht alles, wovor ich Angst habe. Wenn mein Mann nachmittags und abends ausging und manchmal sehr spät zurückkehrte, redete ich mir beständig ein, daß ich seine Geschichten glaubte, wonach er ehemalige Patienten besuchte. Um meines Seelenfriedens willen habe ich nicht danach getrachtet, die Wahrheit zu entdecken, Sergeant – wie viele tausend vernachlässigte Frauen haben dasselbe getan? –, ich nahm mein Schlafmittel und suchte das Vergessen. Aber jetzt gibt es keine Flucht vor der Wahrheit mehr. Ich werde erfahren, wo er am Samstag war, und ich weiß nicht, was ich werde verzeihen müssen. Ich weiß nicht, ob das Ausräumen unserer Illusionen wirklich das beste ist. Sergeant, ist es so unverzeihlich, daß wir auf unsere ungeschickte Art die Tatsache zu verbergen suchten, daß Ihre Tote am Strand vermutlich Bridget war?"

„Es kommt mir nicht zu, das zu verzeihen, gnädige Frau", sagte Cribb, „aber wenn Sie es so darlegen, kann ich es verstehen."

14

„Nun, Thackeray. Ich habe Ihnen meine Zusammenkunft mit Mrs. Prothero geschildert. Ich wäre Ihnen verbunden, wenn Sie mir Ihren Bericht über Ihr Gespräch mit Miss Floyd-Whittingham erstatten würden."

Thackeray holte sein Notizbuch heraus und räusperte sich nach bestem Polizeigerichtsbrauch. Er gewöhnte sich allmählich an die feierlichen kleinen Zusammenkünfte zum Austausch von Informationen im Vernehmungszimmer des Polizeireviers in der Grafton Street, aber beim ersten Mal hätte man ihn mit einem Dienstbleistift antippen und umwerfen können. Es widersprach allem, was er über Cribbs Ermittlungsmethoden wußte. Von jedem, der als Assistent mit Cribb arbeitete, wurde erwartet, daß er sich ein volles Verständnis für den Gang der Dinge zusammenreimte, indem er auf gelegentliche, nie mehr als ein halbes Dutzend Worte umfassende Äußerungen lauschte und nach dem vielsagenden Emporziehen einer Augenbraue oder dem Zucken eines Wangenmuskels Ausschau hielt. Es liefen freilich Gerüchte um, nach Cribbs Ermittlungen im Falle des Varietémordes sei in gewissen Kreisen Kritik lautgeworden an Sergeanten, die ihren Konstablern den Befehl zu allerlei Manövern erteilten, ohne daß diese deren Tragweite überblicken konnten, aber es war unwahrscheinlich, daß Cribb sich *davon* beeinflussen ließ. Es war viel wahrscheinlicher, daß ihm der Brightoner Ozon zu Kopfe gestiegen war.

„Entsprechend meinen Anweisungen", begann Thackeray, „begab ich mich nach Lewes Crescent, wo ich kurz nach elf Uhr eintraf. Nachdem ich angeklopft und mein Anliegen vorgebracht hatte, ließ mich ein Dienstmädchen ein, das mir mitteilte, Miss Floyd-Whittingham frühstücke gerade. Ich machte ihr die Wichtigkeit meines Auftrages begreiflich, und sie erklärte sich bereit, mich unverzüglich zu ihrer Gnädigen zu bringen. Ich folgte in der Erwartung, ins Frühstückszimmer geführt zu werden, fand mich jedoch statt dessen im ersten Stock in einem Raum wieder, der sich – hm – um nicht um den heißen Brei herumzuschleichen – als Miss Floyd-Whittinghams Schlafzimmer herausstellte."

„Ihr *Schlafzimmer*?“ Cribb schlug sich klatschend auf den Schenkel. „Thackeray, wie stellen Sie das bloß an? Sie bringen es fertig, aus allem und jedem eine kompromittierende Situation zu machen. Wo befand sich denn Miss Samantha?“

„Im Bett, Sergeant. Mit einem gekochten Ei auf einem silbernen Tablett.“ Er fand wieder zum Stil einer Gerichtsaussage zurück. „Natürlich entschuldigte ich mich für mein Eindringen, aber sie machte nicht den Eindruck, aus der Fassung geraten zu sein.“

„Sie ist nicht schreiend unter der Bettdecke verschwunden, meinen Sie? Fahren Sie fort.“

„Sie war schicklich mit einem weißen Spitzengewand bedeckt. Ich saß auf einem Stuhl – er stand gute zehn Fuß vom Bett entfernt – und erläuterte den Zweck meines Besuches. Ich habe es behutsam angefangen, Sergeant, wie Sie es mir geraten haben, und gesagt, wir seien gerade dabei, den Bewegungen einer Anzahl Personen in der Samstagnacht nachzugehen. Sie gab ohne weiteres zu, daß sie mit Dr. Prothero auf dem Ball war – nannte ihn Gregory. Sie waren ab neun Uhr in der Festhalle, ausgenommen eine halbe Stunde, wo sie vom Steine-Garten aus dem Feuerwerk zusahen. Das war zwischen halb zehn und zehn. Sonst waren sie bis ein Uhr morgens dort. Zum Beweis hat sie die Karte, auf der er sich für die Tänze eingetragen hat, Quadrillen und Galoppaden und Polkas. Gregory die ganze Reihe runter bis zum letzten Walzer. Sie verbürgt sich für ihn, da bin ich sicher.“

„Hm. Hat sie von sich aus noch etwas über ihn gesagt – zum Beispiel, wo sie ihn kennengelernt hat?“

„In der Kirche, Sergeant. Sie hat zuerst nicht gewußt, daß er verheiratet ist. Er hat sich immer sehr gebührlich benommen, sagt sie. Er ist ein anständiger, warmherziger Mensch, und seine Frau versteht ihn nicht.“

Cribb hob in seiner berühmten Manier die rechte Augenbraue. „Das wäre also eine Meinung über Prothero. Was ist mit Samantha? Was halten Sie von ihr, Konstabler?“

Thackeray hob *beide* Augenbrauen. „Oh, eine wahre Schönheit, Sergeant! Keine Frage. Ein Gesicht wie eine Porzellanpuppe und ein Schopf rotes Haar, wie ich es noch nicht gesehen habe. Ich nehme an, wenn sie ausgeht, trägt sie es anders, aber als ich es sah, hing es ihr lose über den Rücken hinab. Ich weiß nicht, wie sie angezogen und aufrechtstehend aussieht, Sergeant, aber im Bett ist sie eine Wucht, das kann ich Ihnen versichern!"

Cribb verzog schmerzlich das Gesicht. „Ich glaube es, Thackeray, aber ich würde es nicht mit genau diesen Worten unter die Leute bringen, wenn ich Sie wäre. Die Menschen neigen zu voreiligen falschen Schlüssen."

„Mir läßt bloß keine Ruhe", fuhr Thackeray unerschüttert fort, „was eine so gutaussehende junge Frau an einem Mann von Protheros Alter findet – auch wenn er, zugegeben, ein flotter kleiner Stutzer ist."

„Ach, das ist nicht ganz ungewöhnlich", sagte Cribb.

„Sie haben recht, Sergeant! Ich glaube, es gibt einen Typ von jungen Frauen, der älteren Männern schwer widerstehen kann. Ich habe in Miss Floyd-Whittinghams Auge so einen gewissen Blick beobachtet, als ich ins Zimmer kam."

„Womöglich an einen grauen Bart geheftet?" murmelte Cribb. „Es klingt, als seien Sie mit knapper Not davongekommen, Thackeray. Sie *sind* doch wohl entkommen? Lassen wir das. Wir haben Wichtigeres zu besprechen. Unter uns, wir haben jetzt jeden befragt, der mit diesem Fall in Verbindung stehen könnte – Miss Floyd-Whittingham, die Protheros und Mr. Moscrop. Es ist vermutlich immer noch möglich, daß ein völlig Unbekannter in der Samstagnacht Bridget am Strand getroffen und sie ermordet hat, aber nach meiner Erfahrung macht sich diese Sorte Mörder hinterher keine große Mühe, die Leiche loszuwerden. Nein, ich glaube, wir sind unserem Mörder schon begegnet. Sie haben doch da Ihr Notizbuch, und ich habe Sie die ganze Woche über gelegentlich damit hantieren sehen. Falls Sie sich nicht über das Handicaprennen von Newmarket Gedanken machten, haben Sie inzwischen hoffentlich etwas Brauchbares zur Ermittlung beizutragen."

Thackeray war nicht unvorbereitet. Er befeuchtete sich sachlich mit der Zunge den Zeigefinger und blätterte im Notizbuch mehrere Seiten um. „Also, Sergeant, Sie haben mir immer geraten, in einem Mordfall das Motiv zu suchen, und ich habe die betroffenen Personen danach abgeschätzt, welchen Grund sie gehabt haben könnten, Bridget zu erledigen."

„Ein vernünftiges Vorgehen, Konstabler. Und zu welchen Schlußfolgerungen sind Sie gelangt?"

„Hm. Gut, schließen wir die am wenigsten Wahrscheinlichen zuerst aus. Soweit ich sehe, ist Miss Floyd-Whittingham Bridget nie begegnet und hätte keinen Grund gehabt, sie umzubringen. Die einzige Möglichkeit, wie sie verwikkelt sein könnte, wäre als Dr. Protheros Komplizin."

„Durchaus einleuchtend", sagte Cribb. „Und nach allem, was ich von ihr höre, ist sie nicht eine Frau der Art, die mit dem Hackmesser umzugehen versteht."

„Das ist genau mein Eindruck, Sergeant. Und nach dem, was Sie über Mrs. Prothero erzählt haben, habe ich ihr gegenüber die gleichen Vorbehalte. Sie hat aber meiner Meinung nach ein Motiv."

„Welches?"

„Sie konnte Bridget überhaupt nicht leiden. Sie hat Moscrop erzählt, Prothero habe das Mädchen eingestellt. Wenn es nach ihr gegangen wäre, hätte sie sie entlassen. Wenn man nun bedenkt, wie sehr sie an dem kleinen Jason hängt und daß Bridget oft und gern mit Guy schwimmen ging und das Kind der Obhut von Badewärterinnen überließ, so scheint es mir nicht unmöglich, daß Mrs. Prothero in Verzweiflung geriet, weil ihr Gatte sich offenkundig nicht darum kümmerte. Sie haben mir selbst gesagt, daß Mrs. P. über die Kapriolen im Meer mit Guy Bescheid wußte, also muß sie auch gewußt haben, daß Jason bei Fremden zurückblieb. Das reicht, um eine Frau mit einer solchen Empfindlichkeit der Nerven in Panik zu versetzen."

„Ich sehe Ihre Gründe ein", bestätigte Cribb, „aber dann bleibt noch die Zerstückelung zu erklären. Das ist nicht das Werk einer Frau."

Thackeray hatte ersichtlich auch daran gedacht. Er schob selbstsicher die Daumen in die Westentaschen und sagte: „Eine so bezaubernde Frau wie Mrs. Prothero braucht sich vielleicht nicht allzuweit umzusehen, um einen Mann zu finden, der für sie ein Hackmesser zu schwingen bereit ist."

„Moscrop?" fragte Cribb.

Thackeray belohnte seinen Sergeant mit einem breiten Lächeln. „Aber den lasse ich noch einen Augenblick, wenn's recht ist. Der nächste auf der Liste ist Guy."

„Der Junge?"

„Das ist es ja eben, Sergeant. Wir neigen dazu, ihn als einen Jungen anzusehen, aber er ist fünfzehn Jahre alt und nach allem, was ich höre, ziemlich frühreif. Nicht jeder Fünfzehnjährige redet mit Älteren und Höherstehenden wie dieses Bürschchen oder schnupft Tabak oder hat mit dem Dienstmädchen ein Techtelmechtel, um einen gewöhnlichen Ausdruck zu gebrauchen."

„Das macht ihn noch nicht zu einem Mörder."

„Schon, aber er ist nicht das, was man eine ausgeglichene Persönlichkeit nennen würde. Vielleicht liegt es an seinem Alter – ich weiß in diesen Sachen nicht so Bescheid –, aber es klingt mir alles sehr danach, als hätte der Junge kein rechtes Verantwortungsgefühl. Moscrop sagt, er hätte gesehen, wie er Jason über das Krokodilbecken gehalten hat. Das ist doch verteufelt riskant bei einem kleinen Kind, oder was meinen Sie? Er scheint überhaupt vor keinem Menschen Achtung zu haben, weder in der Familie noch woanders. Nun nehmen Sie bloß mal an, sein Geschäker mit Bridget wäre sehr viel weiter gegangen, als die Protheros glaubten. Nehmen Sie bloß mal an, Bridget wäre in anderen Umständen gewesen oder hätte es immerhin geglaubt, und sie hätte es ihm gesagt. Ich muß mich immer wieder fragen, ob er nicht der Typ ist, der in dieser Lage zum Mord greifen würde."

„Das ist einleuchtend", gab Cribb zu.

„Und jetzt kommen wir zu Dr. Prothero", fuhr Thackeray wie ein Museumsführer fort und blätterte eine Seite in seinem Notizbuch um. „Hier ist nun etwas Interessantes, Sergeant. Moscrop hat uns erzählt, als er am Vormittag des Vorbeimarsches das Gespräch mit Bridget hatte, habe sie ihm Miss Floyd-Whittinghams Namen genannt. Sie war über alles im Bilde, was sich jeden Nachmittag in Lewes Crescent abspielte. Und das zu einer Zeit, als Mrs. Prothero noch glaubte, der Doktor mache seine Runde bei seinen ehemaligen Patienten. Meiner Meinung nach ist das wie geschaffen für eine Erpressung. Ich glaube, deshalb hat Bridget ihren Posten behalten können, sogar als Mrs. Prothero wußte, daß sie Jason vernachlässigte. Prothero dachte nicht daran, sie zu entlassen, wo er doch wußte, daß sie seiner Frau ein Licht aufstecken konnte."

„Glauben Sie also, daß er Bridget Geld gab?"

„Das ist schwer zu sagen. Kann sein, daß sie sich damit zufriedengab, ihre Stelle zu behalten. Unter diesen Umständen weiter Lohn zu beziehen ist meiner Ansicht nach auch eine Art Erpressung. Nun, Sergeant, das ist das Motiv in Protheros Fall. Bridget verlangt zu viel, also bringt er sie um."

„Somit bleibt uns noch Mr. Albert Moscrop."

„Ja. Den habe ich absichtlich bis zuletzt gelassen, Sergeant, weil ich glaube, er ist der zwielichtigste von allen. Nicht, daß ich nicht zu schätzen wüßte, wie viele Informationen er uns gegeben hat. Ohne ihn wären wir nicht so schnell vorangekommen."

„Sie fragen sich, weshalb er sich so für den Fall interessiert?"

„Na, Sie müssen zugeben, daß es eine komische Art ist, seinen Urlaub zu verbringen. Ich kenne die Witze im ‚Punch' über die Männer in Seebädern, die mit ihren Ferngläsern herumspionieren, aber mir ist noch nie jemand mit einer ganzen Tasche voll Teleskopen und Ferngläsern begegnet. Bei all seinen großartigen Ideen, wie man in Brighton die Saison verbringt, hat er gar nicht die Absicht, auf Bälle und Gesellschaften zu gehen. Er beobachtet bloß, wie die anderen sich amüsieren."

„Exzentrisch", meinte Cribb, „aber harmlos."

„O ja, bis zu einem bestimmten Punkt, Sergeant. Aber wenn das Fernglas bei einer verheirateten Frau hängenbleibt und nicht mehr von der Stelle rückt, dann bin ich nicht so sicher, ob das so harmlos ist. Bedenkt man, was für ein Mann er ist, überaus ernsthaft, aber völlig unerfahren mit dem schönen Geschlecht, so sollte meiner Meinung nach jede Frau am anderen Ende dieses Feldstechers sehr auf der Hut sein. Gerade Männer seines Alters und seines Schlages setzen sich allerlei wunderliche Ideen in den Kopf. Sie können sich leicht selbst einreden, die bedauernswerten Frauen, an deren Fersen sie sich heften, hätten sie dazu ermutigt, und das kann zu häßlichen Folgen führen."

„Das ist ein interessanter Gedanke", sagte Cribb, „bis

auf die Tatsache, daß Bridget ermordet wurde und nicht Zena Prothero."

„Aber sehen Sie denn nicht", rief Thackeray leidenschaftlich, „daß ein Mann mit einem so unbeirrbaren Interesse an einer Frau bei ihrer Verfolgung vor nichts zurückschreckt? Ich glaube nicht, daß der kleine Jason am Strand seiner Mutter fortgelaufen ist. Ich glaube, daß Moscrop ihn entführt hat – bloß um ihn ihr zurückbringen und sich einen Grund verschaffen zu können, mit ihr zu sprechen. Ein Mann in dieser Geistesverfassung ist zu *allem* fähig, Sergeant."

„Halten Sie mal die Luft an!" sagte Cribb. „Unbeirrbar, zugegeben. Humorlos, ja. Fähig, eine Situation herbeizuführen, um Mrs. Prothero kennenzulernen, ja. Aber *alles*! So geht es nicht, Konstabler. Es ist verschwommen. Nicht die Art, wie ein Detektiv zu denken hat. Wenn ein Motiv für Moscrop existiert, muß ein klar begründetes Argument dafür vorliegen, wie eigenartig der Mann auch sein mag."

„Dazu kam ich ja gerade, Sergeant", wandte Thackeray ein. „Sie geben zu, daß er eine tiefe Zuneigung für Mrs. Prothero gefaßt hat?"

„Ja."

„So tief, daß er sich allerhand Mühe gemacht hat, sich selbst von der Treulosigkeit ihres Gatten zu überzeugen?"

„Ich würde meinen, das war sein Grund, ja."

„Und er fühlte sich als Mrs. Protheros Beschützer und war wütend auf den Ehemann, der sie nicht zu schätzen wußte?"

„Ja."

„Na, mir scheint, am Sonnabend, dem Tag des Mordes, spitzte sich alles zu einer Krise zu. Mrs. Prothero hatte Moscrop gebeten, die Schlafmedizin analysieren zu lassen. Inzwischen war er bereit, ihr Sklave zu sein. Er fand Dr. Prothero verachtenswert. Er hielt es sogar für möglich – und ich drücke es keineswegs stärker aus, Sergeant –, daß die Schlafmedizin irgendein langsam wirkendes Gift enthielt. Jedenfalls, damit betraut zu werden, sie analysieren zu lassen, hieß in eine privilegierte Stellung aufzurükken."

„Jetzt machen Sie es schon besser", sagte Cribb.

„Demnach muß Moscrop sehr mit sich zufrieden gewesen sein, als er sie heimlich am Krockettplatz traf und ein zweites heimliches Treffen für Sonnabend verabredete, wo er ihr die Analyse des Apothekers übergeben sollte. Er würde sie sicherlich dankbar gestimmt finden. Es wäre Samstagabend in Brighton. Das Feuerwerk würde gerade stattfinden. Sie würde womöglich sogar einwilligen, mit ihm auf der Promenade spazierenzugehen. Stellen Sie sich diese Aussicht für einen Mann vor, der bis dahin außerhalb seines Teleskopladens kaum mit einer Frau gesprochen hatte!"

„Vorsicht, Thackeray", warnte Cribb. „Lassen wir die Phantasie aus dem Spiel."

Thackeray gab ihm einen scharfen Blick zurück. „Nun, die Tatsachen sind", sagte er mit Nachdruck, „daß er am Sonnabend vormittag zufällig Bridget an der Steine traf und entdeckte, daß sie genau Bescheid wußte, wie er ihrer Gnädigen nachstellte, und sogar über die heimlichen Verabredungen im Bilde war. Das mußte ihm einen schweren Schock versetzen. Er war es gewöhnt, allein zu sein und von einem heimlichen, einsamen Ort aus andere Leute zu beobachten. Jetzt entdeckte er, daß Bridget, dieses gewöhnliche Dienstmädchen, mächtig viel darüber wußte, was hier vor sich ging. Dann am Abend, als er sich mit seiner Zena treffen wollte, kam statt dessen ausgerechnet Bridget! Die Formel kam nie bei Mrs. Prothero an, weil Moscrop mit Bridget über den Strand ging und sie umbrachte. Sie muß schon ein Alpdruck für ihn geworden sein, und er fand die schnellstmögliche Art, ihm ein Ende zu machen. Danach versteckte er die Leiche im Gewölbe und machte sich auf seine gewohnte systematische Art an die Entwicklung eines Planes, sie zu beseitigen."

„Bewundernswert!" sagte Cribb wahrhaft beeindruckt. „Können Sie aber auch erklären, weshalb er uns so viel von seinem Tun und Treiben erzählt hat? Lag es nicht in seinem Interesse, gar nichts mit der Polizei zu tun zu haben?"

„Ich glaube nicht, Sergeant. Er hatte sowohl Zena als auch Guy kennengelernt. Sie hätten bestimmt seinen Namen genannt, sobald es mit der Fragerei losging. Es war von ihm schlau ausgedacht, das alles vorauszusehen und von sich aus anzubieten, uns zu helfen. Natürlich tat er zuerst so, als glaubte er, es sei Zena, deren Leiche man gefunden hatte. So konnte er ebenso überrascht wie alle anderen scheinen, als sich herausstellte, daß Bridget das Opfer war. Kurzum, Sergeant", schloß Thackeray triumphierend, „ich glaube, wir sollten ihn einlochen."

„Moment mal!" rief Cribb. „Was ist nun mit den anderen – Mrs. Prothero mit ihrem Dienstbotenproblem, Guy mit der Aussicht, Papa zu werden, und Dr. Prothero, der erpreßt wurde? Vergessen wir sie einfach, nur weil Moscrop ein starkes Motiv besaß?"

Thackeray runzelte die Stirn. „Aber sie können es überhaupt nicht gewesen sein. Sie hatten alle ein Alibi. Mrs. Prothero war mit Chloral betäubt und schlief, Guy war im Hotel und sah sich vom Balkon aus das Feuerwerk an, und der Doktor war den ganzen Abend auf dem Ball, bis auf die halbe Stunde in den Steine-Gärten, die er mit Miss Floyd-Whittingham verbracht hat. Wenn Sie ganz sichergehen wollen, könnten wir nachprüfen, ob Moscrop im Vorstrafenregister steht. Ein Mann dieses Schlages kann durchaus schon mal Unannehmlichkeiten gehabt haben."

Cribb zog die Schublade des vor ihm stehenden Pultes auf und entnahm ihr ein Blatt Papier. „Also gut. Was sagen Sie zu dieser Liste? ‚August 1881, Hove, Körperverletzung an einem Minderjährigen, einem gewissen Matthew Hawkins, Verfahren niedergeschlagen. Dezember 1881, Eastbourne, unsittlicher Übergriff an einem siebzehnjährigen Dienstmädchen, Jane Brett, Verfahren niedergeschlagen. Juni 1882, Eastbourne, Mordversuch durch Erwürgen an Jane Brett, Verfahren niedergeschlagen.'"

„Tatsächlich, Sergeant?" rief Thackeray. „Dann haben wir ihn diesmal bestimmt erwischt. ‚Verfahren niedergeschlagen', was sagt man bloß dazu! Man fragt sich, was die dortige Polizei sich eigentlich gedacht hat. Wir machen uns am besten schleunigst zur Montpelier Parade auf und lassen die Armbänder zuschnappen, bevor er die Liste noch verlängert."

„Montpelier Parade?"

„Die Adresse von Moscrops Logis", erläuterte Thackeray, der sein Erstaunen über Cribbs Begriffsstutzigkeit nicht ganz zu unterdrücken vermochte.

„Aha. Das wäre aber nicht das Richtige."

„Warum nicht, Sergeant?"

„Weil es nicht Moscrops Register ist. Soweit ich es nachprüfen konnte, hat er im ganzen Leben noch nichts Unrechtes getan. Übrigens kann man das eigentlich gar nicht eine Vorstrafenliste nennen, oder? Drei Fälle, keiner vor Gericht gekommen. Ich habe sie selbst zusammengestellt, nach mündlicher Auskunft, wie man so sagt. Es ist mehr ein Schulstrafenregister als ein Vorstrafenregister, da alle diese Auskünfte von Schuldirektoren stammen. Nichts ist so sehr wie eine kleine Privatschule dafür geeignet, einen Skandal zu vertuschen, dem Opfer eine Entschädigung zu zahlen und den Übeltäter an einen anderen Sitz der Gelehrsamkeit abzuschieben. Manchmal müssen die Lehrer gehen und manchmal die Jungen. In diesem Fall der Junge."

„Meinen Sie Guy?" Thackeray bekam den Mund nicht zu.

Cribb nickte. „Na, Sie hatten ihn ja auf Ihrer Liste, Sie brauchen also nicht zu niedergeschlagen zu sein."

„Aber er hatte ein Alibi. Er war den ganzen Abend mit seiner Mutter im Hotel. Moscrop hat ihn auf dem Balkon gesehen."

„Seine Mutter schlief, falls Sie sich erinnern. Nachdem wir das festgestellt hatten, besaß Guy kein Alibi mehr. Das Cribbagespiel muß eine reine Erfindung gewesen sein. O ja, man hat ihn auf dem Balkon gesehen, aber als Bridget noch mit Moscrop zusammenstand. Danach kehrte sie in die Hotelsuite zurück und ging mit Guy aus, um sich das Feuerwerk anzusehen, nachdem sie sich Mrs. Protheros Jacke ausgeliehen hatte, um der Eskapade ein bißchen Pfeffer zu verleihen."

„Aber nichts deutet darauf hin, daß sie ins Albemarle zurückgekehrt ist, Sergeant. Sie hatte den Bericht des Apothekers noch bei sich, als sie starb."

„Glauben Sie, sie hätte ihn da oben rumliegen lassen? Ihre Gnädige war bis zum nächsten Morgen abgemeldet. Nur Prothero selbst hätte ihn zu sehen bekommen, wenn sie ihn im Schlafzimmer zurückgelassen hätte. Das wollte sie nicht, also nahm sie ihn mit. Außerdem *muß* sie zurückgekehrt sein, um die Seehundsfelljacke anzuziehen. Als sie sich mit Moscrop traf, trug sie sie noch nicht."

„Gesagt hat er es nicht, das stimmt, aber ..."

„Er wäre doch wohl nicht zu uns gekommen und hätte angedeutet, Zena Prothero sei tot, wenn er an dem Abend Bridget in der Jacke gesehen hätte, oder? Er ist ein guter Beobachter, Konstabler."

Es entstand eine Pause, während Thackeray seine Gedanken neu ordnete.

„Wann haben Sie das alles herausbekommen, Sergeant?"

„Über Guy? An dem Tag, als ich nach Dorking fuhr. Zena Prothero habe ich leider verpaßt, aber es gelang mir, von den Dienstboten zu erfahren, welche Schulen Guy besucht hatte. Die Ortspolizei in Hove und Eastbourne hat die von mir benötigten Informationen bei den Schuldirektoren eingeholt. Es ist eine Vorgeschichte mit einer Folge von Gewalttätigkeiten – Tierquälereien, Tyrannisieren jüngerer Schüler und so weiter –, das steigerte sich bis zu einem bösartigen Überfall auf den jungen Hawkins in Hove, aber jetzt ist Guy in einem Alter, wo er seine Aufmerksamkeit den Frauen zuwendet. Das Mädchen Jane Brett hat Glück, daß sie noch lebt. Wenn es so etwas wie einen geborenen Totschläger gibt, würde ich meinen Ruf darauf verpfänden, Guy Prothero ist einer."

„Ein Verrückter, Sergeant?"

„Normal in fast jeder Beziehung, aber mit einem solchen Hang zur Gewalttätigkeit, daß er in bestimmten Situationen nicht zu bändigen ist."

„Seine Eltern müssen nicht mehr aus noch ein gewußt haben, als sie von den Schulen diese Berichte bekamen", meinte Thackeray.

„Prothero wollte ihnen nicht so recht Glauben schenken und meinte, die Schulen hätten übertrieben, bis zu dem Angriff auf Jane Brett in Eastbourne. Er wurde aufgefordert, den Jungen unverzüglich von der Schule zu nehmen, und der Schuldirektor drängte darauf, ihn in eine Einrichtung für Geistesgestörte einzuweisen. Als Mediziner war Prothero verpflichtet, diesen Vorschlag zu prüfen, so unliebsam das auch gewesen sein muß. Ich glaube nicht, daß er seiner Frau mitgeteilt hat, welcher Art die Übergriffe des Jungen in der Schule gewesen waren – die ‚unsägliche Sache', die sie Moscrop gegenüber erwähnte, war die Schande, zum zweiten Mal aus einer Schule geflogen zu sein. Hätte sie gewußt, daß Guy ein Dienstmädchen überfallen hatte, hätte sie gewiß nicht geduldet, daß er mit Bridget schwimmen ging."

„Aber Prothero selbst war doch ganz einverstanden, daß Guy mit dem Mädchen badete. ‚Ein bißchen Getändel unter den Wellen' hat er es genannt."

Cribb nickte. „Das war seine Haltung *nach* Bridgets Tod. Inzwischen wußte er, daß sein Sohn ein Mörder ist. Indem er sich die Pose eines ‚modern eingestellten Menschen' gab, versuchte er, den Verdacht von Guy abzulenken. Daß er seine Haltung geändert hatte, wurde klar, als ich mit Mrs. Prothero sprach. Sie war von der Aussicht tief beunruhigt, er könnte vom gemeinsamen Schwimmen mit Bridget erfahren. ‚Er hätte dem unverzüglich ein Ende gemacht', hat sie gesagt. ‚Ich hatte meine Anweisungen, aber ich war ihnen nicht gewachsen.' Prothero hatte dergleichen streng verboten. Er wußte, zu welchen Folgen das führen konnte. Hinterher war es klüger, anzudeuten, er wisse genau, was vorgehe, und mißbillige es nicht."

„Er hat also die ganze Zeit den Jungen gedeckt?"

„Und seinen eigenen Ruf. Ja, er hat natürlich gelogen, als er mir erzählte, seine Frau sei mit Jason und Bridget nach Dorking zurückgekehrt. Ich habe zweimal gefragt, um ganz sicher zu gehen."

„War es das, was Sie zuerst auf den Verdacht gegen Guy gebracht hat, Sergeant?"

„Na, es war offensichtlich, daß die Protheros logen. Ihre Geschichten steckten voller Widersprüche. Ich nehme an, sie hatten keine Zeit gehabt, die Angelegenheit zu durchdenken und durchzuproben, was sie sagen wollten. Zu einem Punkt sagte Prothero prompt aus, seine Frau habe in der Mordnacht geschlafen, und Guy suchte mich zu überzeugen, sie sei wach gewesen. Zwischen den Mitgliedern der Familie bestand nicht das Vertrauen, das ein unerschütterliches gemeinschaftliches Alibi erfordert. Sie waren jeder auf seine Weise von gegenseitigem Mißtrauen erfüllt. Prothero war entschlossen, Guy nicht erfahren zu lassen, was er zum Ferienende für ihn plante."

„Ein Irrenhaus, Sergeant?"

„Etwas dieser Art, vermute ich. Aber Zena Prothero wußte davon nichts. Ich bin überzeugt, daß der Doktor die

Verantwortung für den Jungen als seine ganz persönliche Angelegenheit betrachtete – schließlich ist er nicht Zenas Kind – und entschlossen war, sie nicht in die Sache zu verwickeln. Möglicherweise hat Guy ihm gebeichtet, oder er hat den Jungen erwischt, als der in den frühen Morgenstunden nach Hause kam. Auf jeden Fall wußte Prothero am Sonntagmorgen, daß Guy Bridget ermordet hatte. Er veranlaßte sofort, daß Zena nach Dorking zurückkehrte – vermutlich hat er Jason etwas eingegeben, das leichtes Fieber hervorrief –, und erzählte ihr, Bridget sei auf unerklärliche Weise verschwunden. Später muß sie in der Zeitung von den am Strand gefundenen Leichenteilen und der Seehundsfelljacke gelesen haben. Sie glaubte – und glaubt noch –, Bridget sei in jener Nacht in ihrer Jacke ausgegangen und von einem Fremden getötet worden. Sie hat Prothero von Dorking aus telegraphiert, sie müsse ihn dringend am Devil's Dyke treffen. Sie wollte ihm ihre Befürchtungen mitteilen, verstehen Sie. Er traf sich mit ihr, hörte sich ihre Geschichte an, gab ihr den Rucksack mit, der einige Kleidungsstücke von Bridget enthielt, und schärfte ihr zugleich ein, wenn bekannt würde, ihr Dienstmädchen sei ermordet worden, wäre die Dorkinger Praxis ruiniert. Die Polizei in Worthing hat den Rucksack heute morgen gefunden. Er enthielt ein Paar Schuhe, ein Korsett, Strümpfe, ein Hemd und eine Haube – die vermißten Kleidungsstücke, die Bridget trug, als sie ermordet wurde, komplett mit den Fischschuppen, die daran klebten."

„Von dem Gewölbe, wo die Leiche zerstückelt wurde? Glauben Sie, daß Prothero es getan hat?"

„Schwer zu sagen. Es sah nicht wie das Werk eines Arztes aus, aber wiederum ist Prothero nicht so dumm, sich auf diese Art zu verraten. Ich nehme eher an, er hat wohl die Beseitigung der Leiche überwacht. Wir lassen natürlich ihre Kleidung auf Blutspuren untersuchen."

Thackeray fuhr überrascht auf. „Wollen Sie damit sagen, daß Sie schon ihre Kleidung haben, Sergeant? Ist der Junge verhaftet?"

„Die Antwort auf Ihre erste Frage lautet ja. Auf Ihre zweite, nein. Guy und sein Vater sind heute morgen von Brighton weggeritten. Schon gut, Konstabler! Nur keine Panik! Auf der ganzen Strecke von hier bis Dorking ist die

Polizei alarmiert, und ein Beamter in Zivil folgt ihnen. Sie haben im Albemarle einen Reisekoffer zurückgelassen, und Inspektor Pink und seine Leute haben ihn äußerst zuvorkommenderweise abgeholt. Es überrascht mich, daß Prothero so lange in Brighton geblieben ist. Gestern waren es zwei Wochen, daß Bridget ermordet wurde. Nur ein ganz kaltblütiger Kunde kann derart lange stillhalten, wenn eine Ermittlung im Gange ist. Aha!"

Die Unterbrechung kam von Polizeikonstabler Thomas, der ein Telegramm brachte.

„Wie ich es erwartet habe", sagte Cribb. „Sie sind in Horsham zum Mittagessen abgestiegen. Im ‚Kriegsglück'. Ich schlage vor, daß wir... Guter Gott!" Er legte das Telegramm hin und preßte die Hand an die Stirn.

„Was ist, Sergeant? Was ist denn bloß passiert?"

„Passiert ist, Konstabler", sagte Cribb mit fremder Stimme, „daß ich einen verhängnisvollen Fehlschluß gezogen habe. Nach diesem Telegramm ist unser Verdächtiger kurz nach ein Uhr verschieden."

„*Verschieden?*" wiederholte Thackeray. „Das muß ein Fehler sein, Sergeant. Die meinen ‚abgestiegen'."

„Ich würde Ihnen glauben", sagte Cribb, „wenn sie im weiteren Text nicht nach meinen Anweisungen für die Leichenschau fragen würden."

15

Die Fahrt im Polizeiwagen nach Horsham zeichnete sich durch das Fehlen jeglicher Unterhaltung aus; Cribb saß zusammengesunken auf dem Ecksitz, die Augen auf das Fenster geheftet, ohne die vorüberziehende Landschaft überhaupt wahrzunehmen, Thackeray war damit beschäftigt, sich die Stirn mit dem Taschentuch zu wischen, seine Krawatte geradezurücken und die Schnürsenkel fester zu binden. Nach etwas mehr als einer Stunde zügelte der Kutscher seine Pferde vor dem „Kriegsglück", einem kleinen Hotel an der Guildforder Landstraße, etwa dreiviertel Meile jenseits der Stadt. Cribbs düsteres Sinnen fand ein entschlossenes Ende. „Kommen Sie, Thackeray! Wir kommen sowieso viel zu spät an den Schauplatz."

Der diensttuende Konstabler in der Hotelhalle, der das Eintreffen des Polizeiwagens nicht beobachtet hatte, hob abweisend die Hand, eine Geste, die er geschickt in einen Gruß verwandelte, als Thackeray „der Yard" murmelte und Cribb vorüberstapfte. Vor ihnen hing am Türknauf eines der beiden Salons eine weiße Karte. Sie verkündete mit Entschuldigungen, man ersuche die werten Gäste, diesen Raum vorübergehend nicht zu benutzen. Cribb schritt auf die Tür zu, als handelte es sich um eine Einladung, öffnete sie und fand vor sich einen Polizeiinspektor, einen sichtlich aus der Fassung geratenen Geschäftsführer und Dr. Prothero.

„Scotland Yard?" wiederholte der Inspektor, nachdem Cribb erklärt hatte, wer er sei. „Sie also haben uns aufgefordert, Leute zur Verfügung zu halten. Ein bemerkenswertes Maß an Voraussicht, Sergeant. Ich wünschte nur, Sie hätten uns vorgewarnt, uns auf etwas so Gefährliches einzustellen. Hätten wir gewußt..."

„Hätte *ich* gewußt, hätte ich den Jungen daran gehindert, Brighton zu verlassen", sagte Cribb. „Ich nehme an, Sie haben die Umstände seines Todes festgestellt, Sir?"

„Allerdings. Die Tatsachen sind folgende, Sergeant. Dieser Herr, Dr. Prothero, und sein Sohn trafen etwa zehn Minuten nach zwölf hier ein und ließen ihre Pferde versorgen. Dann bestellten sie ihr Mittagessen, und während es zubereitet wurde, tranken sie im Vorraum ein Glas Sherry. Viertel vor eins nahmen sie im sonst unbesetzten Speisezimmer ihre Plätze ein. Man trug ihnen folgende Speisen auf – und ich lese jetzt aus meinem Notitzbuch vor, weil die Einzelheiten durchaus wichtig sein könnten –: Tomatensuppe, danach Roastbeef mit Röstkartoffeln, Pastinaken in Butter geschwenkt, Rosenkohl, Yorkshirepudding, Bratensaft und Meerrettichsoße, danach Apfelcharlotte mit Sahne, danach Kaffee. Etwa zwanzig Minuten nach dem Kaffee ließ der Junge Anzeichen des Unwohlseins erkennen – nicht Verdauungsbeschwerden, wie man es nach einem reichhaltigen Mahl erwarten dürfte, sondern Atemnot. Es schien zunächst die Folge einer übermäßigen Dosis Schnupftabak zu sein, aber bald wurde offensichtlich, daß es sich um etwas viel Schlimmeres handelte. Binnen zehn Minuten war er tot. Dr. Prothero oder hier

Mr. Wood, der Geschäftsführer, vermochten nichts zu tun, um ihn zu retten. Der Doktor kann vielleicht am besten beschreiben, welchen Verlauf der Zusammenbruch nahm – falls es nicht allzu belastend für Sie ist, Sir."

Allerdings zeichneten sich die Spuren eines schweren Schocks in Protheros Zügen ab. Er sah keinen an und richtete seinen Bericht über den Tod seines Sohnes gleichsam an seinen Handrücken, den er beim Sprechen nach den verschiedensten Richtungen wendete, als böte er einen Schlüssel zur Tragödie. „Guy starb an einem akuten Asthmaanfall. Der Ausbruch kam sehr plötzlich: eine kurze Periode der Unruhe, dann beschleunigte Atmung, begleitet von Husten und Würgen. Wir stützten ihn, lockerten seine Kleidung und bemühten uns, ihn zu beruhigen, doch die Atmung wurde zunehmend langsamer und mühsamer, auf Grund einer Verkrampfung der Bronchien. Innerhalb von Minuten traten mehrere Krampfanfälle auf, und er hörte auf zu atmen."

Es trat eine Pause ein, bevor Cribb fragte: „Stimmten die ersten Symptome, die Sie schilderten, mit denen bei früheren Asthmaanfällen überein, die Guy durchgemacht hat?"

Prothero antwortete in derselben automatenhaften Weise, ohne jeden Blick in Cribbs Richtung. „Im großen ganzen ja. Aber so schlimm war es noch nie. Bei früheren Anfällen habe ich Atropin injiziert, um eine Zusammenziehung der Bronchiolen zu verhindern, doch diesmal hatte ich keinerlei Hilfsmittel bei mir."

„Wie erklären Sie sich einen so plötzlichen Anfall?"

„Asthma läßt sich nicht erklären", sagte Prothero. „Wir Mediziner sind uns der Grenzen unseres Wissens nur zu bewußt. Hundert verschiedene Dinge können den Anfall ausgelöst haben. Ganz unbedeutende, schwer faßbare Dinge – tierische Ausdünstungen zum Beispiel. Der verstorbene Dr. Hyde Salter, Autor des Standardwerkes zu dem Thema, war selbst Asthmatiker und hat einen unzweifelhaften Zusammenhang zwischen seinem Asthma und der Anwesenheit einer Katze ermittelt."

„Unsere Katzen dürfen nie in die Salons", verwahrte sich der Geschäftsführer sofort.

„Das war nur ein Beispiel", sagte Prothero müde. „Es

gibt hundert andere Auslösungsmöglichkeiten für dieses Leiden. Pollen beispielsweise, das ist bekannt, ruft den Heuschnupfen hervor."

Der Inspektor blickte plötzlich auf, als hätte er eine Eingebung. „Glauben Sie, daß die Pferde..."

„Er ist von klein auf geritten", sagte Prothero, „und hat nie eine Reaktion darauf gezeigt. Auch eine Beziehung zu der Mahlzeit, die Sie so getreulich in Ihrem Notizbuch festgehalten haben, ist unwahrscheinlich. Asthma ist eine Störung der Atmung, nicht der Verdauung."

„Doktor, sind Sie ganz sicher, daß der Tod Ihres Sohnes dem Asthma zuzuschreiben ist?" fragte Cribb.

„Habe ich das nicht schon zu verstehen gegeben? Sergeant, ich weiß, wovon ich spreche. Ich habe ein Dutzend Monographien über das Thema geschrieben. Untersuchen Sie die Leiche des Jungen, und Sie finden die klassischen Merkmale des Asthmatodes: die leicht bläulich getönte Hautfarbe, die feuchtkalte Haut, die sich aus dem starken Schweißausbruch und dem raschen Temperaturabfall erklärt, und die charakteristisch zu Fäusten verkrampften Hände."

Cribb ging zu der Ottomane, hob das Laken, das man über Guys Leiche gebreitet hatte, und prüfte die von Prothero aufgezählten Merkmale nach.

„Ich werde folglich einen Totenschein ausstellen, wonach er eines natürlichen Todes gestorben ist", sagte Prothero.

„Und ich werde den Coroner ersuchen, eine Autopsie zu genehmigen", sagte Cribb. „Die Umstände rechtfertigen es, Sir, wie Sie gewiß einsehen. Und inzwischen wollen Sie mich bitte über Ihren jeweiligen Aufenthaltsort in Kenntnis setzen, damit ich mit Ihnen in Verbindung bleibe."

„Ich habe vor, nach Dorking zurückzukehren", erwiderte Prothero, „und werde bis auf weiteres dort bleiben." Und er fügte leiser hinzu: „Natürlich, wenn Sie es gestatten, Sergeant Cribb."

Nachdem Prothero das Zimmer verlassen hatte, den Geschäftsführer, der wahrscheinlich an die unbezahlte Rechnung dachte, im Gefolge, erkundigte sich der Inspektor bei Cribb: „Was versprechen Sie sich von einer Autopsie? Es ist ein klarer Fall von Asthma."

„Sieht so aus, Sir."

„Sie erwarten doch wohl nicht, beweisen zu können, es sei irgendwie künstlich ausgelöst worden? Davon würden Sie ein Schwurgericht nie überzeugen, Sergeant."

„Nein, Sir."

„Na, wenn es so steht, sehe ich weiß Gott nicht ein, wozu man sich die Mühe einer Autopsie machen soll."

„Dann sind wir hier nicht einer Meinung, Sir. Ich nehme an, ich sehe es von einem anderen Standpunkt aus. Ich war heute so weit, Guy Prothero wegen des Mordes am Strand von Brighton zu verhaften. Der Junge war ein geistesgestörter Totschläger. Ich hätte ihn schon vor einer Woche verhaftet, wenn ich mich nicht hätte durch ein Gewirr falscher Angaben durchtasten müssen, die sich seine Familie zurechtgelegt hatte. Ganz abgesehen nämlich von irgendwelchen Beschützerinstinkten der Protheros ihm gegenüber stand ihr eigener Lebensunterhalt auf dem Spiel. Eine wohlanständige Allgemeinpraxis in einem Landstädtchen – malen Sie sich aus, wie sich ein sensationeller Mordprozeß darauf auswirken würde. Nun verfügen nach meiner Erfahrung Leute dieser gesellschaftlichen Stellung im allgemeinen über Mittel und Wege, ein Familienmitglied unschädlich zu machen, das einen Skandal zu erregen droht; für nahezu jede erdenkliche menschliche Verirrung gibt es irgendwelche privaten Einrichtungen, die sich darum zu kümmern bereit sind, wenn jemand dafür zahlt. Man hätte Guy Prothero wahrscheinlich in ein Nervensanatorium für wohlhabende Leute gesteckt, wenn es nicht zum Mord gekommen wäre. Das änderte die Lage. Sehen Sie, wenn es so ernst wird, kann man sich nicht von Recht und Gesetz loskaufen. Die Gerechtigkeit muß ihren Lauf nehmen. Oh, sie haben sich gedreht und gewunden und versucht, die Dinge abzuwenden, aber ich kreiste sie Tag für Tag enger ein. Und wie ich schon sagte, heute war ich so weit, die Verhaftung vorzunehmen. Was geschieht? Auf dem Heimweg erliegt der Junge einem Asthmaanfall. Wenn Ihnen das nach reinem Zufall aussieht, Sir, dürfen Sie das glauben. Wenn Sie mir sagen, der Asthmatod läßt sich nicht künstlich auslösen, nehme ich Ihr Wort dafür, aber das wird mich nicht davon abhalten, alle mir zur Verfügung stehenden Mittel einzusetzen, um klarzustellen, ob es wirklich Asthma war, was Guy Prothero getötet hat."

Inspektor Wood runzelte die Stirn. „Es wird Ihnen schwerfallen, um diese Symptome herumzukommen, Sergeant. Der Geschäftsführer war Zeuge. Bevor ich mit Dr. Prothero sprach, habe ich ihn eingehend befragt. Er beschrieb natürlich alles mit den Worten eines Laien, aber seine Aussage bestätigt alles, was Sie von dem Doktor gehört haben. Es ist ein eigenartiger Vorfall, wie Sie andeuten, aber ich glaube, wir müssen uns mit der Tatsache abfinden, daß der Junge eines natürlichen Todes gestorben ist."

Als wäre kein Wort des Inspektors in seinen Gedankenkreis vorgedrungen, fragte Cribb: „Was ist aus den Tellern geworden, von denen sie gegessen haben?"

„Zum Glück waren sie noch nicht abgewaschen, als ich eintraf", sagte der Inspektor. „Ich habe sie zusammen mit den Sherrygläsern und den Kaffeetassen routinemäßig sicherstellen lassen. Bei plötzlichen Todesfällen kann man nie wissen."

„Gut", sagte Cribb, und ein gewisses Funkeln kehrte endlich in seine Augen zurück. „Ich möchte, daß alles von dem tüchtigsten Mann untersucht wird, der dafür zu haben ist. Routinemäßig, Sir", setzte er hinzu. „Man kann nie wissen."

Am selben Abend, als alle Vorkehrungen getroffen waren und man jedes Fetzchen sichergestellt hatte, das möglicherweise als Beweismaterial in Frage kam, um von Experten untersucht zu werden, fand sich Thackeray über einer Pinte Halb und Halb durch Cribbs gehobenere Stimmung wenigstens zu der Bemerkung ermutigt: „Sie haben rausgefunden, wie Prothero es gedreht haben könnte, nicht, Sergeant? Es ist etwas, das der Junge zu essen oder zu trinken bekommen hat, etwas, das einen solchen Anfall auslösen konnte."

Cribb starrte nachdenklich in das Bierglas. „Nur ein Einfall, Thackeray. Eine Erinnerung an etwas, das ich mal gelesen habe. Erinnern Sie sich an den Giftmord in Wimbledon im vergangenen Frühjahr?"

„Der Doktor da?"

„Ja. Lamson. Wegen Mordes an seinem jungen Schwager im Zuchthaus zu Wandsworth gehenkt. Es hat mich damals wegen des Giftes interessiert, das er verwendet hat —

keine Rede von dem üblichen Arsenik oder Strychnin. Nein, es war ein Gift, das nur ein Arzt wählen konnte, so selten verwendet, daß die Anwälte beim Prozeß nur einen weiteren Fall zitieren konnten, und auch da wieder war der Giftmörder ein Arzt. Aconit, Thackeray. Man pflanzt es im Garten an und nennt es Eisenhut. Die Blätter erinnern an die Petersilie und die Wurzeln haben, wenn ich mich recht erinnere, große Ähnlichkeit mit Meerrettich."

„Meerrettich! Verdammt, Sergeant! Meerrettichsoße!"

„Aber wir wollen keine voreiligen Schlüsse ziehen, Konstabler. Lamsons Opfer ist erst nach fast vier Stunden gestorben. Guy war binnen einer Stunde nach dem Mittagessen tot."

„Eine starke Dosis, Sergeant?"

„Ich weiß nicht", sagte Cribb. „Wir müssen uns von den Experten mehr darüber sagen lassen. Soweit ich mich erinnere, treten die Symptome wenige Minuten nach Einnehmen des Giftes auf – ein Taubheitsgefühl in Mund und Kehle, das die Atmung des Opfers behindert. Magenschmerzen, Erbrechen und Krämpfe. Die Atmung wird zunehmend flacher, und schließlich tritt der Tod durch Ersticken oder Schock ein. Jedenfalls Guys Symptomen ähnlich genug, um die Untersuchung zu rechtfertigen."

„Die Untersuchung zu rechtfertigen, Sergeant? Ich glaube, Sie haben es! Er hat schließlich eingesehen, daß er seinen Sohn nicht vor dem Galgen retten konnte, also rettete er statt dessen seinen eigenen Ruf, indem er ihm unbemerkt das Aconit eingab, denn er wußte, daß jeder glauben würde, der Junge sei an Asthma gestorben. Bloß gut, daß Sie heute dazukamen, sonst hätte es überhaupt keine Autopsie gegeben!"

Cribb nahm diese aufrichtige Anerkennung mit leichtem Achselzucken hin und fügte abschwächend hinzu: „Nur schade, daß es kein chemisches Verfahren gibt, Aconit im menschlichen Körper nachzuweisen. Als Untermauerung einer Anklage ist es ungefähr das schwierigste aller Gifte. Es gibt nur zwei Möglichkeiten, es zu identifizieren: am Geschmack und durch Verfütterung an Tiere. Es dürfte mehr als ein paar tote Mäuse brauchen, um einen Fall gegen Dr. Prothero aufzubauen."

„Könnten wir herauskriegen, ob er solches Zeug gekauft hat, Sergeant?"

„Das würde nicht allzuviel helfen. Bei einem Arzt kann man erwarten, daß er welches hat. Es wird als Salbe bei Rheumatismus und Neuralgien empfohlen."

„Guter Gott!" rief Thackeray und fuhr sich mit der Hand ans Kreuz.

„Ich würde lieber bei rotem Flanell bleiben, wenn ich Sie wäre", riet Cribb. „Nun, Konstabler. Es wird Zeit, daß wir nach Brighton zurückfahren, falls Sie nicht noch einen auf den Weg nehmen möchten. Der Sherry des Hauses hat es in sich, wie ich höre."

„Bei dem bleibt einem die Luft weg", sagte Thackeray mit breitem Schmunzeln.

Aber später in der Woche bei Scotland Yard gab es kein Schmunzeln, als Thackeray Cribb beim Lesen des Sektionsberichts antraf. „Ich kann es nicht begreifen", stieß der Sergeant in Abständen hervor, während seine Augen über mehrere Bogen tadelloser Schönschrift glitten. Schließlich fegte er den Bericht zur Seite. „Keine Spur, Konstabler. Kein Aconit und auch kein anderes der Wissenschaft bekanntes Gift. Nichts in den Speisen, den Getränken und dem Mageninhalt. Sie haben erschöpfende Versuche angestellt, Fröschen und Mäusen Extrakte eingespritzt, die Wirkung aller Substanzen auf der Zunge geprüft und kein einziges positives Ergebnis erzielt. Es ist unglaublich."

„Sie sagten, es wäre schwierig, das Gift nachzuweisen, Sergeant."

„Ja, aber im vergangenen März wurde ein Mann auf den Nachweis von weniger als einem Zwanzigstel Gran hin verurteilt, und nach unserer Theorie bekam Guy eine stärkere Dosis. Sie haben danach *gesucht*, Thackeray. Zwei führende Pathologen des Landes haben diesen Bericht unterschrieben."

„Na, was haben sie denn als Todesursache angegeben, Sergeant?"

„Atemversagen. Man stellte fest, daß die Lungen ungewöhnlich aufgebläht waren. Verkrampfung der Bronchialmuskeln, verstehen Sie. Eine gewisse Flüssigkeitsansammlung in den Lungen. Geringe Blutungen an der

Unterseite des Zwerchfells und in den Eingeweiden. Ich habe in den letzten Tagen die medizinischen Bücher durchstudiert, Konstabler. Hier steht nichts drin, was nicht mit dem Tod durch Asthma übereinstimmen würde."

„Es sieht also aus, als wären wir geschlagen."

„Geschlagen?" sagte Cribb. „Wir sind auf uns selbst angewiesen, Konstabler. Das ist die Situation. Wir müssen noch einmal überlegen. Geben Sie die Akte mit allen Aussagen runter, die wir in Brighton aufgenommen haben. Wir fangen noch mal von vorn an. Kann sein, daß wir Prothero nie vor Gericht kriegen, aber verdammt will ich sein, wenn ich diesen Fall aufgebe, bevor ich weiß, wie er es gemacht hat."

16

Albert Moscrop war seit fast einer Woche wieder in London, als Sergeant Cribb und Konstabler Thackeray im Geschäft vorsprachen. Einen Augenblick lang erkannte er sie nicht; in seinem Geist waren sie so fest mit seinem kürzlichen Urlaub in Brighton verknüpft, daß es genau so widersinnig erschien, als wäre die Badewärterin oder der Fahrradjunge in der Oxford Street aufgetaucht. Ganz begreiflicherweise blickte er von einer Linse auf, die er gerade polierte, und sah in ihnen einfach zwei Kunden. Aus beruflicher Gewohnheit überlegte er noch, von welchem Ladentisch aus er sie ihrem Auftreten und ihrer Erscheinung nach am zweckmäßigsten begrüßen sollte, dem sportlichen oder dem astronomischen, als Cribbs knapper Gruß ihm mit einem Schlag die Situation klarmachte.

„Ah, Mr. Moscrop. Freue mich, Sie zu sehen."

Er nickte lebhaft. „Ganz meinerseits, Sergeant. Und natürlich auch Sie, Konstabler."

„Eleganter Laden", stellte Cribb fest. „Sogar mit Teppichen ausgelegt."

„Danke. Wollten Sie – äh..."

„... privat mit Ihnen sprechen? Wenn ich bitten darf", sagte Cribb.

Sie traten durch eine mit grünem Fries bezogene Tür in das Hinterzimmer des Ladens. Instrumente jeglicher Art füllten den kleinen Raum. Sie mußten erst ein großes Messingteleskop verrücken, bevor sie Platz hatten, um sich auf drei Hockern niederzulassen.

„Ein höchst unerwartetes Vergnügen, Sergeant."

„Was denn?" fragte Cribb. „Ach so, unser Besuch. Streng dienstlich, Mr. Moscrop, streng dienstlich. Vielleicht haben Sie von dem – hm – Ableben des jungen Guy Prothero gehört."

„In Horsham. Ja, ich habe davon erfahren. Eine schreckliche Tragödie für die Familie! Ein Asthmaanfall war schuld, soviel ich weiß."

„So sagt man, Sir, so sagt man."

„Der Junge hat zweifellos an immer wiederkehrenden Asthmaanfällen gelitten. Seine Mutter hat es mir erzählt. Ich glaube, deshalb haben sie auch nur sein unmanierliches Benehmen geduldet. Ich bin überzeugt, daß sie ängstlich um seine Gesundheit besorgt waren. Freilich hat er seinem Vater nicht gehorcht und heimlich gebadet, was ihm vielleicht irgendwie geschadet hat, aber es gibt eine ganze Richtung, die die Ansicht vertritt, das Baden im Meer könne sich nur günstig auswirken. Jetzt, wo ich wieder in London bin, bedauere ich eigentlich, daß ich nicht selbst am Strand geschwommen bin. Bei Brill bin ich ja eingetaucht, wie ich Ihnen wohl schon erzählt habe."

„Das haben Sie, Sir. Sie haben mir noch etwas anderes erzählt, eine Äußerung Mrs. Protheros Ihnen gegenüber, soviel ich weiß, und ich möchte Sie noch einmal fragen, ob Sie dessen ganz sicher sind."

„Gewiß, Sergeant. Es muß etwas Wichtiges sein, wenn Sie extra hergekommen sind, um es nachzuprüfen."

„Könnte sehr wichtig sein, Sir. Als Sie in Brighton Ihre erste Aussage machten, haben Sie mir mitgeteilt, wie lange die Protheros dortzubleiben gedachten. Erinnern Sie sich, Sir?"

„Freilich. Zena erzählte es mir bei unserer ersten Begegnung. Sie sagte, sie seien der Praxis in Dorking für drei Wochen entflohen. Ich erinnere mich deutlich, erwähnt zu haben, daß ich vorhätte, genau so lange zu bleiben. Unsere Ferien fielen jedoch nicht genau zusammen, da sie schon eine Woche in Brighton verbracht hatten, bevor ich eintraf."

„Drei Wochen", sagte Cribb. „Aber der Doktor und der Junge sind vier Wochen geblieben."

„Jetzt fällt mir auf, das stimmt ja. Während meiner dritten Woche waren sie immer noch in Brighton. Wie merkwürdig. Vielleicht hat das tragische Ende ihres Dienstmädchens sie aufgehalten. Bei derartigen Anlässen gibt es immer Dinge, um die man sich zu kümmern hat."

Cribb schüttelte den Kopf. „Alles hätte in einer Woche erledigt sein können, aber sie blieben noch fünfzehn Tage nach Bridgets Tod. Meine Ermittlungsarbeit lief während der gesamten Zeit weiter. Ist unwahrscheinlich, daß es ihnen so großartig gefiel und sie sich nicht zur Abreise aufraffen konnten."

„Eine Woche dürfte für einen praktizierenden Arzt einen erheblichen Einkommensverlust bedeuten", meinte Moscrop.

„Gutes Argument. Und soviel wir wissen, sprang der Vertreter für drei Wochen ein, nicht vier. Aber aus irgendeinem Grunde haben der Arzt und sein Sohn ihre Ferien um eine Woche verlängert. Als sie abreisten, waren es volle *zwei* Wochen nach Mrs. Prothero und Jason. Wichtige Dinge müssen sie in Brighton zurückgehalten haben."

„Aber, Sergeant, ich habe Dr. Prothero fast ununterbrochen beobachtet. Seine tägliche Routine lief unverändert weiter, mit Ausnahme des Tages, als er seine Frau am Dyke traf. Die vierte Woche war eine Wiederholung der vorausgegangenen. Gesellschaftlichen Ereignissen hat er nicht beigewohnt, und seine Verabredungen traf er ausschließlich mit Miss Floyd-Whittingham."

„*Sie* war nicht der Grund, daß er blieb", sagte Cribb mehr zu sich selbst als zu Moscrop. „Er hatte Wichtigeres im Kopf – hauptsächlich Guy. Der Junge konnte jederzeit verhaftet werden. Und doch blieben sie noch eine Woche, und Prothero tat nichts und traf niemanden außer seiner Freundin. Das ist schwer zu erklären. Dann, am Ende der Woche, kam es recht gelegen zum Tod des Jungen. Nicht in Dorking, wohlgemerkt; das hätte allerhand ungute Möglichkeiten eröffnet. In einem Hotel, das sie nie zuvor besucht hatten, in Gegenwart eines unabhängigen Zeugen. ‚Asthma' auf dem Totenschein, und Dr. Protheros Probleme waren säuberlich gelöst. Die Frage, die ich zu beantworten habe – das heißt, wenn ich mißtrauisch sein will –, lautet, weshalb es nicht eine Woche früher passiert ist. Und ich glaube, ich gehe mit meiner Frage in die Harley Street."

Thackeray fuhr von seinen Notizen auf. „Harley Street, Sergeant?"

„Das ist unser nächstes Ziel, Thackeray. Ich habe mich bei einem der führenden Londoner Asthmaspezialisten angemeldet. Wir sind Ihnen für Ihre Hilfe dankbar, Mr. Moscrop. Falls der Yard sich jemals entschließt, seine Beamten mit Teleskopen auszurüsten, werde ich ein Wort für Sie einlegen, verlassen Sie sich darauf."

Moscrop wirbelte der Kopf von den Folgerungen, die aus Cribbs Worten zu ziehen waren, als er die Detektive durch den Laden und an ihre Droschke begleitete.

Die gerichtliche Leichenschau betreffend Guy Prothero in der darauffolgenden Woche ergab, daß er eines natürlichen Todes gestorben sei. Das medizinische Beweismaterial, so erklärte der Coroner, erlaube ausschließlich die Folgerung, daß der Junge einem Anfall chronischen Asthmas zum Opfer gefallen sei.

„Sie haben wohl nichts dagegen, daß ich mit Ihnen zum Bahnhof gehe?" fragte Cribb Dr. Prothero, als sie zusammen die Stufen des Gerichtsgebäudes hinabstiegen. „Ich nehme an, Sie fahren nach Dorking zurück."

„Allerdings", sagte Prothero nicht eben begeistert. „Gehen wir halt das Stück zusammen." Er schlug ein Tempo an, das erkennen ließ, er habe nicht die Absicht, die Unterhaltung hinzuziehen.

„Ich nehme denselben Zug", bemerkte Cribb heiter. „Ich fahre aber nach London. Der nächste müßte 4.23 Uhr fahren, wenn man sich auf den Bradshaw verlassen kann."

Prothero griff nach der Uhrkette, aber Cribb setzte hinzu: „Sie brauchen nicht nachzusehen. Drüben an dem Juwelierladen hängt eine Uhr. Sehen Sie? Wir haben eine Dreiviertelstunde Zeit. Reicht für einen ausführlichen Schwatz, wie, Doktor?"

Die Aussicht schien Prothero eher zu bedrücken, deshalb

fuhr Cribb fort: „Sie sind gewiß mit dem Richterspruch zufrieden. Er hat Ihre eigene Ansicht voll bestätigt. Alle Zweifel beseitigt, die gewisse Leute hegten, was? Ich hätte klüger daran getan, die Meinung einer anerkannten Autorität nicht in Zweifel zu ziehen, aber ich bin eben zum Skeptiker erzogen worden. Jetzt, wo ich Ihre Arbeiten zu dem Thema gelesen habe, bin ich etwas besser unterrichtet."

„Sie haben meine Monographien gelesen?" fragte Prothero überrascht.

„Jede einzelne, Doktor. Die Königliche Medizinische Akademie besitzt eine sehr gute Bibliothek. Ich gehöre ihr nicht an, aber der Yard hat gewisse Beziehungen zu dieser Fakultät, wissen Sie, und ich beschaffe mir gewöhnlich, was ich brauche, indem ich ein Wort am rechten Ort vorbringe. Sie fallen direkt auf im Index, so viel haben Sie geschrieben. Überhaupt keine Mühe, Ihre Schriften zu finden. Lesen sich auch sehr gut."

„Danke, aber ich hatte keine Ahnung..."

„Daß ich mich so dafür interessiere? Unersättliche Neugier, Doktor. Es ist eine Art Angewohnheit. Wenn ich einen Mann kennenlerne, möchte ich gern alles über ihn wissen. Ich habe nicht etwa nur Ihre Arbeiten gelesen, verstehen Sie mich recht. Fast eine Woche habe ich in dieser Bibliothek zugebracht. Gehen wir hinüber? Mächtig lebhafter Verkehr. Markttag, oder was meinen Sie?"

„Die Medizin scheint Sie zu interessieren", bemerkte Prothero, als sie die Straße sicher überquert hatten.

„Sie besitzt für mich eine unwiderstehliche Anziehung", sagte Cribb. „Das heißt, wenn ein Problem zu lösen ist. Nehmen Sie zum Beispiel den unglücklichen Tod Ihres Sohnes. Jetzt, wo die Leichenschau vorüber und alles geklärt ist, sind Sie vielleicht überrascht, daß ich überhaupt jemals Zweifel hinsichtlich der Umstände seines – hm – Ablebens gehegt habe."

„Oh, ich verstehe durchaus, daß jeder plötzliche Todesfall aufgeklärt werden muß", sagte Prothero großzügig.

„Wir wissen, daß er Ihr Dienstmädchen Bridget ermordet hat", warf Cribb hin, als unterhielten sie sich über das Wetter. „Vermutlich erwürgt, obwohl wir nicht genug Teile gefunden haben, um es mit Sicherheit behaupten zu können. Jane Brett, das Dienstmädchen in der Schule in Eastbourne, ist doch auch beinahe erwürgt worden, nicht? Es muß für Sie und Ihre Frau ein wahrer Alpdruck gewesen sein. Kein Wunder, daß Ihr Gedächtnis ein wenig durcheinandergeriet – beispielsweise, als Sie sagten, Bridget sei am Morgen nach dem Mord mit Ihrer Gattin nach Dorking zurückgefahren. Nein, schauen Sie nicht so beunruhigt, Doktor. Wenn ich auf irgend etwas Belastendes hinauswollte, hätte ich einen Mann bei mir und ein Paar Handschellen in der Tasche. Ihren Sohn hätte ich anklagen sollen, und das habe ich verdammt zu lange hinausgeschoben. Ich habe Wichtigeres zu tun, als die Aussagen der Zeugen darauf zu prüfen, ob ihnen falsche Angaben unterlaufen sind. In gewisser Weise hat der Tod des Jungen den Fall für mich abgeschlossen. Keine weitere Gefahr für die Öffentlichkeit, Sie verstehen. Na, der Teller Pfannkuchen sieht doch sehr einladend aus. Was sagen Sie zu einer Kanne Tee am Nachmittag? Wir haben noch Zeit. Da drüben ist der Bahnhof, keine fünfzig Yard von hier."

Prothero ging darauf ein und fand sich bald in einem Teestübchen mit vorspringender Straßenfront eingekerkert, wo er zusah, wie Sergeant Cribb Pfannkuchen verschlang, als hätte er eine Woche lang nichts gegessen. Wahrscheinlich war die Königliche Akademie nicht für einen Imbiß eingerichtet.

„Was war der Gegenstand Ihrer Forschungen?" fragte der Doktor, das Gespräch ins Allgemeinere lenkend.

Cribb schluckte hastig den Rest seines dritten Pfannkuchens hinunter und hob dabei einen Finger, um anzudeuten, die Antwort folge sofort. „Ich bin froh, daß Sie mich das gefragt haben. Ich suchte in einer ganz falschen Richtung. Ich bin ein dickköpfiger Mensch, Doktor. Hätte eine Autorität wie Sie um Rat fragen sollen. Das hätte mir ein paar Tage harte Arbeit erspart. Sehen Sie, ich hatte mir in den Kopf gesetzt, Guys Tod sei – hm – künstlich ausgelöst worden. Es lief einfach alles zu glatt ab, um glaubhaft zu sein. Vorgeschichte von Asthma, von seiner Mutter geerbt. Plötzlicher Anfall nach einem scharfen Ritt und einer schweren Mahlzeit, beides für Asthmatiker bekanntermaßen belastend. Symptome von einem unabhängigen Zeugen beobachtet. Sektionsergebnis unwiderleglich."

„Wie sollte der Tod des Jungen künstlich ausgelöst worden sein?" sagte Prothero. „Es ist vermutlich möglich, gewisse Umstände herbeizuführen, die einen Asthmaanfall auslösen könnten, aber es ist sehr unwahrscheinlich, daß er tödlich endet. Wenn ein Patient ohnehin chronisch krank wäre, dürfte es vielleicht nicht unmöglich sein, sein Ableben auf diese Art zu beschleunigen, aber ich habe nie davon gehört. Und Guy war ein junger Mann in recht guter körperlicher Verfassung. Außerdem ist das alles in einem öffentlichen Hotel passiert. Es lagen keine fragwürdigen Umstände vor. Was den Ritt und die schwere Mahlzeit angeht, waren diese für Guy keineswegs ungewöhnlich, wie seine Schuldirektoren bestätigen werden, mit denen Sie sich offenbar in Verbindung gesetzt haben."

„Noch Tee?" fragte Cribb. „Ich glaube, ich trinke noch welchen. Sie dürfen nicht vergessen, Doktor, daß ich Laie bin und sehr wenig über Asthma und seine Ursachen weiß."

„Keiner von uns weiß sehr viel."

„Nach drei Tagen mit den medizinischen Büchern und mehreren Konsultationen in der Harley Street", sagte Cribb, „bin ich auch zu diesem Schluß gekommen – und ich war mit meiner Theorie keinen Schritt weiter. Ich mußte etwas anderes suchen. Das Verflixte war nur, daß alles zu aller Befriedigung geklärt war, nur nicht zu meiner. Eine Zeitlang hielt ich für möglich, ihm sei Gift eingegeben worden, aber die Autopsie hat diese Erklärung abgetan. Die Leiche bot nicht das geringste Anzeichen einer unrechten Tat. Also beschloß ich, noch einmal alle meine Notizen und Aussagen durchzugehen, in der Hoffnung, daß dabei etwas herauskäme. Zwei Dinge kamen auch heraus. Das erste war eine Bemerkung Ihres Sohnes selbst, als wir drei bei Mutton zu Mittag aßen, nach meiner bedauerlichen Verwechslung des Badetuches in Brills Bädern. Es kam bei ihm sozusagen zu einem Ausbruch, Sie erinnern sich, und er warf Ihnen vor, ihn nicht besser zu behandeln als seinen Halbbruder, den kleinen Jason."

„Gewiß erinnere ich mich. Er wollte mich ganz bewußt provozieren. Sergeant, an Ihrer Stelle würde ich mich nicht allzusehr auf das verlassen, was er gesagt hat."

„Eine seiner Klagen betraf einen Bluterguß an seinem

Arm, der von einer Injektion stammte. So groß wie eine halbe Krone, sagte er wohl. Sie bestreiten nicht, ihm eine Spritze gegeben zu haben, Doktor?"

Prothero schüttelte den Kopf. „Ich habe keinen Grund, es zu bestreiten. Ich habe eine geringe Menge Atropin injiziert, um seine asthmatischen Symptome zu lindern. Es ist eine anerkannte Methode, der Verkrampfung der Bronchiolen vorzubeugen, indem man die Aktivität des Nervensystems hemmt. Von einem Arzt angewandt, ist es vollkommen ungefährlich."

„Das ist mir bekannt, Sir", sagte Cribb. „Es ist zu schade, daß Sie an dem Tag nichts bei sich hatten, als der Junge starb. Eine Injektion hätte ihn da vielleicht gerettet. Aber das konnten Sie natürlich vorher nicht wissen. Sagen Sie, gaben Sie Guy seine Spritze an dem Sonntag, bevor wir uns bei Brill kennenlernten? So steht es in meinen Notizen."

„Sonntag? Ja, da kann es gewesen sein."

„Das hat der Junge gesagt. Ich kann verstehen, daß er sich an jenem Morgen in ziemlich erregter Verfassung befunden haben muß, wo doch Bridget tot unter der Promenade lag und Ihre Gattin mit dem zweiten Sohn im Eiltempo nach Dorking abgeschoben wurden. Ich glaube nicht, daß Mrs. Prothero wußte, was geschehen war, aber ich bin ganz sicher, daß Sie es wußten. Eine sehr bange Zeit für Guy, und höchst rücksichtsvoll von Ihnen, ihm eine Injektion zu geben, auch wenn er sich später in der Woche, als ich mit ihm zusammentraf, wirklich undankbar zeigte. Ich nehme an, Sie müssen an jenem Sonntagmorgen selbst ziemlich durcheinander gewesen sein, wußten Sie doch, was der Junge getan hatte, und fragten sich, was Sie machen sollten. Gar nicht überraschend, daß die Injektion einen Bluterguß hinterlassen hat. Hat Ihnen die Hand gezittert, Doktor?"

„Ich weiß es nicht mehr", sagte Prothero.

„Das habe ich auch nicht erwartet, Sir, besonders, da vierzehn Tage später, als man die Leiche des Jungen untersuchte, keine Spur mehr vorhanden war. Solche Sachen heilen schnell, besonders bei jungen Menschen. Sie gestatten, daß ich den letzten Pfannkuchen esse? Ich bringe es nicht fertig, ihn liegenzulassen."

„Was war das zweite, das sich aus den Aussagen ergab?“

Cribb kaute herzhaft und benutzte den noch nicht verzehrten Teil des Pfannkuchens, um seine Argumente zu unterstreichen. „Ach ja. Die Länge Ihres Urlaubs. Ihre Gattin sagte, Sie seien für drei Wochen da, aber Sie sind vier geblieben.“

„Es gab infolge von Bridgets Tod einiges zu erledigen.“

Cribb lächelte. „Das kann ich mir gut vorstellen, Doktor. Aber sobald die abgetrennte Hand am Montag im Aquarium entdeckt worden war, bestand nicht viel Aussicht, die bereits zerstückelte Leiche verschwinden zu lassen. Vielleicht war noch knapp Zeit, den Kopf woanders zu vergraben, in der Hoffnung, die Identifikation zu verhindern. Aber Mitte der Woche fand man die übrigen Pakete. Hätten Sie die Stadt sofort verlassen, so hätte das vielleicht Verdacht erregt, da stimme ich Ihnen zu, aber Ende der Woche, als Ihr Urlaub ohnehin ablief, hätten Sie ganz offen abreisen können. Statt dessen haben Sie ihn um eine Woche *verlängert.*“

„Es war nur recht und billig, daß ich als Bridgets Brotherr die Sache bis zum Schluß durchstand.“

Cribb tat das mit einem raschen Kopfschütteln ab. „Es war jedem klar, daß die Angelegenheit nicht mehr in Ihren Händen lag. Bridget war Gegenstand einer Mordermittlung, und es war sicher, daß es zu einer Leichenschau kommen würde. Sie hätten noch monatelang warten können, wenn das der Grund war, weshalb Sie noch in Brighton blieben. Nein, ich glaube, Sie hatten ein anderes Motiv. Sie blieben Guys wegen da, nicht Bridgets wegen. Sie *wußten,* er werde am zweiten Sonntag nach dem Mord sterben. Es widersprach Ihren Plänen, daß er zu Hause in Dorking stürbe. Es hätte zu endlosen Fragen und Verdächtigungen Anlaß gegeben. Statt dessen starb er auf der Heimreise, in einem öffentlichen Hotel, wie Sie so treffend bemerkten.“

„Ich soll das alles gewußt haben? Wie kommen Sie darauf, daß ich solche hellseherischen Fähigkeiten besäße, Sergeant?“

Cribb wischte sich mit der Serviette die Finger ab. „Hat mit Hellseherei nichts zu tun, Sir. Zeitberechnung, weiter nichts. Vierzehn Tage von der Injektion an, von Sonntag bis Sonntag."

„Das ist doch absurd!" rief Prothero. „Nehmen Sie im Ernst an, ich hätte meinen eigenen Sohn mit einer Atropinspritze getötet, die zwei Wochen nach der Injektion zur Wirkung gekommen wäre, einen gewaltsamen Tod mit allen Asthmasymptomen verursacht und im Körper keine Spur hinterlassen hätte? Sie sollten sich lieber etwas mehr Zeit mit den medizinischen Büchern gönnen, Sergeant. Sie haben noch eine Menge zu lernen."

„Ich bin mir dessen bewußt, Doktor. Deshalb habe ich die Bibliothek noch einmal aufgesucht, als ich Verdacht schöpfte, um alles zum Thema der Injektionen zu lesen, was ich finden konnte – und das ist verdammt viel. Was mein Interesse besonders fesselte, waren die Impfexperimente Dr. Pasteurs und anderer. Tatsächlich scheint es, als wäre die Hälfte aller Ärzte in Europa emsig damit beschäftigt, Hunde und Meerschweinchen mit Keimen vollzupumpen und die Ergebnisse zu veröffentlichen."

Dr. Prothero seufzte gottergeben. „Vielleicht erfassen Sie nicht so recht, Sergeant, daß solche Experimente den Sinn haben, einen Schutz gegen Krankheiten zu verleihen, in derselben Art wie die Kuhpockenimpfung. Zum Beispiel, wo man jetzt in Deutschland den Organismus entdeckt hat, der für den Bauchtyphus verantwortlich ist, sind wir möglicherweise bald in der Lage, die Bevölkerung zu impfen und so die Ausbreitung der Seuche zu begrenzen. Mit diesem Ziel führt man bereits Experimente durch."

„Das habe ich gelesen, Sir. Aber es geht nicht ganz so glatt, nicht? Es gibt Probleme. Während ich über diese Experimente las, stieß ich mehrmals auf etwas, das die Ärzte als ‚akuten respiratorischen Schock' bezeichnen und das anscheinend mit der gerade untersuchten Krankheit überhaupt nichts zu tun hatte. Tiere, denen man eine Injektion gegeben hatte, schienen plötzlich unter heftigster Atemnot zu leiden, darauf folgten Krämpfe, die häufig mit dem Tod endeten. Nun hat mich das gewaltig interessiert, deshalb bin ich wieder in die Harley Street gegangen, um zu sehen, ob jemand in einfachen, für einen Polizisten wie mich verständlichen Worten nähere Auskünfte darüber geben konnte."

„Es ist ein den Ärzten wohlbekanntes Phänomen", sagte Prothero.

„Das erfuhr ich, Sir, das erfuhr ich. Aber der Allgemeinheit nicht so wohlbekannt. Die Mediziner sind darauf bedacht, nicht allzuviel darüber in die Öffentlichkeit dringen zu lassen, da es nur in Verbindung mit Impfexperimenten auftritt. Ich weiß aus berufenem Munde, daß in Deutschland eine Anzahl menschlicher Patienten nach Experimenten auf diese Art gestorben sein sollen. Es kann die Massenimpfungen leicht um mehrere Jahre verzögern, bis man richtig darüber Bescheid weiß. Aber wenn die Ärzte auch nicht erklären können, *warum* es geschieht, wissen sie doch um die Bedingungen, die dazu führen."

„Die in den deutschen Experimenten benutzten Impfstoffe wurden mit Hühnerembryos hergestellt, und die Patienten, die gestorben sind, waren überempfindlich gegen Eier. Sergeant, ich weiß nicht, wohin uns das führen soll."

„Wirklich nicht, Sir? Nun, soweit ich es verstehe, läßt sich die heftige Reaktion, die die Ärzte akuten respiratorischen Schock nennen, künstlich im Laboratorium auslösen. Das hat der berühmte französische Physiologe François Magendie schon 1839 getan, indem er Hunden Eiweiß einspritzte. Er entdeckte, daß zwei Eiweißinjektionen im Abstand von vierzehn Tagen einen akuten respiratorischen Schock herbeiführten. Nach der zweiten Injektion starben die Hunde binnen fünf Minuten. Nun ist das Merkwürdige, daß Eiweiß nicht das ist, was man eine tödliche Substanz nennen würde. Tatsächlich wird es im allgemeinen als Gegengift betrachtet. Es hatte augenscheinlich etwas mit dem zeitlichen Abstand zwischen den Injektionen zu tun, denn Hunde, die nach einer Woche eine Spritze bekamen, zeigten überhaupt keine Wirkung. In neuerer Zeit brachte eine Serie von Experimenten mit Meerschweinchen dieselben dramatischen Folgen hervor, wenn sie eine zweite Injektion mit Hundeserum bekamen."

„Sie waren wirklich fleißig, Sergeant."

„Deshalb nehmen die deutschen Ärzte jetzt an, der akute respiratorische Schock bei ihren Patienten sei eine ähnliche Reaktion gewesen. Die Patienten, die gestorben sind, reagierten, wie Sie sagen, auf die Impfung, waren aber zwei

Wochen vor der Impfung gegen Eier sensibilisiert worden – ist das der richtige Ausdruck? –, vielleicht, indem sie in irgendeiner Form welche gegessen haben, möglicherweise sogar in einem Kuchen. Als man ihnen vierzehn Tage später den Impfstoff einspritzte, war die Wirkung so plötzlich und heftig, als hätte man ihnen Strychnin gegeben – außer daß die Sektion freilich nur die Symptome zeigte, die beim Tod durch chronisches Asthma auftreten."

„Ach, es sind also Eier?" sagte Prothero. „Ich habe meinen Sohn mit einem gekochten Ei ermordet, ja? – oder war es eine Sandtorte?"

„Wenn Sie mir freundlichst fortzufahren gestatten", sagte Cribb, „werden Sie sehen, daß ich nichts dergleichen sagen will. Man kann außer Eiern auch gegen andere Dinge überempfindlich sein. Sie gestehen mir zu, daß Asthma von Reaktionen auf bestimmte Substanzen und Ausdünstungen herrührt?"

„Das kann ich kaum abstreiten, da ich eine Arbeit zu dem Thema geschrieben habe. Heu, Pollen, Ipecacuanha, Bettfedern, Hausstaub. Von einem dieser Stoffe kann ein Patient beeinflußt werden oder noch ganz anderen. Mein Sohn war überempfindlich gegen Pollen."

„Wirklich, Sir?" sagte Cribb. „Nun, angenommen, bei einem Asthmapatienten stellt sich heraus, daß er gegenüber einer der von Ihnen genannten Substanzen anfällig ist, etwa wie diese deutschen Patienten gegen Eiweiß überempfindlich waren, und jemand spritzte ihnen eine kleine Menge dieser Substanz ein. Was wäre Ihrer Meinung nach die Folge?"

„Völlig neutral, würde ich sagen. Die Substanzen wirken auf die Atmung, nicht auf das Blut."

„Aha, aber was, wenn man zwei Wochen später eine zweite Injektion vornehmen würde?"

„Das wäre ein gefährlicher Versuch, Sergeant. Es könnte durchaus auf das Phänomen hinauslaufen, das Sie beschrieben haben." Prothero beugte sich über den Tisch vor. „Aber wenn es so vor sich gegangen wäre, hätten Sie an der Leiche meines Sohnes eine frische Einstichspur gefunden. Es war keine vorhanden – trotz der übertrieben eingehenden Untersuchung, die die Ärzte bei der Sektion vorgenommen haben."

„An dieser Stelle lief meine Theorie auch auf Grund", sagte Cribb, „bis ich mir fachmännischen Rat holte. Ich legte den Fall meinem Spezialisten aus der Harley Street vor – natürlich hypothetisch, ohne Namen zu nennen. Falls ein Mann mit speziellen Kenntnissen über die Substanzen, die Asthma und ähnliche Zustände verursachen, es sich in den Kopf setzen sollte, einen anderen Menschen zu töten, sagte ich, ein Opfer mit einer bekannten Überempfindlichkeit gegen, sagen wir, Pollen und einer Asthmavorgeschichte vorausgesetzt, wie würde er das als akuten respiratorischen Schock bekannte Phänomen herbeiführen? Er würde den Pollen zu einem feinen Pulver zermahlen, sagte mein Berater, und dann dem Opfer eine sehr geringe Menge davon, nicht mehr als ein Zehntel Milligramm, einspritzen, vielleicht in einer anderen Substanz verborgen, die im Lauf einer Behandlung verordnet wurde. Würde das Opfer zwei Wochen später plötzlich einer etwas größeren Menge der Substanz ausgesetzt, sagen wir ein Milligramm, stürbe es binnen fünf Minuten. Die angewandten Mengen wären so gering, daß sie bei einer Sektion unmöglich zu entdecken seien. Müßte die zweite Dosis der Substanz mittels einer Injektion eingeführt werden? fragte ich. Nein, sagte er, bestimmte Substanzen werden ohne weiteres vom Hautgewebe aufgenommen – zum Beispiel der Reizstoff der Brennessel oder Pollen."

„Das ist alles sehr einleuchtend", sagte Prothero, „aber als Guy starb, lagen wir nicht auf einem Nessellager, Sergeant, und beschmierten uns auch nicht im Hotelgarten mit Pollen. Soweit ich mich erinnere, befanden sich nicht einmal Blumen im Salon."

„Das habe ich festgestellt, Sir. Habe alles überprüft, was mir nur einfallen wollte, bis ich nahe daran war aufzugeben. Dann, wie es manchmal geschieht, dachte ich gerade an etwas, das überhaupt nichts mit dem Fall zu tun hatte, da fuhr mir genau das, was ich wissen wollte, durch den Kopf. Es war die Aussage des Inspektors, nachdem ich eingetroffen war und Sie beide mit Guys Leiche vorfand. Er hat mir die Antwort *gesagt*, und ich war zu verdammt vernagelt, um das zu erfassen. Wie lauteten doch seine Worte, Sir? – *‚es schien zuerst die Folge einer übermäßigen Dosis Schnupftabak zu sein'*. So haben Sie es getan, Dr. Prothero.

Der Pollen befand sich in der Schnupftabaksdose des Jungen. Eine einzige Prise reichte aus, um ihn zu töten. Sie haben ihn an jenem Morgen unter den Schnupftabak gemischt, denn Sie wußten, daß Guy nicht auf dem Ritt, aber vermutlich nach dem Mittagessen eine Prise nehmen würde."

„Sie haben zweifellos den Inhalt der Schnupftabaksdose analysieren lassen", sagte Prothero.

„Das habe ich, Sir, und wie Sie ganz genau wissen, hat man noch kein Mikroskop erfunden, das leistungsfähig genug wäre, eine derart geringe Menge Pollen zu entdecken, auch kein chemisches Verfahren, um sein Vorhandensein nachzuweisen. Es ist die säuberlichste Methode, das Leben eines Mitmenschen zu beenden, der ich jemals begegnet bin. Die Methode eines Arztes."

„Eines Vaters", sagte Prothero nach einer Pause, „und nicht sehr säuberlich, Sergeant."

„Der Junge hätte wieder getötet, wenn er am Leben geblieben wäre", sagte Cribb. In ihrem Zusammenhang waren die Worte eine Beruhigung. Zum ersten Mal hatten die zwei Männer jede Pose fallenlassen. Sie betrachteten einander mit Aufrichtigkeit, wenn nicht sogar mit Hochachtung.

„Es gibt einen Ausspruch des Hippokrates, des Begründers unseres Standes", sagte Prothero: „‚Außergewöhnliche Krankheiten rechtfertigen außergewöhnliche Mittel.' Sie müssen mir glauben, wenn ich Ihnen sage, daß ich für Guy alles tat, was in meiner Macht lag, solange er am Leben war. Zuletzt mußte ich mich fragen, welche Zukunft vor ihm lag. Ich weiß von anderen Fällen, Sergeant, armen Wesen mit demselben furchtbaren Drang zur Gewalttätigkeit, die von liebenden Eltern hinter Schloß und Riegel gehalten werden. Können Sie sich vorstellen, was geschieht, wenn einer von ihnen eines Tages einen Weg findet, den Riegel zu öffnen? – denn es sind intelligente Menschen, wie Guy es war. Das Blutbad und Gemetzel wird unvorstellbar sein, Sergeant, und die Menschenherzen mit Grauen erfüllen, lange, nachdem die Polizei oder die unglückselige Familie das arme geisteskranke Wesen wieder eingefangen hat. Übertreibe ich?"

„Ich hoffe es, Sir", sagte Cribb ruhig. „Ich glaube, wir

müssen uns auf den Weg zur Station machen."

Prothero hob fragend die Augenbrauen. „Eisenbahn – oder Polizei?"

„Ich wäre nie in der Lage, meinen Fall vor Gericht zu beweisen", sagte Cribb mit leisem Lächeln. „Mit so wenig Greifbarem in der Hand wie einer zusätzlichen Woche in Brighton erwirken die verdammten Anwälte bestimmt keinen Schuldspruch ... Sofern Sie sich nicht zu einem Geständnis entschlossen haben. Aber, wie gesagt, ich habe keinen Mann bei mir, auch keine Handschellen, und in diesen elenden Zügen ist es verflixt schwer zu verstehen, was jemand sagt. Ich glaube, wir können diesen Zug 4.23 Uhr gerade noch erwischen."

Albert Moscrop polierte das neueste Exemplar seiner handwerklichen Fertigkeit zu Ende, ein kleines Messingteleskop mit vierfacher Vergrößerung. Es bedeutete die Arbeit von rund drei Wochen, hauptsächlich abends, wenn das Geschäft geschlossen war. Er hatte an dem Tag begonnen, als er den Zeitungsbericht über die gerichtliche Leichenschau an Bridget gelesen hatte. Sie sei von einem oder mehreren Unbekannten ermordet worden, hieß es da, aber die Polizei solle zu verstehen gegeben haben, weitere Ermittlungen in dem Fall würden nicht weiterführen.

Er schob das Teleskop zusammen und legte es auf das Seidenpapier in einem schmalen Holzkasten auf dem Tisch vor sich, wobei er sich vergewisserte, daß der eingravierte Name „Jason" nach oben kam. Dann schloß er den Kasten, packte ihn ein, adressierte ihn und klebte eine Briefmarke darauf. Bevor er es zum Postamt brachte, kam ihm ein nachträglicher Einfall, er drehte das Paket um und schrieb mit kleinen, sauberen Buchstaben auf die Rückseite: *„Nächstes Jahr Eastbourne"*.

AtV

Band 30

Egon Erwin Kisch
Aus Prager Gassen und Nächten

200 Seiten
14,80 DM
ISBN 3-7466-0033-2

Der junge Egon Erwin Kisch fand den Stoff für seine Lokalfeuilletons auf den Straßen und Plätzen Prags, in den Cafés und Kneipen, den Wärmestuben und Asylen. Er beobachtete Vagabunden, Hundefänger, Flößer, Hopfenpflücker, das morgendliche Markttreiben, Versteigerungen und Razzien. Bereits die Reportagen seines ersten Buches offenbaren einen unbestechlichen Blick für den „Humor der Tatsachen", die Ironie der Dinge und alltäglicher Geschehnisse.

AtV **Texte zur Zeit**

Band 47

Bernd-Dieter Hüge
Mein Knastbuch

Ein Bericht

Erstveröffentlichung

120 Seiten
12,80 DM
ISBN 3-7466-0050-2

Als Bernd-Dieter Hüge vor vielen Jahren eine Grenze in Deutschland zuerst von West nach Ost überschritt, war er am Ziel durchaus willkommen. Als er sich kurze Zeit später anschickte, den gleichen Weg zurückzugehen, endete dieser Weg für ihn im Gefängnis, und die Stationen hießen Rummelsburg, Cottbus, Senftenberg. Aus Hüges Schicksal hat damals niemand Kapital geschlagen – nach seiner Entlassung blieb er und fand trotz alledem eine neue Heimat. Nun aber wird alles wieder lebendig: der kleine Terror des Alltags und die Begegnungen mit Ratten und Verbrechern und die Träume, die von den Tagen und die aus den Nächten. Und so schlägt nun doch noch jemand Kapital aus dem Ereignis: die Phantasie des Dichters.

AtV

Band 14

Egon Günther
Der Pirat
Roman

400 Seiten
18,80 DM
ISBN 3-7466-0015-4

Dies ist eine Seeräubergeschichte aus der Hand des bekannten Filmregisseurs Egon Günther. Es geht um die Taten und Untaten eines Mannes, den sie Klaasbroeder nennen. Hinter der Räubergeschichte die anderen Geschichten: von der Liebe zwischen Klaas, dem künftigen Schrecken der Meere, und Anja, seiner russischen Ziehmutter, von der Liebe zu Anjuscha, der Rosenlippigen, zu Freya Olafsdottir, der eiskalten Schönheit mit den goldenen Haaren, zu dem maurischen Mädchen aus Cordoba, zu Hyma, der unberührbaren Häuptlingstochter. Und hinter den Liebesgeschichten jene von Freundschaft und Verrat, von Mord und Treue bis in den Tod.